AF273437

SEBASTIAN FITZEK (1971) estudió Derecho y, antes de dedicarse a la escritura, trabajó como periodista, editor y director de programación para varias emisoras de radio. Es el autor de thriller más exitoso en Alemania con más de 15 millones de ejemplares vendidos en 36 países, además de un millón de audiolibros de toda su obra. Varios de sus thrillers se han llevado al cine y su primera novela, *Terapia*, se ha convertido en serie para televisión.

Papel certificado por el Forest Stewardship Council®

Título original: *Das Geschenk*

Primera edición en B de Bolsillo: marzo de 2024
Tercera reimpresión: abril de 2026

© 2019, Verlagsgruppe Droemer Knaur GmbH & Co. KG, Múnich, Alemania
www.sebastianfitzek.de
Publicado por acuerdo con AVA International GmbH, Alemania
www.ava-international.de
Representado en España por Bookbank, S. L., Agencia Literaria
© 2021, 2024, Penguin Random House Grupo Editorial, S. A. U.,
Travessera de Gràcia, 47-49. 08021 Barcelona
© 2021, Claudia Toda Castán, por la traducción
Diseño de la cubierta: Adaptación de la cubierta original de Zero Werbeagentur,
basada en una idea de Bettina Halstrick, de Giraffenladen
Imagen de la cubierta: Composición fotográfica a partir de imágenes de shutterstock.com y © PixxWerk®

Penguin Random House Grupo Editorial apoya la protección de la propiedad intelectual. La propiedad
intelectual estimula la creatividad, defiende la diversidad en el ámbito de las ideas y el conocimiento,
promueve la libre expresión y favorece una cultura viva. Gracias por comprar una edición autorizada de
este libro y por respetar las leyes de propiedad intelectual al no reproducir ni distribuir ninguna parte
de esta obra por ningún medio sin permiso. Al hacerlo está respaldando a los autores y permitiendo que
PRHGE continúe publicando libros para todos los lectores. Ninguna parte de este libro puede ser utilizada
o reproducida con el propósito de entrenar tecnologías o sistemas de inteligencia artificial. PRHGE se reserva
expresamente la reproducción, la extracción y el uso de esta obra y de cualquiera de sus elementos para fines
de minería de textos y datos y el uso a medios de lectura mecánica u otros medios que resulten adecuados
(art. 67.3 del Real Decreto Ley 24/2021). Diríjase a CEDRO (Centro Español de Derechos Reprográficos,
http://www.cedro.org) si necesita reproducir algún fragmento de esta obra.
En caso de necesidad, contacte con: seguridadproductos@penguinrandomhouse.com

Printed in Spain – Impreso en España

ISBN: 978-84-1314-635-5
Depósito legal: B-530-2024

Compuesto en Llibresimes
Impreso en Liber Digital, S. L.
Casarrubuelos (Madrid)

BB 46355

El último regalo

SEBASTIAN FITZEK

Traducción de Claudia Toda Castán

La psicopatía [...] es probablemente de origen genético. En este tipo de personas hay determinadas regiones del cerebro, como las de la empatía o el control de los impulsos, que están subdesarrolladas desde el nacimiento.

FANNY JIMÉNEZ,
«Cómo reconocer a un psicópata»,
Die Welt, 14 de agosto de 2014

Las cosas realmente perversas empiezan en la inocencia.

ERNEST HEMINGWAY

El hombre es malvado por naturaleza. No hace el bien por inclinación, sino por simpatía y reconocimiento.

IMMANUEL KANT,
Reflexiones sobre antropología

La psicopatía es un trastorno de la personalidad. Se estima que una de cada cien personas lo padece. Afecta a los hombres cuatro veces más que a las mujeres. Los estudios con gemelos idénticos han demostrado el papel en ella de la herencia genética.

HILDEGARD KAULEN,
«Un interruptor para la empatía»,
Frankfurter Allgemeine Zeitung, 16 de marzo de 2018

La forma del mundo del mañana depende en gran medida de la imaginación de quienes hoy están aprendiendo a leer.

ASTRID LINDGREN

1

Hoy

Iba desnudo y lo estaban abriendo en canal.

No era una sensación. Estaba pasando de verdad.

Allí, en aquel momento, en las baldosas de la vieja lavandería de la cárcel, al pie de la secadora industrial.

Milan solo oía sus propios gemidos brutales. Sin la mordaza, sus gritos habrían resonado por toda la cárcel. Aunque eso hubiera dado igual, porque habían pagado bien para que los dejaran solos con el nuevo toda la noche.

Eran cinco. Tenía a dos arrodillados sobre los hombros, otros dos le sujetaban las piernas y el quinto, una mole jadeante de ciento veinte kilos y aliento a salchicha, le metía por el culo algo que le daba la sensación de que era un garrote de púas recubierto de alambre de espino. Aunque seguramente solo se trataba del puño con el que lo estaba violando.

De pronto cesó la presión, tan de repente que sufrió un

calambre y le tembló todo el cuerpo. El dolor continuaba; algo más abrasador que el calentador de una sauna le ardía en las entrañas, pero al menos pudo mover los brazos y ponerse boca arriba.

Una sexta cara, nueva, apareció sobre él. Aquel hombre, mayor que los demás, con una marcada raya al lado y ojos azul del Caribe tras unos gruesos cristales, no había estado presente cuando le dieron una paliza en la ducha ni tampoco luego, en el momento en que lo arrastraron hasta allí.

Lo miraba con la curiosidad de un niño que fríe un insecto con una lupa.

—¿Así que tú eres el policía?

Milan asintió con la cabeza mientras el hombre le quitaba la mordaza.

—Yo soy Zeus. Me conoces, ¿verdad?

Zeus, el dios de la cárcel. Milan volvió a asentir con un gesto. Había que estar en muerte cerebral o en coma para no saber quién era el hombre que había tomado el nombre de la deidad griega y que ejercía realmente el control de la cárcel de Tegel.

—Escúchame bien. Los tipos como tú estáis en lo más bajo de la cadena alimentaria. Aquí tienes menos derechos que las pelusas del ombligo de Plancha.

Zeus sonrió a la mole, que se estaba subiendo los pantalones. Milan quiso morirse. Si lo que había tenido dentro era el pene de aquel tío, debía de ser como una manguera antiincendios.

—Solo tienes una opción... A menos que quieras que

Plancha te demuestre su especialidad. ¿Sabes por qué lo llamamos así?

«¿Porque lo aplasta todo?»

—Porque le gusta planchar ropa. Le encantan las planchas. Como esta de aquí.

Uno de sus esbirros tatuados le pasó una, viejísima.

—Plancha la va a poner a doscientos grados. Y mientras coge temperatura, tienes la oportunidad de contármelo todo. La verdad y nada más que la verdad, con la ayuda de Dios. —Se arrodilló, se tocó la raya para comprobar que seguía en su sitio y continuó—: Compartes celda con Garrapata. Un tío legal. Tienes suerte, responde por ti. Dice que lloras dormido. Y que podrías ser un yeti.

—¿Un qué?

—Inocente. Hay tan pocos aquí dentro como yetis ahí fuera.

Sus compinches le rieron el chiste, que sin duda habían oído mil veces.

—¡Cuéntame tu historia! —insistió el jefe.

—¿Qué?

—¿Es que hablo en chino? —Le sacudió una bofetada—. Quiero saber por qué estás aquí, policía. Pero oye, ándate con cuidadito. —Se quitó las gafas y se señaló los ojos—. ¿Sabes qué es esto?

Milan no contestó a la pregunta retórica, entre otras cosas porque intentaba no vomitar mientras el dolor se reavivaba como una llamarada.

—Es mi detector de mentiras. Si percibe algo, Plancha

lo verá. Solo tengo que pestañear y te meterá ese trasto ardiendo hasta el duodeno. ¿Nos entendemos?

Plancha asintió con una sonrisa. Milan tenía lágrimas en los ojos.

La saliva se le acumulaba en la boca. Tuvo que tragar dos veces hasta estar preparado.

Preparado para aprovechar su oportunidad de contárselo todo a Zeus. La historia, tan increíble como aterradora, que lo había llevado hasta la cárcel pasando por el infierno.

Para ganar tiempo y seguir vivo al menos unas horas más, empezó por el principio.

2

Dos años antes

—¿Está usted sola?

—Sí.

—¿Y el personal de cocina?

—Ya se han ido. Estoy haciendo caja. Aquí no queda nadie.

—Está bien. De todos modos, no tenga miedo —dijo Milan.

La mujer al otro lado del teléfono soltó una risa histérica.

—¿Que no tenga miedo? ¿Es que la policía se ha vuelto imbécil? Me llamáis para decirme que se os ha escapado un loco y que está a punto de secuestrarme. ¿Y se supone que NO DEBO ASUSTARME?

La joven camarera que se había identificado como Andra Sturm parecía capaz de arrancar un trozo de la barra del restaurante para poner en fuga con él a cualquier agresor. Pero Milan sabía que una voz ruda y fuerte por teléfono no siempre se correspondía con la persona real tan bien como sucedía en su propio caso. A lo mejor Andra era un delicado angelito y su tono cortante se debía a la angustia mortal que le acababa de causar. En cualquier caso no era nada tímida, y eso lo impresionó. Parecía el tipo de mujer a la que le gustaría conocer mejor, aunque en aquella situación ese pensamiento era muy poco profesional.

—¿Me está escuchando?

—Qué va, me he tapado los oídos. Pues claro que estoy escuchando.

A través del parabrisas, Milan observó la entrada del local, tomó aire y dijo, con toda la calma que la situación permitía:

—Punto número uno: el sospechoso no se nos ha escapado. Lo seguimos desde hace dos horas, incluso controlamos su móvil. Por eso sabemos que la ha llamado poco antes que yo. ¿Es así?

—Sí —contestó Andra tras una pausa. Seguramente había asentido primero con la cabeza antes de darse cuenta de que eso no se oía por teléfono—. Me preguntó si todavía quedaba alguien aquí.

Era un milagro que la camarera hubiera contestado al teléfono. Una llamada cinco minutos antes del cierre solo puede traer molestias, y más teniendo en cuenta que el All-American-Diner no era la clase de sitio adonde se va con reserva. Sus clientes, ansiosos de hamburguesas, patatas fritas, nachos, filetes a la parrilla, batidos y otras bombas calóricas, se presentaban sin avisar en el pequeño local situado en una calle lateral a la plaza Roseneck.

—Y punto número dos —continuó Milan—: ese hombre no va a secuestrarla. Solo quiere efectivo.

Ella soltó una carcajada.

—¿Y usted cómo sabe eso, listillo?

Milan tuvo que sonreír. Andra hablaba con la exaltación propia de una berlinesa sin pelos en la lengua. Y seguramente no se comportaba así solo ante emergencias como aquella. Calculó que estaría al final de los veinte o al principio de los treinta. Sería más o menos de su edad.

—Ya tiene un rehén —contestó a su pregunta.

—¿Cómo dice?

—Una chica, a la que ha secuestrado. La entrega del rescate se torció este mediodía. Lo llevamos vigilando desde entonces.

Silencio.

Al parecer, Andra necesitaba asimilar lo que acababa de oír. Aquella información debía de haberle caído más pesada que las grasientas tortitas con las que el restaurante cebaba a sus clientes en el desayuno.

Milan intentó de nuevo escrutar el interior del local desde donde estaba. Pero el ventanal, que daba a la calle mal iluminada, apenas se distinguía entre la incesante aguanieve.

«Maldita posición.»

Era como mirar a través de la puerta de una lavadora en marcha. No habría logrado identificar ni un solo objeto del interior si no hubiera visto antes mil veces la parafernalia típica de decoración en otros locales parecidos: el cartel de la Ruta 66 falsamente envejecido, la máquina *jukebox* de imitación en la entrada, la bandera de las barras y estrellas y numerosos carteles de Elvis y del Tío Sam por las paredes.

Milan apostaba sus hijos no engendrados a que los asientos corridos estaban tapizados de falso cuero rojo y colocados sobre un suelo ajedrezado.

—¿Y por qué no detienen a ese cabrón en cuanto entre aquí?

—Porque no sabemos dónde retiene a su víctima.

—¿Cómo dice? —repitió Andra, aquella vez realmente atónita.

—Mientras esté en el restaurante colocaremos un dispositivo en su coche para que nos lleve hasta la chica aunque lo perdamos de vista.

—¿Es muy peligroso?

Milan se aclaró la garganta. Se pasó las manos por el pelo castaño, revuelto como de recién levantado, que llevaba meses sin ver a un peluquero.

—No voy a mentirle: sí, lo es. Mide un metro ochenta y cinco, es musculoso... y va armado.

—Dios mío. —La oyó tragar saliva.

—Por favor. Sé que le estoy pidiendo mucho. Pero no habrá peligro alguno si no se hace la heroína. Dele el dinero de la caja y todo lo que pida. Quizá tenga hambre y necesite provisiones. Nosotros nos ocuparemos de que a usted no le pase nada.

—¿Cómo? —Se le quebró la voz.

Milan oyó pasos a través de la línea: suelas de goma que chirriaban. Seguramente la camarera buscaba refugio tras la barra. «Ojalá.» En la puerta, en la zona de peligro, no se veía ningún movimiento.

«Por suerte.»

El aparato de radio emitió un chasquido. Cogió el transmisor, ordenó que esperasen y cortó la comunicación.

—En este momento hay tres francotiradores apuntando hacia la entrada del local. —Trató de tranquilizarla—. Al menor signo de peligro daré a mis hombres la orden de disparar.

—¿Y qué entiende usted por «signo de peligro»? ¿Un tiro en la cabeza? ¿Mis sesos desparramados por la barra?

Milan bajó la voz hasta un susurro, no porque fuera necesario sino porque había descubierto que así las personas nerviosas escuchaban con más atención.

—El hombre entrará en cualquier momento. Mantenga la calma y haga lo que le pida. Y no se asuste, pero lleva un pasamontañas negro.

—No lo dirá en serio...

—Ahora cuelgue. Que no la vea al teléfono. Es muy desconfiado.

—Vale —contestó, pero no sonó convencida. Lógicamente, no le gustaba nada perder el contacto con la policía.

—Limítese a hacer lo que él diga. Y cuando se vaya, espere a mi equipo. Todo irá bien —le prometió una última vez. Después se oyó un chasquido y se cortó la línea.

Cerró los ojos.

«¿Todo irá bien?»

Tenía un mal presentimiento.

«¿Abortar misión?»

Miró el reloj. Respiró profundamente. Y decidió no hacer caso a su instinto.

Con un suspiro cogió el pasamontañas del asiento del copiloto y se lo puso. Después se bajó del coche y se dirigió al local.

3

La estratagema que le había valido el apodo de «Policía» le había funcionado siete veces.

Seleccionaba locales con poco personal y mucho efectivo: cafeterías, casas de comidas, restaurantes, una vez una gasolinera. Siempre poco antes del cierre o del cambio de turno. Preferiblemente en calles laterales sin mucho trasiego.

Resultaba sorprendente la gran cooperación que mostraban las personas cuando una voz profunda e intimidante les ordenaba entregar sin resistencia los ingresos del día a un malhechor. Hasta la serie de policías más cutre enseña a sus espectadores que exijan la identificación a los agentes. Pero al parecer eso solo rige si se personan en el domicilio. Por teléfono, a la mayoría le bastaba con una presentación como «comisario jefe Stresow, de la dirección de operaciones especiales», o alguna tontería similar. De vez en cuando Milan hacía sonar una radio de juguete y decía algo. No necesitaba nada más para crear un fondo verosímil.

Era más difícil aguardar el momento adecuado. Como aquel, con las tiendas ya cerradas, las compras navideñas terminadas y las calles desiertas porque todo el mundo se había ido a casa a preparar la cena y los regalos. Porque era Nochebuena, poco antes de las seis de la tarde.

De los tres objetivos que Milan había escogido en internet solo aquel restaurante del barrio de Schmargendorf seguía abierto y, tal como esperaba, casi vacío.

Le dio un ataque de tos y, a los pocos pasos, el pasamontañas mojado ya se le pegaba a la cara.

Aquel día, con ese tiempo, ni siquiera veía a gente paseando perros; y, si había alguien, mantendría la cabeza gacha para evitar que la aguanieve le diera en la cara.

«Vale, allá vamos.»

Ya había cubierto los treinta metros que separaban el coche robado de la entrada, que lucía el típico luminoso de neón.

«Adentro.»

Entró en el local. Estaba en penumbra y, aparte de las lamparitas en las mesas de formica, solo permanecían encendidas las luces de emergencia. Un olor mezcla de grasa, hamburguesa y sangre le golpeó la nariz.

«¿Sangre?»

Solo con cierto retraso notó el golpe contra la cabeza. Como el estampido de un avión supersónico. Después llegó el dolor y comprobó que no se había equivocado: el restaurante tenía un suelo ajedrezado. Había caído en él de rodillas... y ahora era incapaz de volver a levantarse.

«Debí haber hecho caso a mi instinto.»

Una patada en la barriga lo hizo girar sobre sí mismo. Cayó de espaldas y lo primero que vio sobre él fue la parrilla de un Cadillac negro que algún diseñador de interiores había decidido colgar del techo y, después, a una mujer de nariz ligeramente curvada, mucho más bonita que su fea napia, que se le estaba llenando de sangre.

«Andra —pensó Milan—. De verdad parece una mujer con la que me gustaría tener una cita.»

—Feliz Navidad, capullo —dijo ella.

Y después le partió la crisma con un bate de béisbol.

4

Dos años después

—¿Cómo se conocieron? —preguntó la terapeuta.

Seguramente esperaba que aquella parejita recordara con una sonrisa ese romántico momento. Un buen punto de partida para el éxito de una terapia de pareja que acababan de comenzar. «Diez sesiones de noventa minutos. A doscientos euros la sesión.» Una ganga, siempre que la doctora Henriette Rosenfels consiguiera sacarlos de verdad de la maraña de problemas de su relación. O, al menos, ofrecerles una serie de consejos útiles para sobrevivir al día a día sin tirarse los trastos a la cabeza.

«Aunque así fue exactamente como empezamos», pensó Milan, y esa era también la razón por la que Andra sonreía cuando contestó a la pregunta:

—Le arreé con un bate de béisbol.

Y Milan añadió:

—Fue amor al primer mamporro.

Cuando se saludaron con un apretón de manos a la entrada de la consulta, en un edificio antiguo del barrio de Moabit, a Milan le había parecido que la doctora era una asidua clienta del negocio del bótox. Para contar cincuenta y ocho años, aquella señora de pelo gris y gafas tenía una piel extraordinariamente tersa («como si se hubiera pegado un globo a la cara», fue su primer pensamiento). Sin embargo, en aquel momento su frente se llenó de arrugas:

—¿Qué quieren decir con eso? —preguntó, frunciendo el ceño.

—Andra es camarera. Hace dos años, en Nochebuena, quise atracar su restaurante. Pero su inteligente cerebro descubrió mi jugada.

«¿Ahora cuelgue? —lo había imitado de manera burlona Andra en cuanto volvió en sí—. Joder, mi ex era policía. No se trataba precisamente de un lumbreras, pero hasta él habría mantenido en todo momento el contacto con la víctima.»

La mirada incrédula de la terapeuta se posó en ella, que confirmó las palabras de Milan con un suspiro que venía a decir: «triste pero cierto».

—Bueno, pues al parecer puede decirse que son una pareja fuera de lo común. —La doctora Rosenfels sonrió y Milan le dio la razón.

Ya solo por el aspecto, Andra y él no pegaban en absoluto. Él, un chico modosito y conservador, discretamente vestido con deportivas, vaqueros y polos. Ella, tres años mayor, describía su estilo como «gótico de feria». Botas negras de motorista, melena hasta los hombros teñida de azul acero, leggings de colores chillones, una minifalda plisada con estampado de calaveras y una sudadera verde con el mensaje: CRISTO TE AMA. PARA LOS DEMÁS ERES GILIPOLLAS.

La misma sudadera que llevaba el día en que se conocieron.

Aunque «conocerse» era más bien un eufemismo que sustituía a: «dejarlo medio muerto y arrastrarlo hasta un cuarto trasero».

Según el doctor Google, Andra le había ocasionado una «fractura de la bóveda craneal sin lesión cerebral», aunque a él le pareciera que con su saludo le había incrustado la frente en el cerebro. Muchos meses después los movimientos bruscos hacían que se le saltaran las lágrimas, y todavía entonces se despertaba sintiendo una bola de demolición dentro de la cabeza si la agitaba bruscamente cuando tenía una pesadilla.

Aun así, había sobrevivido a la fractura de cráneo sin atención médica. No había pasado lo mismo con las lesiones que sufrió en la cabeza durante su adolescencia. Milan había crecido en la isla de Rügen, en la costa báltica de Alemania. Tras caerse por las escaleras del sótano de su casa a los catorce años, pasó varias semanas ingresado en el hospital. Por el contrario, la segunda fractura de su vida se la había curado él solo con pastillas de flupirtina y bolsas de hielo. Un milagro, como certificaban continuamente sus búsquedas en distintos foros médicos. Pero un milagro insignificante si se comparaba con su relación con Andra.

Cuando se despertó media hora después del frustrado atraco (en el sofá del dueño del local y con un concierto de instrumentos desafinados sonando en la cabeza), estaba convencido de que la chica iba a terminar lo que había empezado. Una semana antes los medios habían informado de que el dueño de una tienda abierta veinticuatro horas había matado a un ladrón de una paliza, en representación de todos los canallas que se habían salido con la suya a lo largo de los años. Pero aquella joven sorprendentemente grácil y con cara de ángel no volvió a tocarle un pelo. Tampoco llamó a la policía. Hizo algo que Milan jamás habría imaginado: ofrecerle trabajo. «Qué lástima. Un chaval bien plantado como tú, con tanta imaginación... ¿Cómo te metes en estas mierdas en lugar de buscarte un trabajo decente?»

No pasaba ni un día sin que él recordara sus primeras palabras. Ni la respuesta que todavía entonces le seguía debiendo: «Porque soy analfabeto. No sé leer ni escribir. Nunca aprendí, como millones de personas en Alemania».

—A veces pienso que tiene doble personalidad —prosiguió Andra, aún ajena a aquella verdad. Tanto se avergonzaba Milan de esa tara que lo separaba del resto de la gente—. Quiero decir, sí que me ha hablado de su padre, me ha contado que se siente responsable de cuidarlo. Y de las deudas que tiene. Seguramente por eso intentaba conseguir dinero a toda costa.

—¿Se dio usted a la delincuencia por esa razón? —preguntó la doctora Rosenfeld, dirigiéndose a él.

Andra asintió con la cabeza en su lugar. En realidad, la

verdadera causa de su carrera como timador era que el analfabetismo no se consideraba una discapacidad en Alemania, por lo que no podía optar a ningún tipo de pensión. Sin embargo, lo tenía muy difícil para ganarse la vida. Debido a su torpeza, las actividades manuales apenas entraban en consideración. Y la sociedad lo había excluido del trabajo intelectual, el más apropiado para su inteligentísimo cerebro.

Con el tiempo se cansó de no lograr rellenar siquiera el formulario para el subsidio mínimo de desempleo de larga duración, el Hartz IV, de modo que procuró canalizar sus aptitudes mentales hacia la única profesión remunerada por encima del salario mínimo que no tenía ningún tipo de requisito: la delincuencia.

—La historia de las deudas de su padre me tocó la fibra sensible, siempre voy por ahí ayudando a todo el mundo —explicó Andra—. Además, me sentía mal por haberle pegado. Estaba muy nerviosa y asustada.

—Por eso después se acostó conmigo, por compasión.

—Capullo —bufó ella—. Eso fue seis meses después, y por entonces estaba enamorada de ti.

«Estaba.»

—¿Ahora trabajan juntos? —preguntó la terapeuta.

—Sí, en el mismo local donde intentó matarme.

—Querrás decir donde tú intentaste robarme.

Milan se dirigió a la doctora:

—Si no fue por compasión, ¿por qué ocultó el atraco y le habló bien de mí a Hulk?

—¿Quién es Hulk?

—El dueño. Su verdadero nombre es Harald Lampert. Lo llamamos así porque viste muy a menudo de verde.

—Solo tú lo llamas así porque te hace gracia llamar «Hulk» a un peso mosca de cincuenta kilos —lo corrigió Andra, y luego negó con la cabeza—. No te entiendo, Milan. Eres un genio del cálculo mental. No conozco a nadie que pueda tomar la comanda de veinte personas sin anotar una palabra y no olvidarse de nada. Además, tienes un talento artístico increíble; doctora, debería ver cómo dibuja a los clientes. Este tío tiene memoria fotográfica, de verdad. ¿Y trabaja de camarero?

—Un momento, me he perdido —interrumpió la doctora—. Creía que era usted la que quería que trabajaran juntos en el restaurante.

—Claro. Pero de forma temporal, no hasta la jubilación. A ver, a mí me costó horrores sacarme el graduado escolar. Pero él tiene abiertas todas las posibilidades. No le da la gana realizarse, carece de planes y objetivos. ¡Y solo tiene veintiocho años!

«Y discapacidad lectora», añadió mentalmente Milan.

Hasta Louisa, la hija de trece años de Andra, se las apañaba mejor en el mundo real, en el que los analfabetos eran ciudadanos de cuarta categoría: sin graduado escolar, sin formación, sin carnet de conducir. Louisa leía los carteles de las calles desde primero de primaria, mientras que para Milan algo tan sencillo como la compra del fin de semana se convertía en un viaje terrorífico.

«Cariño, aquí está la lista. ¿Puedes ir tú?»

«Claro. Solo una cosa: ¿qué es esto, Ξοξα Ξολα? ¿Es la botella gorda marrón con etiqueta roja y letras blancas?»

En Alemania vivían más de seis millones de analfabetos funcionales. Personas que habían aprendido en la escuela a reconocer suficientes frases como para dar el pego por la vida.

Pero el caso de Milan era aún peor. Claro que había ido a la escuela y había aprendido el alfabeto, e incluso identificaba algunas palabras y números. Pero jamás hizo un dictado ni una redacción. Siempre montaba una escena, se hacía el enfermo o se lastimaba la mano para escaquearse. Como consecuencia, era capaz de leer relojes digitales, meter una cuenta en la caja y reconocer su propio nombre. Pero no podía descifrar una frase de un cuento infantil si no se la leían en voz alta.

—¿De modo que están aquí por esa falta de ambición? —preguntó la terapeuta mirando el reloj.

Solo habían pasado veinte minutos y a Milan ya le parecía una eternidad.

—No. —Cuando Andra estaba nerviosa jugueteaba sin darse cuenta con el minúsculo piercing de la nariz—. Me oculta algo. —Levantó la mano en un gesto defensivo—. Y no es otra mujer, eso no sería un problema. Soy capaz de separar sexo y amor.

Aquella declaración desconcertó menos a la doctora Rosenfels que al propio Milan, que nunca había oído a Andra decir nada parecido.

—No te hagas el sorprendido. Los hombres estáis tan preparados para la monogamia como el aeropuerto Willy

Brandt para los aviones. Parece posible en teoría, pero a la hora de la práctica se queda en nada.

La terapeuta carraspeó.

—Sin duda este es un tema muy interesante pero ¿podemos volver a eso de que le oculta algo?

—Yo no oculto nada —mintió Milan.

Una vez estuvo a punto de confesárselo. Estaban celebrando su aniversario en el restaurante 893, en la calle Kant, y Andra le pidió que le eligiera un plato de la exótica carta. Y aquella vez no quiso recurrir a la mentira estándar de las gafas. De vez en cuando llevaba unas feísimas y pesadas, con cristales sin graduar, para poder «dejárselas» si preveía que tendría que leer algo. «Lo siento, con mi mala vista no lo distingo bien.»

Pero aquella noche no quería poner excusas. Quería decirle la verdad.

Mientras reunía el valor necesario, Andra empezó a hablarle del cliente machito al que había tenido que atender el día anterior y que había intentado ligar con ella.

«—Y encima resultó ser un idiota integral. Me preguntó si mi perfume era de Be Uve Ele Gari.

»—¿De qué?

»—Yo tampoco lo pillé al principio. ¡Pero se refería a Bulgari! El muy inútil estaba deletreando el logo: BVLGARI.

»Un idiota integral, claro —pensó Milan, riendo forzadamente—. Un inútil. Pero hasta ese inútil lee mejor que yo.»

Aquel día ni contó la verdad ni cenó nada, aparte de su

«pastilla de emergencia». Penicilina, quinientos miligramos. Era muy alérgico a ella: dos minutos después de tomarla casi no podía respirar. Por eso siempre llevaba un comprimido en el bolsillo del pantalón. Una vez había oído la historia de una analfabeta en una boda, a la que de repente le pidieron que leyera un pasaje de la Biblia. Para no revelar la verdad ante la concurrencia, se escabulló al baño y se pilló la mano con la puerta. Milan no necesitaba romperse todos los dedos. Aquel día un shock anafiláctico le bastó para no descubrirse.

—Lleva una doble vida mental —contestó Andra, mirando a la psicóloga—. No sé cómo explicarlo. En público, cuando estamos con amigos o por la calle, le cambia el humor de un momento para otro. Se pone nervioso, inseguro. Y le pasa de repente, sin más. Estando en el metro o en la cola del cine.

«O en terapia de pareja.»

—Y entonces huye. Literalmente. Me deja sola y se va para solucionar él solo el problema, a saber cuál será. Yo ya no aguanto más. Lo quiero, Dios sabrá por qué. Pero la próxima vez que se levante y se vaya, yo me rindo.

La terapeuta asintió con un gesto como si la comprendiera y le preguntó a Milan:

—¿Y usted qué opina?

«Que tiene razón. Que le miento. Mañana, tarde y noche. Igual que a todo el mundo. Pero no puedo hacer otra cosa. Cuando lo he contado se han reído de mí, me han echado del trabajo o me han abandonado.»

—Que son imaginaciones suyas —repuso, con poca decisión.

—Está bien.

La psicóloga miró de nuevo el reloj y después les tendió un folio en blanco a cada uno. Milan lo cogió con un nudo en la garganta, aunque una hoja en blanco era mucho menos peligrosa que una escrita.

Con la siguiente frase de la doctora, el nudo alcanzó las proporciones de un balón medicinal.

—Me gustaría que en los próximos diez minutos escribieran cuáles consideran las bases no negociables de su relación.

«¿Escribir?»

Se le aceleró el corazón. Empezó a sudar.

—¿Qué valores consideran importantes? ¿Qué hacen por amor a su pareja? ¿Y en qué asuntos son inflexibles?

Milan se sentía fatal. Quería vomitar. O, aún mejor, perder el conocimiento. Casi como un acto reflejo, se llevó la mano al bolsillo del pantalón.

5

—Pues se acabó.

—Seguramente.

Milan salió a la densa niebla de noviembre, que de madrugada había causado accidentes en la periferia de Berlín y que ya había alcanzado el centro de la ciudad. La escarcha no llegaría hasta la noche; entretanto, los jirones ascendían desde el canal Landwehr hasta el puente Gotzkowsky. Aunque no se distinguía nada a veinte metros, Milan veía con más claridad que nunca en su vida: su relación con Andra había terminado. La mentira que los unió había acabado por separarlos.

—¿Lo he entendido bien? ¿Te levantaste y te fuiste sin más de la consulta?

—Sí, papá.

Milan pidió a Kurt que esperara un momento mientras se ponía los auriculares. Así le quedaban las manos libres para, con los dedos helados, separar la bicicleta de la barandilla del puente, donde la había dejado apoyada sin más. Al coche de

Andra le estaban cambiando los neumáticos; él había propuesto ir en taxi a la terapia pero aquello era como sugerir que fueran en el transbordador espacial. Ella odiaba los taxis y se negaba a usarlos. Así las cosas, habían optado por pedalear. La bicicleta de carreras nueva de Andra estaba amarrada con varios candados, pero la suya se veía tan desvencijada que ningún ladrón se molestaría siquiera en mancharse las manos. Era más probable que algún día se la llevara por error el camión de la basura.

—Pues para eso podías haberle dicho la verdad. El efecto habría sido el mismo.

—Y me lo dices tú, que le ocultaste a mamá que no soportabas a los Rolling Stones.

Su padre suspiró profundamente. Su voz, curtida por el tabaco, se volvió teatral:

—Es verdad. Y créeme: lo pagué muy caro. En casa, en el coche, siempre las mismas canciones durante meses. Hasta tuve que tragarme un concierto. Los berridos de Mick Jagger en el escenario del Waldbühne me persiguen todavía hoy en mis pesadillas, tras la muerte de tu maravillosa madre —bromeó—. Lo único que me hacía soportar medianamente a ese payaso con morritos era cuando Jutta lo ponía, me bajaba la cremallera y...

—¡Papá!

—... y me podía quitar la chaqueta cómodamente. ¿En qué estabas pensando, hijo? ¡Qué mente más enferma!

La risa estruendosa de su padre resonó en el teléfono como antes lo hacía por los pasillos del hospital. Seguramente a los demás jefes de mantenimiento los cabreaban los bombines defectuosos, las puertas de armario medio arrancadas por pacientes irresponsables o los váteres atascados. Pero Kurt «Kurtchen» Berg era capaz de ver el lado cómico de la mayoría de los desperfectos que debía reparar. Así había sido en el hospital de la isla de Rügen, y así continuó tras su traslado al Hospital de accidentes de Berlín, situado en el distrito de Marzahn. La tendencia de Kurt a hacer chistes de todo y sobre todos a menudo le resultaba muy embarazosa a su mujer. La ocurrencia que soltó en el entierro de su suegro era ya legendaria. Como el hombre había sido enfermero de cardiología pidió que enterraran sus cenizas en una urna con forma de corazón. Eso llevó a Kurtchen a comentar que, por suerte, no había trabajado en la planta de ginecología.

Milan pedaleó desde la acera hasta la calzada y se paró en el espacio reservado a bicicletas del semáforo en la esquina de las calles Franklin y Helmholtz.

—Tardaste un año en confesarle la verdad.

—En realidad tu madre me pilló un día apagando la radio de la cocina cuando empezaron aquellos berridos. Yo creía que ella estaba haciendo la compra. ¡Cómo se enfadó cuando se lo conté! Se lo tomó como si la estuviera engañando con su mejor amiga.

—Ya, pues si se lo hubieras dicho en la primera cita...

—... jamás se habría quedado conmigo. Nunca habría salido con un fan de aquellos melenudos de los Beatles.

Pero en tu caso no hablamos de una tontería como si los Beatles o los meterruidos de los Rolling, Milan. Se trata de ti, hijo. De tu vida. De algo que está en ti y que te preocupa más que nada en el mundo.

—Exacto. Y eso hace aún peor que se lo ocultara desde el principio.

Si una persona normal se sentía engañada porque le mintieran sobre los gustos musicales, ¿cómo se sentiría Andra al enterarse de que le ocultaba su analfabetismo? Más aún considerando lo comprensiva que era; sabía que no debía temer ninguna maldad por su parte. Pero había dejado pasar el momento y, con el tiempo, la vergüenza que lo acompañaba desde siempre y que llevaba tatuada en el ánimo se había ido acrecentando, también al pensar en contárselo.

A pesar del tráfico oyó por los auriculares que su padre se encendía un cigarrillo.

—Fumar en las habitaciones está prohibido.

—Los listillos también están prohibidos. Estoy en el balcón, mirándole el escote a la nueva enfermera. Me temo que tú ya no podrás disfrutar de unas vistas así de Andra. —Forzó una risa y se dio cuenta de que su chiste no había tenido éxito—. Lo siento. Solo intentaba animarte.

—Pues no ha funcionado. —Se calentó las manos con el aliento.

—Vale, a ver qué tal este. Estoy pensando en poner un anuncio por palabras. El texto es el siguiente: «Buscamos urgentemente alguien para un trío. Somos un hombre y buscamos dos mujeres».

La flecha para girar cambió a verde y el coche que se hallaba junto a Milan torció a la izquierda y se metió en la calle Franklin. Él, que seguía de frente, se quedó parado; le lloraban los ojos por el gélido viento, que, curiosamente, no se llevaba la niebla.

—Muy gracioso, papá.

—¿Verdad? Oye, por qué no te pasas a verme y lo hablamos con una rubia bien fría. Aquí en la residencia...

—... está prohibido el alcohol. Y ahora tengo que ir a trabajar, lo siento.

—Bueno, luego no digas que no te lo ofrecí... Por cierto, un hombre ha preguntado por ti esta mañana.

Milan pestañeó y sintió un hormigueo en el estómago.

—¿Quién era?

Otros coches utilizaron el carril para girar, aunque la flecha ya estaba en ámbar.

—Ni idea, no quiso darme su nombre. Tampoco lo vi, pidió que me llamaran desde la recepción. La voz me sonaba conocida, era un vejete algo raro, me...

—¿Qué quería? —El hormigueo se volvió doloroso.

—Tu número de móvil, un contacto. No se lo di pero...

Entonces el coche que tenía detrás se situó en el carril para girar y a partir de ese momento le resultó imposible continuar la conversación. También la mala sensación del estómago pasó a un segundo plano. El vehículo acaparaba ahora toda su atención.

No sabía si había mirado al lado por casualidad o si había sido un mero acto reflejo. El Volvo verde, un sedán, se le había arrimado mucho, de hecho pisaba la línea del carril bici. Sus ojos se posaron en el interior del vehículo. Y lo que vio allí dentro cambiaría su vida para siempre.

6

En un primer momento pensó que se trataba de un niño que había pegado un folleto publicitario a la ventanilla mientras jugaba en el asiento trasero.

Pero cuando apartó un momento el papel y pudo verle la cara, Milan se dio cuenta de que no era un niño sino una adolescente que lloraba amargamente.

«Joder, pero ¿qué...?»

Tenía el gesto desencajado de miedo y los ojos tan hinchados como los de Milan cuando sufría alergia o había dormido poco. «Color caqui», pensó, aunque quizá ese extraño color se debía al tintado del cristal tras el que lloraba. Llevaba el pelo rubio sujeto en una coleta. Un pasador rosa con brillantitos le apartaba el flequillo de la frente, fruncida en muchísimas arrugas para una cara tan joven.

La chica tendría como mucho trece años, aunque en el momento en que sus miradas se cruzaron Milan tuvo la impresión de que aquellos ojos ya habían visto suficiente para toda una vida. Y había algo más que también reconoció en ellos.

A sí mismo.

Una vez vio un documental donde se explicaba que la gente siente simpatía por aquellas personas que, en la infancia, han sufrido heridas emocionales similares a las suyas. Ese fue el sentimiento que se despertó en Milan: una empatía, un lazo común tejido de crueldades psicológicas. Y le resultó muy perturbador, porque no recordaba que nadie le hubiera causado daños emocionales en sus primeros años de vida. Los labios de la joven no se movían. Imploraba en silencio. El mensaje que, aterrorizada, quería gritarle al mundo lo había escrito en el papel pautado que volvía a sostener contra el cristal. Una hoja tamaño DIN-A4 doblada por la mitad, como arrancada a toda prisa de un cuaderno escolar.

«¿Una llamada de auxilio?»

A Milan se le llenaron los ojos de lágrimas.

—Soy analfabeto.

Susurró a la chica aquellas palabras, que le debía a Andra desde hacía tanto tiempo. Las habría dicho en voz alta, las habría gritado si creyera que ella podía oírlas pese a las ventanillas subidas y el ruido del tráfico. Porque, debido a aquella extraña afinidad sin explicación lógica, confiaba en ella.

Se le partió el corazón. Ella necesitaba ayuda y él no podía dársela. Sabía que estaba en peligro, pero no entendía lo que quería comunicarle.

Αγύδαμε

Εςτος ηο ςοη μις παδρες

Ante sus ojos, las letras se comportaron como siempre que veía palabras: formaron acertijos gráficos irresolubles y se convirtieron en jeroglíficos sin sentido.

Miró hacia delante, al conductor y al copiloto; tenía que haberlo pensado antes porque en aquel preciso momento el Volvo se puso en marcha, cambió de carril y salió disparado por la calle Hemholtz en dirección al centro.

«Un hombre moreno al volante y una rubia en el asiento del pasajero.»

Se le ocurrió demasiado tarde la idea de memorizar la matrícula y pegarla en el álbum de su memoria fotográfica. Estaba distraído preguntándose si se habría equivocado y el copiloto sería en realidad un hombre de pelo largo. Para cuando se dio cuenta de que sería un testigo malísimo, los faros traseros ya se perdían en la niebla.

«Dados colgados del retrovisor.»

Eso era lo único que recordaba. Quizá una señal de que el conductor era un «jugador» al que le gustaba participar en carreras de coches.

«¿Y también un secuestrador?»

Se subió a la bicicleta y pedaleó con fuerza. Alcanzó a ver que el coche ponía el intermitente en la esquina siguiente. Luego giró a la izquierda y, en un instante, la neblinosa ciudad se había tragado aquel sedán verde con una chica desesperada en el asiento de atrás.

7

Hoy, Tegel

—Tu padre tenía razón. Eres un flojo. Con lo fácil que era decírselo a esa Andra, a tu guarrilla.

Milan tardó en contestar, seguía atrapado en aquel momento del pasado. El frío que subía de las baldosas de la lavandería y se le metía en los huesos avivaba el recuerdo de aquel neblinoso mediodía de invierno en el puente Gotzkowsky. La sábana húmeda que Zeus le había dado en un inesperado arrebato de clemencia no ayudaba mucho. Solo le tapaba el torso y ya estaba teñida de rojo.

—No tienes ni idea —murmuró.

«¿Un adulto que no sabe leer ni escribir?»

La vida se resumía en una sola palabra: ansiedad. Ansiedad ante las máquinas expendedoras de billetes cuando la persona de detrás chasca la lengua con impaciencia mientras a ti te bailan las letras y los números. Ansiedad en la Administración cuando le pides al funcionario que te deje llevarte a casa el formulario para «rellenarlo con calma». Ansiedad solo con ver librerías y bibliotecas, sitios que evitas como un traficante las comisarías. Es cierto que Milan sabía de personas a las que no habían estigmatizado al confesar ser analfabetas. Pero él tuvo muy mala suerte, lo habían tratado como a un leproso en una entrevista de trabajo en una fábrica para un puesto puramente manual porque ni siquiera fue capaz de encontrar la puerta indicada.

«¿Está usted tarado, joven? ¿O qué es lo que le pasa?»

Para evitar encontrarse de nuevo en esa situación se había convertido en un maestro del engaño. Ya en la escuela se aprendía de memoria audiolibros para la clase de literatura, de modo que no se notara si lo hacían leer en voz alta. En la fábrica de tornillos retenía en la cabeza los números de inventario de más de diez mil productos, que su padre le había ayudado a estudiarse con ayuda de un catálogo del grosor de una guía telefónica. Y en el restaurante dibujaba a cada cliente en su mesa para recordar las comandas. Pero daba igual cuánto se esforzara, su vida se hallaba en un callejón sin salida. Desde que se mudaron de Rügen a Berlín, tras tener que dejar a todos sus amigos y no encontrar conexión en el anonimato de la gran ciudad, vivía con la angustia constante de ser descubierto.

—¿Cómo es que nunca aprendiste? —preguntó Zeus.

Se echó hacia atrás en la silla que sus hombres le habían llevado antes de marcharse y cerrar la puerta. Con total seguridad esperaban instrucciones al otro lado, en cuanto el jefe terminara de interrogar al nuevo.

—¿Y cómo es que tú no cantas ópera? Uno no elige sus talentos.

La voz de Milan resonaba con un eco extraño en aquella habitación sin ventanas y pintada de blanco que olía a detergente en polvo y productos de limpieza.

«Y a vómito.»

Había devuelto nada más empezar a hablar, y Zeus lo había obligado a limpiar aquella asquerosidad con un trapo antes de permitirle continuar.

—Pero ¿no entiendes nada de nada? ¿Ni siquiera lo que pone en mi camiseta?

Se apartó del delgado torso una camiseta azul celeste con una inscripción blanca.

Milan negó con la cabeza.

En eso se distinguía de la mayoría de los analfabetos funcionales, que al menos entienden el significado de palabras sueltas o incluso de frases, aunque necesiten muchísimo tiempo para descifrarlas. Él, por el contrario, padecía alexia, la incapacidad total para leer cualquier cosa aunque la vista le funcionara sin problemas.

—¿Ni una palabra?

—Ni una.

Zeus suspiró y miró su reloj.

—Bueno, pues me alegro de que no empezaras tu historia con esta chorrada. Volviendo al tema, ¿qué pasó con el Volvo?

Milan parpadeó. Solo hizo falta una mención al automóvil para que regresara el recuerdo de la chica aterrorizada y de su mensaje en la ventanilla.

—Intenté convencerme de que no pasaba nada. En realidad, ¿qué había visto? Un trozo de papel y una chica llorando. Podía significar cualquier cosa.

—En esta vida lo esencial no suele ser visible a los ojos —contestó Zeus con una expresión extrañamente pensativa.

Milan se preguntó si era consciente de que había citado *El Principito*, en concreto aquella idea de que solo se ve bien con el corazón. Su madre le leía en voz alta ese libro. Y, en efecto, aquel día en el puente fue su corazón el que tomó el control cuando, obedeciendo a una intuición, volvió a subirse al sillín.

—Decidí perseguirlos —contó, y en aquel momento se sintió tan agotado y congelado como entonces.

Notó casi literalmente la resistencia del viento cuando empezó a pedalear para seguir al coche. Un aire cortante y helador que le echaba el pelo hacia atrás y le tiraba de la ropa cuanto más rápido avanzaba. Cruzó la calzada sin prestar atención a los semáforos ni a los demás vehículos, se subió a la acera y se internó en los terrenos de Volkswagen. Esperaba que el gigantesco complejo, dedicado a la venta y reparación de automóviles y que ocupaba una manzana entera, tuviera una salida a la calle Gutenberg, en cuya esquina había doblado el Volvo. Y, en efecto, su búsqueda de un atajo fue recompensada.

Un camión de mudanzas mal aparcado le dio una segunda oportunidad. El sedán acababa de deslizarse, a la velocidad del caracol, por el estrechísimo paso que dejaba el camión, y se dirigía hacia la calle Salzufer. Desde allí continuó hasta la avenida del 17 de Junio. Continuamente perdía el rastro del vehículo tras autobuses y camiones, en los semáforos o entre el tráfico. Pero los faros traseros siempre resurgían entre la niebla porque el caos circulatorio del Distrito Gubernamental de Berlín jugaba a favor de Milan. La persecución terminó en las inmediaciones del barrio de las Embajadas, cerca del hotel Intercontinental, una zona residencial y turística muy apreciada, con hileras de casitas y apartamentos que los simples mortales a duras penas pueden permitirse.

Había acortado atravesando el parque Tiergarten y por ello había perdido de vista el Volvo en los últimos metros. Vagaba sin rumbo por las calles de alrededor del café Am Neuen See. Ya iba a darse por vencido y a ponerse en camino al turno de tarde en el restaurante cuando casi se dio de bruces con la familia.

—¿Familia? —preguntó Zeus, a quien Milan había ofrecido un breve resumen de la persecución.

—Sí.

Soltó un hondo suspiro. Recordaba perfectamente lo ridículo y estúpido que se había sentido al ver al padre, la madre y la hija. Agotado y sin aliento, se escondió con la bici tras un árbol y, llamándose idiota, se quedó mirando cómo llevaban las bolsas del supermercado a la pequeña villa urbana.

Entre la cortina de niebla, le pareció contemplar la escena a través de una cámara con filtro de difusión.

El Volvo había aparcado en el camino de entrada a una

villa de ladrillo rojo. Con sus alegres saledizos y una torre-cita en el ala oeste, parecía sacada de un cuento de los hermanos Grimm. El padre, un hombre moreno con pinta de representante comercial, vestido con un traje arrugado y la corbata suelta, llevaba una caja de limonadas. Su hija cargaba con esfuerzo una gran caja de cartón mientras la esposa, delgada y muy rubia (Milan solo la veía de espaldas), se internaba en la casa con una bolsa al hombro.

«¿Nos hemos dejado algo?», oyó preguntar al padre. A lo que la chica, sin volverse, replicó en tono molesto: «Mira, si compramos más cosas ponemos un Lidl».

—Vale, ¿y qué pasó luego? —preguntó Zeus, impaciente.

Milan se encogió de hombros.

«Entraron todos en la casa.»

—Estaba convencido de que había metido la pata. De que había perseguido una alucinación y la chica me había jugado una mala pasada.

—¿Y entonces?

Milan se miró las manos. Abrió y cerró los dedos con la esperanza de mantener la sangre en circulación.

—Entonces me fui al restaurante para hacer mi turno. Ya llegaba tarde.

Zeus puso los ojos en blanco y se quitó las gafas para limpiarlas con una punta de la camiseta.

—A ver, me parece que tienes una forma muy rara de pedir que te metan cosas por el culo. ¿Plancha?

Pronunció el nombre de su acólito en dirección a la

puerta, que efectivamente se abrió al instante para que aquella bola de grasa asomara su hinchada cabeza.

Milan levantó una mano.

—¡Un momento! ¡Espera, por favor! Tengo que extenderme un poco para que luego lo entiendas todo. ¡Por favor!

Intentó apartarse de Zeus de manera instintiva, pero se encontraba sentado con la espalda apoyada en la lavadora. Si salía de aquella situación jamás volvería a acercarse a una lavandería. Ya había sufrido una vez el dolor más fuerte de su vida en un suelo de baldosas. A los once años se le había ocurrido la brillante idea de esconderse en el conducto de la ropa sucia de su casa, que unía el armario de las escobas de la primera planta con el cuarto de la colada del sótano. Se quedó atascado y, en un intento desesperado por liberarse, se giró de tal manera que se dislocó el hombro. Sus padres lo encontraron aullando, tirado en el suelo. Nunca se imaginó que pudiera haber un dolor peor que el de un hombro dislocado; pues bien, solo hacían falta los matones adecuados dispuestos a torturarte.

—Te lo juro, no te haré perder el tiempo —jadeó.

Zeus volvió a mirar el reloj y arrugó la frente. Frunció los labios.

—Eso espero. Por tu bien. —Le hizo un gesto con la cabeza a Plancha, que desapareció tras la puerta sin decir palabra—. Pues venga, Policía, date vidilla.

Al oír su viejo mote pronunciado irónicamente Milan se sobresaltó y se llevó las manos a la cabeza de forma inconsciente, al mismo lugar donde Andra le había golpeado con el bate.

—No quisiera ser impertinente, pero ya nadie me llama Policía —susurró.

Eso era hacía años. En otra vida. Mucho menos dolorosa.

A Zeus le bailaron las comisuras de la boca.

—Pues es una pena. Tu truquito del policía me ha parecido muy original.

Al momento siguiente se le enfrió la mirada y sus rasgos se congelaron en una máscara impenetrable cuando se inclinó hacia él para decirle:

—También podría llamarte «mataniñas». A menos que tu historia me convenza de otra cosa. —Volvió a mirar el reloj—. Tienes media hora.

8

Dos semanas antes

En su momento, Milan no le había hecho justicia al *diner*. No era para nada tan típico e impersonal como le pareció cuando intentó atracarlo. Las fotos que había visto en internet mostraban los tópicos habituales. Sin embargo, más adelante se enteró de que todas las mesas, sillas, carteles e incluso la máquina *jukebox* eran realmente de los años sesenta; Hulk, el dueño, los había comprado en un verdadero *diner* que había quebrado en Los Ángeles.

Gracias a los elementos originales el local resultaba todo lo auténtico que podía ser un restaurante de comida rápida norteamericana en un barrio más bien pijo de Berlín. Hasta los saleros tenían una pátina y Tony, el cocinero, era un ex soldado estadounidense. A Hulk le habría encantado que también los camareros fueran de allí; él, por su parte, a sus sesenta y dos años y calzado siempre con sus botas de vaquero, era todo lo contrario. Nacido en la ciudad de Eisenhüttenstadt, en el fondo de su corazón era un orgulloso alemán del Este que de niño había logrado sobrevivir a las bromas por su constitución menuda, casi escuchimizada. De adulto le molestaba dominar mejor el ruso que el inglés, aunque en realidad daba igual en qué idioma se expresara. Era tan hablador como un buceador en plena faena. Un encogimiento de hombros podía ser toda su contribución a una larga velada. Por el contrario Günther, que según su tarjeta de visita ejercía de asistente personal del dueño, era un auténtico parlanchín.

—¿Cuándo será el momento? ¿Cuándo *hará sentido*?

Milan solo llegaba diez minutos tarde pero la mano derecha de Lampert ya lo esperaba en la puerta del local con la expresión de un verdugo listo para ejecutar la pena de muerte. Gesto que, por cierto, solo resultaba un poco más ceñudo que el que mostraba cuando estaba de buen humor.

—Es de Ich + Ich —contestó Milan, aparcando la bicicleta—. Del álbum *So soll es bleiben*. Polydor, 2007.

Günther era un coloso de ciento veinte kilos con la cabeza en forma de balón de rugby. Tenía unas manos como sartenes con las que podía agarrar calabazas dignas de presentarse a un concurso y se rumoreaba que le confeccionaban los chándales a medida porque sus gruesos bíceps no cabían en las tallas estándares de las tiendas.

Se había convertido en costumbre que Günther le soltara de pronto versos de canciones pop alemanas. Milan tenía que responderle con el título y el cantante, así como encontrar el error gramatical que contenían y que ponía a su compañero de los nervios.

—Debería decir «tendrá sentido». «Hacer sentido» es un calco del inglés y los estetas del lenguaje como tú lo consideran un uso incorrecto.

—Hummm —gruñó él, al parecer satisfecho como siempre con la memoria de Wikipedia de Milan, quien la alimentaba regularmente con información que le leían en voz alta Siri, Cortana, Alexa y otros asistentes de voz.

El vaho de sus alientos se juntó y eso le recordó la niebla que había atravesado durante su persecución del coche con la chica. En el barrio del restaurante ya se había retirado, pero eso había hecho que bajase mucho la temperatura.

—Muy tarde —le recriminó el asistente, mirando el reloj.

—Del grupo Die Ärzte —bromeó, a sabiendas de que aquello no era otra prueba—. De 1984, en su álbum de debut *Debil*, publicado por el sello CBS Schallplatten.

—Capullo —contestó Günther con una sonrisa, algo que era muy raro en él.

Por su aspecto a menudo lo tomaban por un portero y, en consecuencia, lo subestimaban. Sin embargo, tenía un doctorado en Economía y no solo era el asistente personal de Hulk, sino también el gerente de su entramado empresarial, que Milan solo conocía muy por encima. Al parecer Lampert regentaba, además del *diner*, tres puestos de comida rápida, un lavadero de coches y un hotelito en Baviera, aunque pasaba el noventa por ciento de su tiempo en el despacho subterráneo del restaurante. Eso si no estaba recorriendo la zona en coche con Günther. Porque, además de contable y gerente, su mano derecha también ejercía de chófer, agente de viajes y responsable de seguridad.

Milan daba gracias todos los días por no habérselo encontrado la tarde del atraco. Günther tenía acceso a la caja fuerte y al armero del sótano, y seguramente no se habría contentado con un simple bate de béisbol.

—¿Está Hulk? —le preguntó, intentando pasar por su lado.

Pero Günther lo paró en seco plantándole la mano en el pecho.

—Hoy es viernes de cementerio. ¿Es que no te acuerdas?

Desde hacía tres años el jefe iba cada viernes a poner flores en la tumba de su esposa, a la que había perdido en un accidente de tráfico. Günther solía acompañarlo y seguramente en ese momento lo estaba esperando para llevarlo al cementerio Zehlendorf, en la calle Onkel Tom. La tumba de la familia Lampert no quedaba lejos de la del famoso actor Götz George.

—¿Sabes cuál es el castigo para quienes llaman así al jefe?

Abrió la puerta con un empujón que casi la sacó de sus goznes e hizo un gesto pseudogalante hacia el interior. Después sonrió con malignidad y contestó él mismo la pregunta:

—Esto que te está esperando, Milan.

9

Cuatro horas después

—¿Se encuentra bien?

Estaba seguro de que el viejo no se había movido en la última media hora. Quizá se había dormido, pero con clientes tan mayores como este era inevitable tener un mal presentimiento si lo veía sentado en la esquina más alejada del restaurante, con el pelo gris revuelto, algo encorvado y totalmente ensimismado. Y, más aún, si no se movía.

Eran ya las cinco y media y el restaurante estaba desierto. La «fase de la muerte», como llamaba Hulk a la transición entre los últimos clientes del mediodía y los primeros de la tarde. Horas atrás Günther no exageraba al considerar un castigo el trabajo que esperaba a Milan. Una despedida de soltero se había apoderado de tres cuartas partes del local, y a todos les daba igual que fuera el único camarero. En cualquier otro momento habría maldecido la situación. Aquel día, sin embargo, le vino bien para distraerse del estrepitoso fracaso de la terapia que, con toda probabilidad, marcaba el fin de su relación con Andra.

Solo encontró respiro tras dos horas, treinta y siete refrescos, veinticuatro perritos calientes, once raciones de nachos, diez ensaladas y más de veinte platos de costillas.

Hulk observó el ajetreo durante el primer cuarto de hora y después se fue con Günther, cuando ya estaba seguro de que la situación estaba bajo control. Como siempre, lo hizo sin despedirse y con la sonrisilla burlona que ponía cada vez que veía a Milan dibujar a los comensales junto al símbolo de lo que habían pedido. Un círculo para una hamburguesa, una raya para un filete, una equis para un batido. Por suerte en la caja solo había que pulsar el icono de cada producto, para después llevar la cuenta a la mesa. Milan nunca revisaba el cambio. Esperaba a que los clientes se levantaran y salieran, y solo entonces organizaba los billetes y monedas en la caja, en función de su forma, tamaño y color.

En los ratos de calma como aquel se lo tomaba muy en serio y dibujaba a los clientes con el máximo detalle. Prestaba atención a algunos rasgos distintivos, como manchas de nacimiento, hoyuelos, cicatrices o uñas comidas. A veces sucedía que le molestaba el vapor que subía de una taza de café humeante, o la luz oblicua de la farola que se colaba por el ventanal y caía sobre la mesa diecinueve, la menos popular del local porque estaba al lado de los servicios. Y precisamente ahí se había sentado el viejo.

—¿Desea algo más?

El cliente no lo miró, a pesar de que se había parado justo a su lado. El único indicio de que aún respiraba era la cucharilla que sostenía en la mano, cuya piel estaba llena de manchas de la edad. Removía despacio y en silencio el café que había pedido hacía media hora y del que no había tomado ni un sorbo.

Aquella extraña imagen, algo perturbadora, se quedó grabada en la memoria fotográfica de Milan. Sabía que más adelante tendría que dibujarla, aunque fuese simplemente para sacársela de la cabeza. Del mismo modo que había aprovechado los últimos diez minutos para realizar un boceto de la escena del semáforo.

Gracias a su capacidad para almacenar recuerdos en forma de imágenes había logrado recrear los ojos de la chica con tanta exactitud como sus lágrimas, brillantes como el mercurio. Recordaba cada pliegue del gastado papel de la ventanilla, así como la forma y los contornos de cada letra, escritas a toda prisa. Las reprodujo a la perfección, pero sin entender el significado del mensaje.

Αγύδαμε

Εςτος ηο ςοη μις παδρες

—¿Quiere otro café?

Por fin el hombre se movió y lo miró con ojos cansados y amarillentos. Llevaba un abrigo de lana marrón con los codos desgastados. Cuando se lo abrió, Milan se preparó para percibir la inevitable peste propia de la vida en la calle y se asombró de no sentir una oleada de olor a sudor, orina, suciedad, tabaco rancio y alcohol. En cambio, le llegó el especiado aroma de un caro perfume masculino.

—No, gracias —respondió el hombre, y sonrió amable. Se quitó el abrigo.

—¿Alguna otra cosa entonces? ¿Algo de comer?

El cliente negó con la cabeza e hizo un gesto de invitación casi elegante.

—Me gustaría que se sentara conmigo.

Milan miró a su alrededor. No había nadie más en el local. Hulk había vuelto a su despacho y Tony, el cocinero, aprovechaba la oportunidad para fumar en la puerta. A pesar de todo ello, contestó:

—Lo siento, pero los empleados tienen prohibido sentarse con los clientes.

El hombre asintió con un gesto, como si ya contara con esa respuesta. Se echó el pelo hacia atrás, sin mucho resultado, y chascó la lengua, un gesto que provocó en Milan una sensación de *déjà vu*. Por un momento, tuvo la seguridad de que lo había visto antes.

—Será un momento. He estado esperando expresamente a que nos quedáramos solos.

Milan frunció el ceño.

—¿Por qué?

—Quiero darle algo.

Se levantó el bajo del jersey rojo de leñador y Milan comprendió que no se había quitado el abrigo porque tuviera calor, sino porque, con él puesto, no podía acceder a la cajita que llevaba en una riñonera.

—¿Qué es eso?

El hombre dejó la caja sobre la mesa. Era del tamaño de un cubo de Rubik, de cartón blanco y sin inscripciones.

«La sombrerera de un elfo.»

—Es un regalo.

10

Milan se rio.

—¿Qué he hecho yo para merecerlo?

El hombre repitió el gesto de invitación.

—Ábralo.

Milan miró a la calle por el ventanal, a la acera donde Tony fumaba bajo el tejadillo de la floristería vecina mientras miraba el móvil con una sonrisilla.

—¿Nos conocemos?

El hombre había despertado su curiosidad. Y como aquella conversación y el giro que había tomado resultaban mucho más entretenidos que quedarse solo dibujando en la barra, le dio al hombre la satisfacción de sentarse y abrir la caja.

Dentro había un recipiente de plástico, del tamaño de un bote de chicles pero sellado y sin inscripciones.

Milan lo cogió y le dio varias vueltas.

—¿Qué es?

—Un medicamento. Pastillas.

Soltó el bote bruscamente, como si fuese un plato recién salido de la cocina que no podía tocarse con las manos desnudas a riesgo de quemarse.

—¿Para qué son?

El hombre asintió con la cabeza, sin contestar a la pregunta.

—Tómese una al día.

«En eso mismo estoy pensando.» Claramente aquel viejo no estaba en sus cabales.

—Se lo agradezco, pero me encuentro perfectamente.

—No es verdad. —En el mismo instante en que Milan pretendía levantarse lo agarró con la mano llena de manchas y lo retuvo en su asiento. Y añadió, en tono de súplica—: Se lo aconsejo, tómeselas. Me ha costado mucho traérselas.

Milan se enfadó. Cliente o no, no tenía por qué permitir que cualquier loco lo manoseara.

—Deme una buena razón. A ver, ¿por qué iba a hacerlo?

Formuló aquella última pregunta con la intención de zanjar de una vez la conversación. Ya se disponía a levantarse cuando la respuesta inesperada del viejo lo dejó paralizado.

—Porque si se toma esas pastillas, señor Berg, quizá pueda volver a leer.

11

No era solo la atrocidad de que un extraño conociera su nombre y su secreto más íntimo.

Eran también las palabras que había empleado y que se le clavaron en el cerebro como una astilla bajo la uña.

«Volver a leer.»

—¿Qué quiere decir con eso? Nunca he podido...

Se detuvo, asustado. Se enfadó por encontrarse a punto de reconocer su analfabetismo a un desconocido. Y por haber sido siempre incapaz de leer y escribir.

«... volver a leer...»

—Me confunde con otra persona —afirmó, levantándose.

—Por favor, escúcheme. Lamento mucho lo que pasó entonces. Lo que le hicieron.

—No sé de qué me habla.

—Eso es lo peor. Es lo que pretendo arreglar.

Milan se tocó el cuello, donde le parecía sentir en esos momentos una bola de diez kilos (¿qué otra cosa podía estar cerrándole la garganta de esa forma?), pero no encontró nada.

—Será mejor que se vaya —dijo finalmente.

Su instinto advertía el peligro mientras su mente buscaba una explicación racional a la extraña aparición de aquel hombre.

—Está bien. Pero tómese estas pastillas, ¿de acuerdo?

«Bajo ningún concepto.»

—Se equivoca de persona —murmuró, aunque entendía con claridad que no podía ser una coincidencia que aquel hombre hablara tan abiertamente de su analfabetismo.

«¿Quién más lo sabe? ¿Quién, aparte de...?»

Cayó en la cuenta de algo.

—Un momento... —Señaló al viejo con el índice—. ¿Era usted? ¿Ha ido hoy a la residencia de mi padre?

«Por cierto, un hombre ha preguntado por ti esta mañana. No quiso darme su nombre. La voz me sonaba conocida, era un vejete algo raro, me...»

—¿Milan?

Se volvió hacia la barra. Allí estaba Andra, bajo el reloj de una antigua estación de autobuses que marcaba justo las seis. Se había cambiado de ropa y llevaba un vestido patchwork encima de unos vaqueros con un estampado de ajedrez. Se había recogido el pelo azul acero en una trenza y la luz de la barra hacía relucir un piercing en la ceja, que se unía al de la nariz. Ese adorno turquesa era nuevo, acababa de hacérselo. Seguramente ella sola, como todos sus piercings, del ombligo a la lengua.

Milan no la había oído entrar acompañada de Tony, que en aquel momento se dirigía a la cocina. Ni tampoco la esperaba porque aquel día no le tocaba trabajar. En media hora llegarían dos estudiantes para ocuparse del turno de noche.

—¿Puedes venir, por favor? —lo llamó.

Su mirada triste lo atrajo como un imán. Se sentía dolida, nada extraño considerando que la había plantado en la terapia y, con ello, lo había estropeado todo. Un rato antes, mientras intentaba distraerse dibujando al misterioso cliente, había abrigado la esperanza de que quizá podría hacer algo... Si, como en aquel momento, se le presentaba la ocasión de acercarse a ella y abrazarla.

«¡La ocasión de contarle la verdad!» Sin embargo, justo en aquel momento la situación no resultaba nada propicia. No podía consentir que el viejo, que en aquel momento estaba sacando un billete de diez euros de la riñonera, se fuera tan fácilmente.

—Espere un momento, enseguida vuelvo —pidió al hombre, sin coger el dinero. Ni tampoco las pastillas.

El viejo se encogió de hombros y Milan se alejó de él.

Sentía las rodillas flojas y como si el suelo se hundiera bajo sus pies. Con cada paso que se acercaba a Andra le latía más fuerte el corazón.

—Escúchame, lo siento mucho —empezó a disculparse.

Pero ella no lo dejó seguir. Lo atrajo hacia sí y lo abrazó. Le sentó de maravilla.

—No, soy yo quien lo siente —le susurró al oído—. Te

he agobiado. Todo eso de la terapia... A lo mejor es demasiado pronto.

Deseó apartarla un poco para mirarla a los ojos, pero al mismo tiempo necesitaba sentirla lo más cerca posible cuando hiciera su confesión.

—No, no. Es todo un problema mío, por mi culpa. Yo...

Lo interrumpió el ruido de la puerta al cerrarse. Se separó de Andra para mirar a la mesa diecinueve, en la que ya no había nadie. Solo quedaba una taza de café sin tocar. Y una cajita blanca con pastillas.

—Mierda —murmuró.

Por el ventanal vio alejarse al viejo, que caminaba luchando contra el viento. Incluso visto por detrás tenía un aire triste y como perdido.

—¿No ha pagado? —preguntó Andra mientras curioseaba el bloc de dibujo, que estaba abierto en la barra.

Él negó con la cabeza.

—No, no es eso. Perdona, acabo de tener un encuentro en la tercera fase.

—Me lo creo. Oye, ¿por qué pone aquí «ayúdame»?

Levantó el bloc y señaló el último dibujo.

Αγύδαμε

—Ah, eso. —Sacudió la cabeza y forzó media sonrisa, para dar a entender que no tenía importancia.

El perturbador encuentro con el viejo le había hecho olvidar la absurda odisea de la mañana. Además, que Andra le estuviera dando otra oportunidad era lo más importante del mundo ahora.

—Ha sido una niñería. De camino aquí, esa chavala me ha hecho sentir como si fuera imbécil.

Como Andra quiso saber más, le contó toda la historia: había creído que secuestraban a la chica y al final resultó que solo volvía de la compra con papá y mamá.

—Yo habría hecho lo mismo —convino ella—. Sobre todo por la segunda línea.

—¿Y eso? ¿Qué pone? —se le escapó a Milan.

—¿Cómo que qué pone? —Se rio y señaló aquella parte del dibujo.

Αγύδαμε

Εςτος νο ςον μις παδρες

—¿Es que no entiendes tu propia letra?

Y entonces Andra leyó en voz alta el mensaje completo. Las dos frases que lo cambiaron todo:

AYÚDAME

ESTOS NO SON MIS PADRES

12

—Rojo.

—¿Eres daltónico o qué? —le espetó Andra, fulminándolo con la mirada mientras pisaba aún más el acelerador y el Mini negro atravesaba a toda velocidad el cruce.

«No, los colores los veo bien. Las letras ya son otra cosa.»

—Estaba rojo. Y vas demasiado rápido —contestó.

—Estaba superverde: eres el peor copiloto del mundo.

—Lo dice la señora con cuatro puntos menos.

—... al señor que ni siquiera tiene carnet. ¿Cuándo piensas sacártelo?

«Cuando pueda leer las preguntas del examen. En otra vida.»

En el pasado le había explicado a Andra que nunca se había matriculado en la autoescuela, primero por falta de dinero y después por falta de tiempo. Pero ella sabía que, gracias a sus tejemanejes con coches «prestados», tenía más práctica al volante que mucha de la gente que va y viene al trabajo en coche todos los días.

Andra aceleró de tal manera que se sintió aplastado contra el asiento.

Le dolía un poco la cabeza y se preguntó si llevaba ibuprofeno encima, lo que le recordó las pastillas que el viejo había dejado en la mesa del *diner*.

«Si se toma esas pastillas, señor Berg, quizá pueda volver a leer.»

Las había tirado al contenedor del restaurante, en el patio de atrás. Ahora lamentaba aquel gesto irreflexivo. Podía haberlas llevado a una farmacia y pedir que las analizaran. Pero, tras su reconciliación con Andra, se libró de ellas sin pensar.

—Bueno, pues vamos para allá... —Ella pulsó un botón en el volante y el menú de navegación se desplegó en el ordenador de a bordo, integrado en el salpicadero—. Venga, ponlo.

—¿El qué?

Notó que le sudaban las manos y la nuca, como siempre que debía escribir algo. Había decidido confesárselo todo en el restaurante pero la ocasión se había esfumado y ahora no era el momento más apropiado. Lo que quería contarle era tan importante que necesitaba mirarla a los ojos y cogerla de la mano. Dos cosas totalmente imposibles de hacer mientras ella conducía.

—¿Pues qué va a ser? La dirección de la casa esa.

Andra había sugerido la idea y no le había costado mucho convencerlo de volver allí. A la villa. Donde estaba la chica del mensaje misterioso.

«Estos no son mis padres.»

Milan estuvo a punto de pedirle que programara ella el navegador. Al fin y al cabo, era tan multitarea que ya la habían pillado dos veces con el móvil al volante. Pero no encontró una excusa razonable para que quitara los ojos de la calzada. En el fondo, él no tenía otra tarea más que contemplar la aguanieve, que amenazaba con convertir las calles de Berlín en una pista de hielo mortal para el tráfico caótico de la ciudad.

—No me fijé en el nombre de la calle —mintió—. Era cerca del café am Neuen See.

—En la calle Katharina-Heinroth-Ufer, entonces. Vale, pues pon eso.

«Me sería más fácil construir un acelerador de partículas con los chismes que llevas en la guantera.»

—¿Es que no sabes llegar al Tiergarten? —le preguntó.

—Lo que no sé es si la calle Lietzenburger sigue cortada. El navegador nos ahorra los atascos, así que déjate de tonterías. Dentro de un momento hay que decidir si vamos por la calle Hohenzollerndamm o por la calle Kant.

—¿No tienes reconocimiento de voz? —Era el último intento de sacar la cabeza de la guillotina.

Siri lo había salvado en muchas ocasiones. Le leía los correos electrónicos, SMS y mensajes de WhatsApp y redactaba las respuestas con solo dictarlas en el móvil. La mayoría de la gente ni comentaba los errores de dictado. Casi nadie presta atención a la ortografía en la era de los emojis, en que los mensajes se escriben a toda prisa delante de la tele, al volante o comiendo.

—Milan, no entiendo por qué discutimos. Haz el favor de poner...

Lo rescató una llamada entrante, que sustituyó la imagen del navegador por la foto de una chica morena.

—Hola, mamá. ¿Dónde estás?

Louisa. La hija de trece años de Andra. Una adolescente en plena pubertad apasionada del krav magá y del kickboxing. Muy pronto aquella chica de fuerte carácter arrearía con tanta potencia como su madre, de eso no cabía duda.

—Voy en el coche con Milan. No tardaremos, cariño. ¿Cherry sigue contigo?

Cherry era la mejor amiga de Louisa. Milan la encontraba un poco borde y parca en palabras, aunque tenía claro que las adolescentes no se desviven por hablar con muermos... como sin duda consideraban a cualquier adulto.

—Sí, estamos viendo *Iron Man*.

Andra frunció el ceño, giró en la calle Hohenzollerndamm y le enseñó el dedo corazón a un conductor de camión que le había impedido cambiar de carril. Milan suspiró aliviado. Tras tomar esa decisión, ya no habría necesidad de programar el navegador.

—¿No ibais a hacer los deberes?

—¿Y tú no ibas a dejar la cena en el microondas?

Milan no llegó a distinguir quién colgó primero; en cualquier caso la foto de Louisa desapareció y volvió a mostrarse el mapa.

Tocó en la pantalla el iconito de destino pero, tal como esperaba, ella lo frenó.

—Ahora ya no hace falta que hagas nada. Iré por el camino más corto. Ya puedes rezar para que no encontremos un atasco por culpa de las obras del Urania.

—¿Y si no? —Sonrió.

—Si no... —Un pensamiento le oscureció la cara.

Milan creyó que había visto algo en la calzada, pero ante ellos solo se extendían las luces rojas que se reflejaban en el asfalto mojado y que proyectaban líneas en el parabrisas.

Ella le devolvió una sonrisa fugaz y culpable, lo que incrementó su sospecha de que algo la preocupaba.

Sabía que no debía presionarla. Conocía los cambios de humor de su novia, que a menudo carecían de un motivo evidente. Seguramente la situación le había recordado la frustrada terapia de la mañana y los problemas de su relación. Unos problemas tan grandes que prefería no contestar ningún «¿qué pasaría si no?» que pudiera plantearse.

«Problemas que son culpa mía.»

El resto del trayecto lo hicieron en silencio. Solo cuando dejaron atrás el hotel Intercontinental, en la calle Budapest, Milan habló para indicarle el camino, que llevaba bien archivado en la cabeza. A diferencia de aquella mañana, no se ocultaron al llegar. Como pensaban llamar al timbre, aparcaron bajo un árbol delante de la puerta.

—¿Seguro que era aquí? —preguntó Andra, asombrada, al bajar.

—Sí.

—¿Una familia trajo aquí la compra?

Milan se protegió los ojos con una mano e intentó, con poco éxito, que la aguanieve no le diera en la cara. Le recorrió un escalofrío, pero no era por las bajas temperaturas.

—Sí. Padre, madre e hija.

Se le secó la garganta. Mientras cruzaba la valla del jardín sentía que una trampa invisible se iba cerrando sobre él con cada paso que daba.

—No te ofendas, Milan. Pero creo que es imposible.

—Ya lo veo —contestó. Miró hacia arriba, a la torrecita que se recortaba contra el cielo oscuro—. No sé qué pasa aquí. Yo tampoco me creo lo que estoy viendo.

13

La villa de ladrillo rojo continuaba en el mismo sitio. Ni había desaparecido ni estaba en ruinas. Sin embargo, a Milan le parecía que se había desvanecido en el aire.

—Algo no va bien —murmuró, y Andra estuvo de acuerdo.

—¿Esa es la puerta? —preguntó ella.

Él asintió con un gesto. Los había visto entrar por allí.

Primero la madre. Luego el padre. Y por último la hija.

«Mira, si compramos más cosas ponemos un Lidl.»

Aunque «puerta» no era la palabra más indicada.

«"Abertura" estaría mejor.»

Aquella mañana solo le había echado un vistazo rápido. Estaba tan concentrado en las personas que no prestó atención al entorno. Además, debido a la niebla era imposible observar con detenimiento la entrada.

«¿Y por qué iba a hacerlo?»

Sin embargo, en aquel momento no cabía duda: lo que

había tomado por una puerta no era más que un hueco. Tapado con una plancha de aluminio como las que se ponen en los accesos a las obras.

«O en las casas abandonadas.»

Ese era justamente el aspecto de la villa.

No había luz en las ventanas, que carecían de cortinas. De las chimeneas vecinas se elevaba humo hacia el firmamento nocturno, pero al parecer dentro de aquella casa no hacía ni un grado más que fuera, donde la temperatura rondaba los cero grados. No se distinguía ni la menor señal de vida. En cambio, había un cartel de una inmobiliaria clavado en el jardín delantero.

Σε venδε

Milan imaginó lo que anunciaba. El cartel se inclinaba hacia el césped nevado como si ya llevara algún tiempo soportando las inclemencias del tiempo.

«O como si lo hubieran vuelto a clavar a toda prisa.»

—¿De verdad estás seguro de que era aquí? —preguntó Andra mientras él pulsaba un timbre que había en una columna. Como era de esperar, no funcionaba.

—Sí. Mira alrededor. —Su aliento levantó una frágil neblina entre los dos—. Solo hay edificios de apartamentos. Esta es la única villa. Era aquí.

—Qué raro.

Milan subió los escalones de la entrada y sacudió la plancha de aluminio. No estaba atornillada.

—Solo está apoyada.

—Pues entonces podemos entrar —opinó Andra, que había encendido la linterna del móvil—. Yo estoy al mando —susurró—. ¡Tú vas delante!

Él sonrió por la broma. La obedeció y apartó la plancha, aunque solo lo bastante para poder pasar.

El vestíbulo, que en propiedades como aquella seguramente se llamaría «foyer», recibió a los intrusos con sus peores galas: frío, oscuridad y olor a cerrado.

Milan probó los interruptores, aunque no creía que la lámpara de araña que coronaba la caja de la escalera fuera a encenderse. Ni siquiera revisando con cuidado con la linterna del móvil encontró otros puntos de luz. No había ninguno en aquella casa, como tampoco muebles, cuadros, calor o cualquier rastro de vida.

—¡Mira esto!

Mientras él admiraba el pasamanos de la doble escalera, Andra había entrado en una estancia que en su día debía de haber sido la biblioteca. Unas estanterías empotradas de madera maciza oscura cubrían las paredes de aquella habitación ligeramente ovalada y solo dejaban espacio libre para una chimenea.

—Es bonita y horrorosa a la vez —comentó Milan; para él, aquella era la sala más inútil de la casa.

—Y también inquietante. Con todos los estantes vacíos... Menos esa antigualla.

Iluminó un teléfono viejísimo que había en un estante a media altura, junto a la chimenea. Su aspecto era tan sólido y robusto que no parecía posible descolgar el auricular con una sola mano.

—La última vez que vi un disco para marcar como ese fue hace veinte años, en casa de mi abuela —continuó Andra.

Pero él solo la oía a medias. Un papel cerca del teléfono había captado su atención.

No contestó nada cuando ella dijo:

—No sé qué opinas tú, pero yo creo que no merece la pena revisar todas las habitaciones.

«Joder, ¿qué está pasando aquí?», se preguntó Milan.

Primero el mensaje en la ventanilla, luego la aparente familia feliz. ¿Y ahora aquel olor a casa cerrada desde hacía años?

—Todo indica que nos hemos equivocado de villa —afirmó Andra, pero él negó con la cabeza.

—Todo, menos esto. —Y le mostró el papel, que resultó ser una foto.

—Oh, mierda —susurró ella. Apartó un poco la luz del móvil porque con los reflejos apenas distinguía nada—. ¿Es ella?

Él asintió con un gesto. Al parecer, al fotógrafo le interesaba más el fondo: la suave pendiente que bajaba hasta el agua y los patos comiendo en la orilla. La chica en primer plano aparecía un poco borrosa. Aunque la cara quedaba en sombras y debía de tener dos años menos en la foto, se trataba de ella. Sin duda.

«El mismo pelo rubio, idéntica frente despejada, los ojos color caqui.»

La profunda melancolía en la mirada que había despertado en él aquel inexplicable sentimiento de afinidad.

—Es igual que en tu dibujo —se admiró Andra. Dio la
vuelta a la foto—. Milan, no sé qué es todo esto...

—No eres la única.

—... ni en qué me estás metiendo. Pero al menos ahora
sabemos su nombre. —Por suerte, leyó en voz alta lo que
ponía en el reverso de la foto—: «Zoe, verano en el lago».

«¿Zoe?»

Aquel nombre tan bonito no era nada corriente. Milan
se encontró preguntándose cuándo lo había oído por primera vez. Fue años atrás, en la playa de Rügen. En boca de
una niña con un libro en la mano.

Andra se sorprendió:

—Mira, hay algo escrito a mano.

—¿El qué?

—Ni idea, una combinación de letras y números. Parece
una contraseña.

$$\chi 15\Pi3\pi10\lambda1\text{-}2\pi12\lambda6\Pi4\pi25\lambda1\text{-}2\text{-}3\text{-}4$$

—No la entiendo —dijo Milan, y no podía ser más
cierto.

Como siempre, solo veía dibujos. Una mezcla aleatoria
de jeroglíficos. Pero, al contrario que cuando miraba fijamente nombres de calles, formularios o titulares de periódico, aquella hilera no despertó en él un sentimiento de
vergüenza o de inutilidad. Lo perturbaba de un modo dis-

tinto. Sin que pudiera explicar por qué, aquellos dibujos le parecían relacionados con un recuerdo de su infancia. Como si los hubiera visto antes, o al menos unos similares.

Peor aún: como si en algún momento hubiera sido capaz de descifrar aquel mensaje.

—«C15P3p10L1-2p12L6P4p25L1-2-3-4» —leyó Andra.

Al llegar al último número se sobresaltó y se le cayó la foto. Milan no podía reprochárselo. También él se había llevado un buen susto. Aquel ruido resultaba del todo inesperado en la casa vacía.

Sonaba el teléfono.

Aquel anticuado teléfono de disco cuyo auricular se resistía a abandonar la horquilla. Como si quisiese impedir que Milan respondiera la llamada.

14

—¿Quién eres?

La voz al otro lado del teléfono era profunda y a la vez algo nasal. Milan se imaginó a un tipo musculoso con problemas en el tabique. Las palabras podían corresponder al hombre moreno con pinta de representante. Cuando lo vio entrar en aquella villa (representando una farsa, por lo que sabía ahora), se había fijado en que medía al menos un metro ochenta y cinco y llenaba bien el traje.

—¿Y qué haces en la casa? —fue la segunda pregunta de la voz.

Andra, que se había pegado tanto a él que le aplastaba el auricular contra la oreja, le hacía gestos para que colgara.

Pero él sentía demasiada curiosidad.

Hasta donde podía juzgar, la voz no era impostada ni forzada, cosa que al principio lo inquietó. Después se dio cuenta de que podía ser una buena señal. Al fin y al cabo era él quien había allanado una propiedad ajena y, si su interlocutor se había enterado de ello por un sistema de vigilancia oculto, era al propio Milan a quien más le interesaba esconder su identidad. Más aún teniendo en cuenta que la policía no lo consideraba precisamente un ciudadano ejemplar. Aunque no estaba fichado, lo habían citado a declarar en varias ocasiones y en el mundillo lo tenían por un delincuente común.

—¿Sinceramente? —contestó Milan, y decidió decir la verdad—. Pues no lo sé. Esta mañana me pareció presenciar un secuestro. Y todas las pistas llevaban aquí.

De soslayo, vio a Andra cerrar los ojos y fruncir el ceño. Aquella respuesta tan sincera no le había gustado.

—Así que sientes curiosidad...

—Más bien preocupación.

—Vale. Entonces tú serás el próximo.

—¿Qué quieres decir?

Sintió la necesidad de moverse, pero no podía hacerlo si Andra quería seguir escuchando. Además, el margen de maniobra de aquel teléfono fijo era muy reducido para alguien acostumbrado a aparatos sin cables.

—Ahora mismo te lo explicaré —repuso la voz al otro lado—. Pero antes te pido que recuerdes para siempre este momento. Pase lo que pase a partir de ahora, sucederá porque tú lo has empezado.

—¿Qué es lo que he empezado?

—Has puesto en marcha la cadena. Nos has seguido, has entrado en la casa. Yo no te he obligado a nada. Ha sido por tu propia voluntad. Tu decisión. A partir de ahora tendrás que enfrentarte a las consecuencias.

—Voy a colgar.

—Eso no impedirá lo que va a suceder.

—¿El qué?

—La muerte.

—¿Vas a matarme?

—No digas chorradas. A la chica.

—¿A Zoe? —se le escapó. Estaba perdiendo el control de aquella conversación cada vez más desconcertante.

—¿De dónde has sacado ese nombre? —preguntó aquel ser sin escrúpulos, consiguiendo sonar genuinamente asombrado. Hasta se rio un poco, y luego añadió con arrogancia—: En realidad no importa. Es mejor que hablemos de cómo puedes evitar lo peor.

—¿Lo peor? —La voz de Milan había enronquecido por el nudo que sentía en la garganta. Preguntó—: ¿Qué quieres de mí?

—No mucho. 162.366 euros con 42 céntimos.

—¿Estás loco?

Entonces sí que hizo un movimiento brusco, pero para entonces Andra se había apartado unos pasos. Tenía la boca abierta. Él mismo solo conseguía encoger los hombros, como si se encontrara en estado de shock. Aquella cantidad desorbitada (para una chica que ni siquiera conocía) y absurdamente rebuscada era una clara señal de que aquel pirado tenía problemas mentales.

—Hay quien me considera un psicópata, sí. Pero eso da igual. Ahora es irrelevante si estoy loco o soy del todo consciente de las consecuencias de mis actos: mataré a la chica como no me des el dinero antes del lunes a las 20.15.

Milan soltó una carcajada. Su risa nerviosa resonó en la villa como el chillido de un gato al que le acaban de pisar la pata.

—Mira, no puedo reunir ni siquiera 162 euros. Ya me dirás cómo lo hago para multiplicar eso por mil. Y, además, ¿por qué yo? ¿Qué pinto yo en todo esto?

Tras una breve pausa el secuestrador contestó:

—Ya te lo he dicho, te has metido tú solito en este lío. Le podía haber pasado a cualquiera. Mucha gente vio a la chica con el cartel pero solo tú reaccionaste. Llevábamos horas dando vueltas, cruzándonos con cientos de supuestos conciudadanos. Y todos hicieron caso omiso. Menos tú.

Consternado, Milan se iba cambiando el auricular de una oreja a otra.

—¿Y solo por eso tengo que pagar? ¿Por preocuparme?

—Y si no, ¿quién?

Se dio unos golpecitos en la frente.

—Estás como una cabra. Voy a colgar y a llamar a la policía.

El hombre se rio.

—¿Y qué vas a decirles? ¿Que has entrado ilegalmente en una casa que no es tuya ni mía y que lleva años sin venderse por el amianto del tejado? Bueno, si quieres perder el tiempo, adelante. Pero yo en tu lugar buscaría la manera de reunir el dinero. Por cierto, me llamo Jakob. ¿Y tú?

—¿Por qué iba a decírtelo?

—Me parecería más agradable tratarnos por el nombre.

—No volveremos a hablar.

—Me temo que sí. Dame tu móvil.

Milan negó con la cabeza.

—Ni hablar. No tengo nada que ver con todo esto. No pienso caer en tu juego enfermizo. Y...

Un aullido estremecedor atravesó la línea y le taladró el oído; sonó tan estridente y desgarrador que lo sintió vibrar hasta en los dientes. También Andra lo oyó aunque se encontraba a un metro de distancia y miró a Milan con los ojos desorbitados de miedo.

—¿Qué ha sido eso? —preguntó él, aunque creía conocer la terrible respuesta.

—Una prueba de vida —repuso el secuestrador—. Todavía respira, pero puedo cambiar eso muy fácilmente. Así que venga —chascó la lengua con impaciencia—, dime de una vez cómo te llamas y dame tu número. O a lo mejor prefieres que le siga metiendo grapas debajo de las uñas.

15

Zoe

Le habían mentido.

«No te haremos nada —le aseguraron—, solo es un juego.»

Pero aquello era tan falso como el traje de Jakob, comprado expresamente para aquella maniobra con el fin de resultar creíble si Milan los observaba. Tan falso como los incisivos de aquel gigoló de pacotilla que, en opinión de Zoe, era demasiado joven para ser su madre. Con su falsa sonrisa, su falso moreno de solárium y los implantes dentales que necesitó tras una pelea de bar.

Solo su nombre era real, tan seguro estaba aquel gilipollas de que, al final de la historia, podría eliminar a todos los testigos del mundo.

De que nadie podía hacerle nada.

«¿Cómo ha llegado esto tan lejos?» ¿Por qué no había huido hacía tiempo?

«Soy una inútil y una cobarde.»

Y por eso se encontraba allí tirada, con el pulgar izquierdo ensangrentado. Aquel cabrón le había disparado una grapa bajo la uña con una grapadora neumática.

Maldijo a Jakob, que bajo ningún concepto la dejaría con vida cuando todo terminara.

Hasta ella se daba cuenta.

«Miss Friki» o «Zoe la Rarita», así la llamaban los niños en la escuela.

Cuando Jakob la dejó sola, por supuesto sin curarle la herida, se vendó el dedo con el jirón de una sábana bajera para contener la hemorragia. No encontró nada más en la caravana donde la mantenían encerrada. Aquel trozo de tela asqueroso, color agua de escobilla de váter, destacaría incluso en un vertedero.

—¡Aaahhh!

Se sentó en el banco corrido con una tapicería a cuadros, se levantó el vendaje y sintió unos agudos pinchazos en el dedo. Un latigazo de dolor le recorrió el brazo hasta el hombro. Había sangre por todas partes. Demasiada para distinguir el borde plateado de la grapa, incrustada en la carne bajo la uña. Se metió el dedo en la boca y se lo chupó como un bebé.

«Mierda, de verdad que soy más tonta que hecha de encargo.»

Ya en la escuela se reían de ella por ser más lenta que sus compañeros. Pero eso se debía a que se le arremolinaban tantos pensamientos en la cabeza que a veces necesitaba tomarse un tiempo para ordenarlos.

Y a ver, ¿cómo ibas a fijarte en el veteado de un escarabajo si pasabas por su lado a la velocidad de una bola saltarina? ¿Qué sentido tenía ir con prisas por la vida si en realidad nadie te estaba esperando?

«Es tontita y retrasada», pensaba la mayoría de la gente cuando dejaba una frase a medias porque se le había ocurrido una idea. «Especialmente Lynn.»

En el colegio el orientador la había atrasado un curso y esto le dio la ocasión a su madre de pronunciar un discurso por su séptimo cumpleaños que concluyó con estas palabras: «Zoe no es tonta. Es solo que no piensa con mucha fortuna».

Desde entonces jamás la había vuelto a llamar «mamá», «mami» o «madre». Solo usaba su nombre de pila.

«Y eso, como mucho.»

Se sacó el dedo de la boca. Distinguió la grapa de aluminio tan solo un momento porque la sangre enseguida volvió a brotar. Aun así, se tocó con el índice de la otra mano el sitio donde le hacía más daño y solo ese gesto desencadenó otra oleada de dolor que le recorrió el brazo hasta el hombro.

Cómo sería si intentaba sacar la grapa hurgando con sus uñas comidas...

«Mierda.

»Es por mi culpa. Todo es culpa mía.»

Había sido una estupidez confiar en Jakob. Subirse con él y con Lynn a la caravana. Acompañarlos a la villa abandonada. Creerse que no le harían daño.

«Zoe la Rarita.»

Pero todos se equivocaban en una cosa.

Quizá necesitara mucho tiempo para dar forma a una idea a la que otros llegaban mucho más deprisa. Pero reflexionaba más a fondo. Y el miedo alentaba su pensamiento. No en velocidad, pero sí en intensidad.

Cuando sentía miedo, cuando el sudor se le pegaba a la nuca como una segunda piel (como sucedía en aquel momento), tenía ideas que a los demás no se les ocurrirían ni en sueños.

Como, por ejemplo, dejar aquel mensaje en código. Solo necesitó aquella estúpida foto que siempre llevaba en la cartera y un delineador de ojos.

Podría haber escrito un mensaje bien claro. Como el del coche.

«Ayúdame. Estos no son mis padres.»

Pero si Lynn o Jakob la hubieran descubierto, le habrían propinado mucho más que un golpe en la sien para dejarla inconsciente y transportarla de la casa a la caravana.

El código era menos peligroso.

Por eso decidió hacerse la niña histérica.

«¡No voy a seguir con vuestra mierda!», les gritó antes de echar a correr. Sabía perfectamente que no tenía escapatoria. Pero así ganaba tiempo. Por un instante logró quedarse sola en la biblioteca, donde pudo dejar la foto junto a aquel teléfono paleolítico. Esperaba que su salvador fuera capaz de descifrar el mensaje en clave.

«Tiene que leerlo», pensó, y se echó a llorar de dolor, miedo y náuseas cuando oyó que se ponía en marcha el motor.

Por un lado, eso era bueno, porque encendía otra vez la calefacción. En los breves minutos que Jakob había necesitado para hacer su amenazante llamada, el frío había extendido sus garras por todo el remolque. Pero, por otro lado, Zoe era consciente de que el último trayecto de su vida tenía los kilómetros contados. Las personas en quienes había confiado no tardarían en asesinarla.

Jakob. Lynn.

«Lynn. Dios mío.»

Cuando el vehículo arrancó cerró los ojos llenos de lágrimas y se concentró en los pinchazos del brazo. Hundió la uña carcomida del índice bajo la del pulgar. En pleno centro del dolor.

Y, mientras gemía, se concentró en su última oportunidad.

«Por favor, Dios, haz que lea y comprenda mi mensaje.»

De eso dependía su mísera existencia.

16

Milan

Al entrar en la residencia de su padre, situada junto al parque Rehwiese, siempre le parecía encontrarse en una versión reducida de su antigua casa del distrito berlinés de Wedding. Olía como en su adolescencia, a una mezcla inconfundible de cera para madera, perfume y tabaco que, con los años, se había incrustado en aquellos muebles indestructibles: la mesa maciza a juego con la madera noble del armario, el conjunto de sofás, la cama de matrimonio con armazón de latón. Pero ahora el salón, el comedor y el dormitorio ocupaban la misma habitación. No podían permitirse más. No con la escasa pensión de su padre; y menos aún con la miseria que había ahorrado Jutta trabajando de limpiadora.

Incluso aquella modesta habitación (aunque con vistas al parque) les habría resultado inalcanzable de no ser por Andra, quien le contó a Milan que los antiguos empleados del hospital se beneficiaban de un descuento especial en aquella residencia de lujo del distrito de Nikolassee. Ella lo sabía porque allí vivía la madre de Hulk. Así, el padre de Milan y la madre de su jefe habían acabado siendo casi vecinos.

—Por fin has llegado —lo saludó su padre.

Y eso no fue lo único que sorprendió a Milan.

«¿Me estaba esperando?»

Se había presentado sin avisar, fuera del horario de visitas, y casi había llegado a las manos con el portero porque este le había exigido que se apuntara en una lista de visitantes, requisito obligatorio a partir de las ocho de la tarde.

«Ni hablar.»

Tal vez habría conseguido garabatear una firma, y eso con muchas dificultades. Pero ¿escribir el nombre, la fecha y la hora? Era como pedirle que hiciera malabares con unas motosierras en llamas. De pronto sintió deseos de agarrar por la corbata a aquel fantoche y sacarlo de su cubículo para estamparle su firma de un puñetazo.

Se asustó de sí mismo.

«¿Ira?»

Esa reacción no era propia de él. Jamás había tenido problemas de autocontrol. Se había entrenado tanto para pasar desapercibido que evitaba las peleas antes incluso de que surgiera un motivo de disputa. Sin embargo, los extraños acontecimientos de aquel día le habían pasado factura. Necesitó toda su fuerza de voluntad para presentarle al portero una de sus excusas habituales:

—Perdone, pero es que hace cuatro semanas tuve una infección por estreptococo. No se preocupe, ya no soy contagioso, pero me ha quedado una secuela un poco rara: fiebre reumática. Casi no puedo mover los dedos. Es un infierno.

—A mí me lo va a contar...

El portero asintió con un gesto de comprensión y le relató sus problemas de espalda. Un minuto después había rellenado el formulario de su compañero de fatigas y le permitió subir a la habitación.

Para su asombro, Milan no encontró a su padre en la cama viendo *Quién quiere ser millonario* sino sentado en el suelo como un indio. Estaba rodeado de fotos que había sacado de un viejo álbum. Todas eran de la misma persona: Jutta, el primer y único amor de su vida, que murió demasiado pronto y en circunstancias trágicas.

—¿Qué haces ahí? —le preguntó, acercándose.

Se sorprendió al verlo con los ojos llenos de lágrimas. Tuvo miedo de que se le hubiera olvidado el aniversario de la muerte de su madre, pero después se dio cuenta de que no tendría lugar hasta el verano... y de que ya sería el número quince.

«Qué ironía.»

Todos creían que Kurt la palmaría primero. Osteoporosis, hipotiroidismo, hígado graso, escoliosis, hipertensión... Ya desde la mediana edad su catálogo de enfermedades y factores de riesgo era más largo que la lista de la compra de una familia numerosa.

Jutta demostró cierta capacidad de premonición cuando un día se llevó aparte a Milan para decirle con una mezcla de serenidad y preocupación en la voz: «Si yo me voy antes, cuida de tu padre. Por ahora es todavía como una casa sólida. Quizá algo modesta, pero segura y confortable. Sin embargo, de viejo no va a saber cuidarse. A lo mejor en invierno se estropea la calefacción. O... —Milan veía de nuevo el guiño pícaro con el que preparó la broma—, o está mal de la azotea, como ya le pasa ahora de vez en cuando».

Efectivamente, unos años después de la muerte de su mujer Kurt empezó a encontrar cada vez más problemas para defenderse en el día a día. Entonces, para alivio de Milan, aceptó ponerse en manos de personas cualificadas que, si se daba el peor de los casos, se encontrarían tan solo a unas habitaciones de distancia. Así al menos no correría la misma suerte que su gran amor, a quien en su momento fue imposible salvar.

«En su momento.»

Era un día de verano extrañamente fresco en Rügen. Jutta había pillado un resfriado y olvidó apagar la chimenea antes de tomarse un sobre de anticatarral y meterse en la cama.

Cuando Kurt regresó del turno de noche, las llamas habían saltado de la chimenea a todo el salón y, desde allí, al piso de arriba. Ya habían avisado a los bomberos, seguramente algún vecino que no se había identificado. Lograron rescatar de las llamaradas solo a Milan, que ingresó en el hospital con una grave intoxicación por humo y una fractura craneal. Desorientado por la humareda, se había caído por las escaleras del sótano. Durante el tratamiento de las heridas surgieron complicaciones que precisaron varias operaciones y una larga estancia hospitalaria. El mismo día en que le dieron el alta, tras unas largas semanas, se fueron a Berlín en el camión de mudanzas. Con su esposa muerta y la casa quemada... ya nada retenía a Kurt en Rügen. Al igual que Milan, jamás había regresado.

—Me han quitado la *Playboy*, así que he buscado otro motivo para masturbarme —bromeó, intentando ocultar sus emociones mientras se secaba la última lágrima de la mejilla.

Jutta siempre le daba una colleja cuando soltaba algún chascarrillo obsceno. Kurt solía comentar con humor que por eso se había quedado calvo.

—¿Por qué llorabas? —le preguntó Milan.

—Porque me alegro de verte, hijo.

—¿Y eso?

—Te lo digo de verdad, en serio. Estaba preocupado. Colgaste en mitad de la conversación. Creía que te había pasado algo.

Se sorbió los mocos y la culpa asaltó a Milan.

—Pero, hombre, papá, ¿cómo no me has llamado entonces?

Él sonrió avergonzado.

—No quería molestarte. Me... me metí demasiado en tu vida, ¿sabes? Cuando te insistí en que le dijeras la verdad a Andra. No tengo ningún derecho a decirte esas cosas.

Se levantó con mucho cuidado para no pisar ninguna foto. Se quedó dudando un momento y al final decidió abrazar a su hijo.

—Cuánto me alegro de que estés bien.

A Milan se le hizo un nudo en la garganta.

Así que era eso. Su viejo tenía miedo de perderlo también a él.

Carraspeando, su padre soltó lo siguiente:

—Bueno, pues ahora que he demostrado ser un imbécil sentimental, dime: ¿por qué te presentas aquí tan tarde? Si es por los licores te vas a llevar un chasco, se me ha acabado todo.

Se acomodaron. Milan en el sofá y su padre en su sillón preferido, un armatoste a cuadros con reposapiés a juego.

—Tengo que preguntarte una cosa, papá. Y te pido que seas sincero.

—Adelante.

—¿Esto te recuerda algo?

Le tendió la foto de la chica secuestrada que había encontrado en la villa.

—¿Quién es?

—Mira por detrás.

Kurt torció la boca con escepticismo pero hizo lo que le decía su hijo.

—¿«Zoe, verano en el lago»? —leyó.

—Lo importante es lo de debajo.

Al fijarse, se le abrieron mucho los ojos.

—Madre mía. ¿De dónde has sacado esto?

Él se encogió de hombros. ¿Por dónde podía empezar?

—Hoy he visto a esa chica por primera vez. La han secuestrado.

Parecía que a su padre se le iban a salir los ojos de las órbitas.

—Pero ¿qué dices, hijo?

Milan le relató brevemente los misteriosos acontecimientos, empezando por el papel en la ventanilla del coche y terminando con la llamada del secuestrador a la villa.

—¿Y cuánto pide?

Su cuerpo parecía un muelle sometido a la máxima tensión. Una sola revelación más lo haría saltar.

—162.366 euros con 42 céntimos.

Kurt se puso aún más pálido al oír aquella suma absurdamente elevada y rebuscada.

—¿Por una chica que no conoces?

—Así es.

Miró de nuevo el anverso de la foto.

—¿Cuándo la habrán hecho?

—Hará menos de dos años —calculó Milan.

La foto debía de ser relativamente reciente, si la imagen que conservaba en la memoria era correcta.

—Pero ¿cómo puede ser?

—Entonces ¿tú también lo ves? —Se inclinó hacia su padre.

Él asintió con la cabeza. Le temblaban los labios cuando preguntó:

—Este es vuestro lenguaje secreto, ¿verdad?

C15P3p10L1-2p12L6P4p25L1-2-3-4

Milan recordó a su primer amor en Rügen. Yvonne, aquella chica rubia de Binz que contradecía cualquier ideal de belleza y, sin embargo, poseía un inexplicable atractivo que iba unido a su excentricidad. Sin maquillaje, sin peinados a la moda, sin ropa favorecedora. Totalmente distinta de las demás, de las chicas «normales» de su clase, que intentaban llamar la atención con vaqueros ajustados y profundos escotes. Era más pequeñita que las demás chicas, pero, aun así, para Milan destacaba incluso en el masificado patio del recreo. Los ojos eran su mayor atractivo. Aquellos ojos grandes, inteligentes y del color de las aguas turquesas del cabo Arkona. Cuando lo miraban parecían verlo por primera vez, como si siempre descubrieran cosas nuevas en él. Muchos años después, cuando el sabor de un chicle lo transportaba años luz atrás y recordaba los frenéticos besuqueos en las tumbonas de la playa, seguía preguntándose por qué se había enamorado perdidamente de aquella *outsider*. Quizá porque pertenecía a ese tipo de personas que no se definen por cómo las ve el mundo. Sino por cómo lo ven ellas. Y el mundo estaba lleno de secretos y acertijos por descubrir. O incluso por crear.

«Como el código.»

—Exacto. Es el lenguaje secreto que teníamos Yvonne y yo.

—Pero ¿cómo puede ser? —repitió su padre.

Y con esas palabras formuló la pregunta que a Milan le

rondaba por la cabeza desde que había encontrado la foto en la villa:

«¿Cómo puede ser que una chica secuestrada intente comunicarse conmigo usando el código secreto? El mismo que se inventó mi primer amor. Y que solo se descifra con un libro que robé hace muchos años de la biblioteca del instituto de Rügen, a cientos de kilómetros de Berlín».

17

Andra

—¿Cómo ha reaccionado?

—No de la manera que yo esperaba.

Andra se mordió el labio y sus ojos recorrieron el escritorio de Lampert. Ni documentos, ni cuentas, ni libros. Ni siquiera bolígrafos. Jamás había visto al dueño trabajar en aquella mesa. Estaba igual que el día que la contrató, con solo una solitaria foto de su esposa fallecida, que contemplaba con tristeza de vez en cuando.

Siempre que visitaba al jefe allí abajo tenía la inquietante sensación de que aquel despacho subterráneo transformaba su aspecto físico. Y eso a pesar de que la decoración era modesta, nada espectacular, con muebles estrictamente funcionales: un escritorio marrón, un sillón de oficina negro y un conjunto de sofás a juego. Solo llamaba la atención una obra enmarcada del fotógrafo Von Hassel colgada en la pared, que mostraba la vista exterior de un *diner* de Los

Ángeles. Destacaban aquella obra y el propio Lampert, a quien en su reino nadie se habría atrevido a llamar Hulk. Tampoco Milan. Allí abajo el mote apenas resultaba irónico. Porque tras su escritorio de almacén de bricolaje Lampert parecía realmente cambiado, y todo lo demás resultaba pequeño e insignificante. Aunque la camisa verde le seguía bailando en los hombros huesudos, era como si se volviera más alto y fuerte. Si en el restaurante a veces parecía un niño, allí abajo desprendía una presencia y una autoridad que muchos jefes con tarjetas de visita doradas, secretaria propia y despachos con ventanales a la Puerta de Brandeburgo jamás alcanzarían.

—A ver, por supuesto que estaba muy nervioso —añadió Andra. Necesitó pestañear. Aunque por cortesía Lampert no estaba fumando, le parecía sentir en los ojos el humo del último cigarrillo—. Pero no era por el profesor.

—¿Por qué entonces?

El jefe le sonrió alentadoramente y eso no mejoró la situación. Podía ser muy amable allí abajo, en su reino, donde ella se sentía como la alumna díscola que siempre acaba en el despacho del director. Sucedía esto desde su primer encuentro, cuando Lampert le había propuesto un modo para saldar su deuda.

—Ha pasado algo. Algo que no habíamos previsto.

Relató el incidente con la chica del coche y la visita a la casa abandonada.

—¿Y quieres investigarlo? —preguntó el jefe, extrañamente hablador.

Otro cambio. Fuera de su despacho apenas pronunciaba frases completas, y menos aún se implicaba en una conversación. Luego añadió:

—Ya sabes que siempre he tenido mis dudas de que Milan fuera el mejor candidato. —Se frotó la barbilla, mal afeitada.

Andra asintió con la cabeza. Ella había seleccionado a Milan. Había intercedido por él. Y, al empezar una relación juntos, había roto todas las normas.

—Llevamos años trabajando en esto. ¿Y si ahora todo se descontrola? —inquirió Lampert.

—No pasará. —Pero no estaba segura de ello en absoluto.

Él la escrutó. Después se inclinó hacia la caja fuerte, que, como ella ya sabía, se encontraba empotrada en el escritorio.

—¿Cuál es el plan?

—Ni idea. De momento voy a recogerlo a la residencia de su padre.

El jefe suspiró.

—Está bien, tienes tres días. No lo pierdas de vista. Yo me ocupo de tu hija.

Sacó de la caja un fajo de billetes, un móvil nuevo de prepago (casi imposible de rastrear) y una pistola.

—Toma.

Andra se lo guardó todo sin hacer ni siquiera una pregunta. También cogió el arma de cañón plateado. Sabía cómo utilizarla en caso de que las cosas se pusieran feas.

Y, maldita sea, parecía que iba a pasar exactamente eso.

—Ah, y otra cosa —añadió Lampert cuando ya lo había metido todo en la mochila. Deslizó por la mesa la caja de pastillas. El «regalo» del viejo, que Milan había tirado al contenedor—. ¡Consigue que se tome una al día!

18

Milan

Milan abrió la sombrerera. Durante los años pasados en el armario, donde Kurt la conservaba, su superficie forrada de seda había palidecido y se había cuarteado, como la piel de sus manos. Cuando Milan levantó la tapa notó enseguida el olor a humo. Las llamas no habían alcanzado el estudio de su padre pero la humareda se había colado por cada resquicio de la casa y aún permanecía en los objetos que se llevaron a Berlín.

Lo primero que le llamó la atención fue una corona, trenzada con agujas de abeto y pintada, que sujetaba los papeles de debajo.

A lo largo de los años sus padres fueron llenando aquella caja con recuerdos de su infancia. Zapatitos de bebé, los primeros garabatos, medallas de natación, trofeos deportivos, fotos, invitaciones de cumpleaños, un estuchito con los dientes de leche... Se detuvo al llegar a una postal que había dibujado él mismo para su abuelo Wilhelm durante un campamento. No había texto, solo un monigote muy enfadado que miraba furioso una colina. Milan pretendía expresar lo mucho que odiaba las excursiones con sus compañeros de primaria.

En aquella época desconocía la dirección de su abuelo y Kurt, siempre preocupado de reducir al mínimo el contacto entre ellos, nunca llegó a enviársela. «Es un psicópata de mucho cuidado —le confió a Milan en una de las pocas ocasiones en que hablaron de su padre—. Todos los días me revisaba los deberes. Si encontraba un solo error me quitaba algo y lo destruía. Golosinas, o un juguete. Una vez llegué a casa con un suspenso en matemáticas. Se fue al corral, sacó a mi conejo y le retorció el pescuezo.»

Milan nunca se creyó aquellas historias de terror. En los pocos encuentros familiares que celebraban, sobre todo en Navidad, Willy le había parecido un abuelo amable y comprensivo que le revolvía el pelo, lo abrazaba y, al despedirse bajo la mirada fulminante de sus padres, le susurraba con su aliento cargado de licor de huevo: «No te dejes avasallar. Tú y yo estamos hechos de la misma pasta».

Apartó la postal, que Willy nunca llegó a ver, y se concentró en lo que buscaba.

«¡El libro!»

—Lo guardaste —confirmó, aliviado.

Estaba de canto en un lateral de la caja, envuelto en papel de cocina. Lo dejó en la mesa del comedor, a la que se habían sentado. Con cuidado, repasó las letras en relieve que sobresalían en la cubierta gris sin ilustraciones.

—*El regalo* —leyó su padre, aunque Milan conocía de sobra el título.

Yvonne le leía aquel libro muy a menudo. Incluso recordaba de memoria el texto de la contraportada:

«La emocionante aventura de dos niños que inventan una lengua secreta. Porque nadie debe descubrir sus misteriosas cualidades».

—¿No se llamaba Zoe la niña de la historia?

Milan asintió con la cabeza. Por eso lo había impresionado tanto encontrar aquel nombre en el reverso de la foto. En el libro, la protagonista lo elegía porque odiaba su verdadero nombre y le encantaba el significado de «Zoe» en griego antiguo: «el hecho mismo de la vida, común a todos los seres vivientes».

Yvonne y él habían discutido muchas veces sobre cuál sería ese «hecho». Mientras ella abogaba por el amor, él se preguntaba si no era justamente el sentimiento contrario lo que unía a todas las almas humanas.

—¿C15P3p10L1-2p12L6P4p25L1-2-3-4? —preguntó Kurt, y abrió la página 76 después de comprobarlo una vez más en la foto.

La clave del código era muy sencilla incluso para un analfabeto como Milan, quien, aunque con muchísimas dificultades, sí llegaba a distinguir letras y números sueltos. «C» era el capítulo; «P» era el párrafo; «p», la palabra dentro del párrafo y «L», la (o las) letras de esa palabra. Los números indicaban cuántos párrafos, palabras o letras había que contar.

Kurt asentía con la cabeza mientras iba anotando en un cuaderno las letras correspondientes a la primera parte del mensaje.

J
A

—Yvonne y tú imitabais todo lo que salía en el libro. Era muy bonito.

—No todo. Solo usábamos el código.

Había sido idea de Yvonne. Por supuesto, Milan no se atrevió a confesarle que para él un libro era el objeto más inútil del mundo. Pero su novia estaba entusiasmada con la idea de que, si cada uno tenía un ejemplar de aquella novela, contarían con una clave para cifrar sus cartas de amor. Porque así se comunicaban los jóvenes protagonistas de *El regalo*. Al final él acabó robando el libro de la biblioteca del colegio. Su profesora no lo pilló por los pelos.

—En cuanto Yvonne te pasaba una notita por debajo del pupitre te morías por llegar a casa. Tu madre te ayudaba a interpretar el mensaje.

Él levantó la vista.

—¿De verdad era así, papá?

Este dejó de escribir. Había descifrado ya cuatro letras pero Milan no podía saber qué significaban.

—¿A qué te refieres?

—No me acuerdo de eso. Sí sé que me pasaba horas con este libro. Pero...

—Pero ¿qué?

—¿Podía leerlo?

Su padre entornó los ojos y lo miró por encima de unas gafas imaginarias. Él insistió:

—¿En algún momento supe leer?

Rememorar el pasado, recordar la época de Rügen, era como contemplar una pared de papel pintado rugoso. Al cabo de un tiempo los bultitos aleatorios formaban gráficos, formas y símbolos. Imágenes que solo tenían lógica aplicando bastante fantasía y que al mínimo movimiento se borraban de la mente. Escenas que, al poco rato, ya no estabas seguro de haber visto.

Tampoco sabía si era real su recuerdo de haber logrado leer más que letras y palabras sueltas. Solo tenía una sensación difusa.

—¿Sabía leer? —insistió con énfasis.

Su padre negó con la cabeza.

—No. En cualquier caso, nunca bien.

—¿Qué quieres decir?

—Siempre tuviste una deficiencia lectora. Necesitabas horas para descifrar el significado de una frase. Y el accidente te dejó peor.

«Por no decir que me dejó desesperanzado.»

Se llevó las manos a la cabeza, donde aún sentía el chichón cortesía de Andra.

—Esta tarde he tenido visita en el restaurante. Creo que era el mismo hombre que te preguntó por mí.

—¿Y qué quería?

—Me dio un bote de pastillas y dijo que si me tomaba una al día podría volver a leer.

—O sea que es un loco.

—Pero ese loco sabe que soy analfabeto.

Kurt encogió sus flacos hombros.

—Pues no lo entiendo, y tampoco lo del secuestro. ¿Crees que hay alguna relación entre las dos cosas?

—Ni idea. Pero, por favor, contéstame a la pregunta de antes.

Su padre suspiró y dejó el lápiz a un lado.

—La respuesta es no. Nunca supiste leer de verdad. Tu madre y yo siempre nos reprochamos no haberte llevado antes a algún médico. No prestamos atención cuando en la guardería nos recomendaron que fueras a un oculista porque no reconocías las letras. —Soltó una risa amarga—. Si no nos lo hubieras contado cuando llegaste a quinto jamás lo habríamos descubierto. Te las apañabas solo perfectamente.

Milan asintió con la cabeza. Ya en aquella época era un completo impostor. Pagaba a sus amigos para que le hicieran los deberes. Con los trabajos no podía hacer lo mismo pero si en una asignatura sacaba un cero en la parte escrita y un diez en la oral, acababa salvando los muebles con un cinco raspado.

—Así que no. Nunca supiste leer, hijo. Y me temo que no existe ningún medicamento mágico que pueda cambiarlo. Ni siquiera tu fuerza de voluntad.

«Alexia.»

Ese fue el diagnóstico de los neurólogos tras los numerosos análisis de sangre, pruebas de visión y escáneres cerebrales que le realizaron tras la mudanza, en el hospital berlinés de la Charité. Tenía la cabeza mal cableada. A las distintas áreas del lenguaje les faltaba un puente bioquímico. Por mucho que se esforzara, salvo contadas excepciones, jamás lograría ver más que agrupaciones de letras sin sentido.

«Pero a pesar de todo...»

—A veces tengo un sueño muy raro, papá. Vuelvo a ser niño. Estoy en el pasillo de la casa de Rügen y hay humo por todas partes.

—Oh, no —murmuró este, que se había vuelto a concentrar en descifrar el código y pasaba las páginas del libro.

—Alguien está en la puerta de mi habitación. No llego a distinguir quién es. Pero esa persona me pide perdón. Y llora. ¿Y sabes qué es lo más extraño? ¿Lo que me hace despertar entre gritos? No es el calor del fuego ni el humo en los pulmones ni el pánico al caerme por las escaleras cuando el ardor se vuelve insoportable. Es que veo la camiseta que lleva. Y puedo leer lo que pone.

—¿Y qué es lo que pone? —preguntó sin levantar la vista del libro.

—Cambia en cada sueño. A veces es solo una palabra, otras se trata de una frase como «lo siento» o «no era mi intención». —Necesitó aclararse la voz—. Pero ¿es que no lo entiendes? Lo que ponga en la camiseta no importa. Lo importante es que en sueños sé leer.

Kurt levantó la cabeza y lo miró. La tristeza le ensombrecía los ojos.

—Es imposible...

—Ya lo sé.

Su padre negó con la cabeza.

—No, me refiero a esto.

Señaló el papel, donde había escrito siete letras, una detrás de otra. Ya había terminado.

—¿Qué dice? —preguntó Milan.

Con la voz rota, Kurt leyó lo que había descifrado con ayuda del libro a partir de la hilera de letras y números. Era una sola palabra.

Él cogió aire y lo retuvo un momento en los pulmones. Después dijo:

—Esto demuestra que realmente es nuestro código.

Su padre asintió con un gesto. El papel le temblaba en la mano.

—Pero esto, hijo... Es inquietante. Muy inquietante.

—Lo sé.

—Si yo fuera tú, me olvidaría de todo. Tiene muy mala pinta.

—Así es —convino él.

«Primero la petición de auxilio desde el coche. Luego la villa abandonada. El secuestrador. La absurda suma de dinero. Y ahora aquel mensaje. Descifrado con un viejo código infantil.»

—Pero no vas a hacer caso a tu anciano padre, ¿verdad? Te vas a poner en camino...

Milan lo miró a los ojos, velados por la edad. Después se levantó, lo abrazó y se despidió con un beso en la frente.

Kurt suspiró con tristeza.

—Entonces al menos llévate esto, hijo. —Sacó la cartera del bolsillo del pantalón y se la puso en las manos.

—Tengo dinero —se resistió Milan, pero su padre no permitió que se la devolviera.

—Apenas hay nada dentro. Considérala un amuleto. Allá donde vas, te hará falta mucha suerte.

19

—¿Jasmund?

—Sí.

—¿Eso es lo que has descifrado con ese tocho? —Andra señaló el libro, que él tenía en el regazo.

—Pues sí.

—Hummm.

Subió la calefacción del asiento de Milan a tope. Notó que seguía teniendo frío, aunque en el Mini, donde ella lo esperaba, hacía un calorcito muy agradable.

—¿Y? ¿Conoces a alguien que se llame así? —preguntó.

—Alguien no. Algo. Una península.

Avanzaban en dirección al paso elevado del puente Spinner y al antiguo circuito de carreras AVUS. Había dejado de llover, pero el viento continuaba azotando el pequeño vehículo.

—¿Y eso dónde está?

—Al noreste de Rügen. Es un parque nacional. Realmente precioso.

«De verdad.»

Al oír «Jasmund», la mayoría de la gente se imagina los famosos acantilados blancos que se alzan sobre un agua transparente y turquesa como la del Caribe; o los densos hayedos que rodean el legendario lago Hertha; o ciénagas, pantanos, praderas y todas esas cosas que convierten una región en Patrimonio de la Humanidad.

Para Milan, a todo aquello se unían los recuerdos del incendio, el humo y el dolor.

«Y la muerte.»

—Viví allí hasta los catorce años, en un pueblo llamado Lohme. Nuestra casita estaba al lado de mi escuela, el colegio Arkona, que estaba tan cerca de los acantilados que lo llamábamos «el cole del barranco».

—¿Y quieres ir a Jasmund? —Andra resopló, como si acabara de comprender la conexión—. El secuestro de la chica no es una casualidad. Tiene algo que ver contigo. ¿Pretendes que vayamos hasta Rügen a buscarla?

Él asintió con un gesto.

—Pero ¿cuánto se tarda hasta allí?

Milan señaló el navegador y decidió no contestar a sus preguntas. Había llegado el momento de aclarar las cosas.

—Tengo que contarte algo.

Ella lo miró de reojo.

—Ya lo sé.

—No. No sabes que... —Se atascó y cobró impulso de nuevo—: Que soy...

—¿Analfabeto?

Perplejo, se giró hacia ella todo lo que permitía un coche tan pequeño.

—Pero ¿cómo...?

Ella sonrió y le dio unas palmaditas en la pierna.

—Vaya, vaya. Parece que al final la sesión con la señora Rosenfels ha merecido la pena. Gracias por ser sincero conmigo, ya era hora.

Pisó el acelerador a fondo y se lanzó a la autopista a muchísimo más de cien por hora.

—Pero... ¿Cómo...? ¿Cómo lo has sabido?

Notó que se liberaba de la presión acumulada durante años, aunque la sensación no fue de alivio. Al menos no en un primer momento. Era más bien como un enorme dolor residual, un eco abrumador que le hizo llorar. Tardó un buen rato en sentir felicidad y tranquilidad, y Andra se lo concedió para que se recompusiera.

—Hombre, las señales eran bien claras —le dijo después.

«Estupendo. Un aplauso para el señor "maestro del engaño".»

Sintió que su felicidad estaba a punto de desvanecerse.

—¿Lo sabe Hulk?

—Fue él quien me contó por qué dibujas a los clientes. —Milan cruzó los brazos por detrás del cabecero y soltó un quejido—. Pero no te preocupes. Hulk es disléxico, comprende perfectamente tu problema. Le da por completo igual si eres analfabeto o si tienes el Nobel de Literatura. Solo le interesa que trabajes bien.

—¿Y qué hay de Günther?

—Ni idea. —Cambió de carril sin poner el intermitente—. A mí tampoco me importa, por si te interesa saberlo. —Sonrió—. Me parece mucho peor que no me hayas contado nada de la chica que te robó la inocencia. Recuérdame cómo se llamaba.

—Yvonne.

Cuando lo recogió en la residencia, le había hablado de ella y del código secreto en el reverso de la foto.

—¿Y esa Yvonne conocía tu problema?

—No.

—Y entonces, Romeo, ¿cómo le mandabas cartitas de amor en clave?

Milan se encogió de hombros mientras ella hacía luces al monovolumen de delante, que circulaba demasiado despacio.

—Me aprendí varias frases de memoria. Por ejemplo, C4P13p68P20p30 significa «te quiero».

—¿Y si te hacía una pregunta concreta? Tipo: «¿quieres acostarte conmigo, semental?».

—Pues C4P13p68P20p30 también habría funcionado —contestó con una sonrisilla. Luego hizo un gesto como para quitarle importancia—. Pero solo nos enrollábamos. Nunca pasamos de ahí.

—Vale, como quieras. Las cartitas trataban de arte y cultura. Pero de verdad me pregunto cómo era posible.

Milan miró por la ventanilla a las vías del tren, que corrían paralelas a la autopista. Se puso serio.

—¿Sinceramente? No lo sé. Creo que me ayudaba mi madre.

—¿Por qué dices que «crees»?

Un tren pasó junto a ellos en dirección a la torre Funkturm y atravesó el bosque de Grunewald. Los vagones estaban bien iluminados e iban casi vacíos. Solo se veían algunas siluetas perdidas en los solitarios compartimentos, con grandes huecos entre ellas. Así viajaban también los recuerdos de infancia de Milan en el tren de su memoria.

—Andra, tienes que entender que me paso la vida fingiendo. Engañando a los demás. Continuamente. No quiero que me tomen por tonto, loco o retrasado. La mayoría de la gente ni se imagina lo que es vivir fuera del mundo escrito. ¡El mundo entero está por escrito! Nunca jugué en un equipo de fútbol porque hay que rellenar formularios de inscripción y hay que leer las tablas de clasificación. No iba a cumpleaños porque no entendía la dirección de las invitaciones. Ya me resultaba muy difícil arreglármelas en Rügen antes de caerme por la escalera. Pero en Berlín se me hacía casi imposible. —Inspiró profundamente—. Vivo entre maniobras de despiste, mentiras, trucos y trampas. Soy alguien distinto ante cada persona. He cambiado tanto de identidad y he evitado tantas situaciones desagradables que ya no sé quién soy realmente. Ya no distingo los recuerdos vividos de los inventados.

—¿Y conmigo quién eres?

Él sonrió.

—En este momento, el pasajero de la taxista más guapa de Berlín.

Andra torció el gesto y él se disculpó por haber hecho referencia a los taxis, la palabra maldita. Sospechaba hacía tiempo que su rechazo no tenía que ver solo con los malos olores y los rodeos de conductores taimados sacacuartos, como ella decía. Seguramente había tenido alguna experiencia traumática en un taxi.

—¿Puedes llevarme a la Estación Central?

—Ni hablar. No pienso dejarte solo, ya está todo pensado. —Se dio unos toquecitos en la frente—. Me he cogido unos días y le he dicho a Hulk que tú estás enfermo. Se ha puesto como un basilisco, pero ya se las arreglará. Que curre un poco. Y Louisa se queda en casa de Cherry.

Durante un rato avanzaron en silencio hacia las luces de la torre Funkturm.

—¿Por qué haces esto por mí? —preguntó Milan, agradecido.

Ella le dedicó una cálida sonrisa.

—Según nuestra terapeuta, hay que apoyarse en la pareja cuando surgen problemas. Además, ¿cómo vas a descifrar los mensajes sin mí? Por cierto, hay una cosa que no entiendo.

—¿Solo una?

Pasaron ante las gradas del antiguo circuito de carreras y continuaron en dirección norte.

—¿Por qué escribiría Zoe el primer mensaje normal y el segundo en código?

Milan reflexionó.

—El tal Jakob me dijo que se habían dedicado a dar vueltas. Que me habían cazado a mí porque fui el único que reaccionó.

—¿O sea que la obligaron a poner el papel en la ventanilla?

—Eso parece.

—Y después Zoe dejó a escondidas el mensaje de la foto... —Pero se contradijo con un gesto tan enérgico de la cabeza que se despeinó—: No, eso no encaja con la idea de que te eligieron al azar para el chantaje.

Milan asintió con la cabeza, aunque la consecuencia de aquel razonamiento no le gustaba nada.

—La pregunta es: ¿cómo conoce el código? —murmuró, apagando la calefacción. Por fin había entrado en calor.

«¿Y por qué se llama como la protagonista del libro?»

Eso tampoco podía ser casualidad. ¿O sí? Al fin y al cabo, era un nombre muy extendido en los países anglófonos y en Grecia.

—¿Dónde vive Yvonne ahora? —preguntó Andra.

—No tengo ni idea.

Tras mudarse a Berlín, Milan cortó cualquier contacto con su pasado. El trágico incendio había volado todos los puentes de su niñez.

La noche en que murió su madre casi había logrado salvarse por sí solo. Sin embargo, al moverse entre la densa humareda confundió el acceso al sótano con la puerta de la calle y cayó rodando por los escalones de piedra. Los bom-

beros lo encontraron inconsciente, con el cráneo fracturado, y consiguieron sacarlo de la casa. Después hicieron falta dos operaciones. Era un milagro que el «saludo» de
Andra con el bate de béisbol no hubiera reabierto aquellas
viejas fracturas. De nuevo, había tenido más suerte de la
que merecía.

—¿Quién más conocía vuestro código?

—Yo se lo conté a mi madre y ella a mi padre. No sé a
quién se lo diría Yvonne...

—Ya... Pues ese Jakob se ha enterado de algún modo.

Bajó la calefacción y se aflojó el chal de colorines que
llevaba al cuello.

—Entonces ¿no crees que los mensajes sean obra de
Zoe? —inquirió Milan.

«El papel de la ventanilla. El código de la foto.»

—Me extrañaría. Más bien creo que quieren tenderte
una trampa. Esa chica es solo un medio para lograr un fin.

Milan notó que le vibraba el móvil en el bolsillo. Cuando lo sacó, le entraron sudores.

—¿Qué fin? —preguntó, con la vista fija en la pantalla.

Recordaba esa combinación. Esa sucesión de letras.

ΝΥΜΕΡΟ ΔΕΣΞΟΝΟΞΙΔΟ

—Eso es precisamente lo que debemos averiguar —la
oyó decir.

Y, como si aquella respuesta fuera una orden, contestó
la llamada de Jakob.

20

Jakob

—Respondes a la primera. Así me gusta.

Jakob hizo un gesto a Zoe para que se mantuviera quieta y callada.

Estaba chupándose el pulgar en la litera de abajo, al fondo de la caravana.

«Niñata.»

—¿Qué quieres ahora? —preguntó Milan.

Con demasiada seguridad en la voz, pensó Jakob.

El estor gris opaco que había colgado expresamente en la ventana dejaba una pequeña abertura en la parte inferior. Aunque era imposible ver nada desde fuera, lo bajó del todo.

Después se sentó en el banco corrido junto al asqueroso minifregadero, de donde salía aún menos agua que en el baño de la entrada.

—Sigo queriendo los 162.366 euros con 42 céntimos. ¿Ya te has organizado?

—Olvídate de esa gilipollez.

«Oh-oh.» ¿Qué estaba pasando? No solo se mostraba más seguro de sí mismo, sino abiertamente agresivo.

—Trabajo de camarero. Me gano la vida con hamburguesas y filetes, no con fondos de inversión o negocios de armas. ¿Cómo voy a conseguir tanto efectivo?

—Bueno, no es obligatorio. También puedes dejar morir a la chica. Tú eliges.

—Déjate de mierdas. ¿Quién es esa chica? ¿Qué tengo que ver con ella? Y no me vengas con ese rollo de la casualidad. ¿Por qué me elegisteis?

«Demasiado seguro de sí mismo.»

Jakob contempló el taladro que sujetaba en la mano. Había decidido prescindir de la grapadora en su segunda visita a Zoe.

—¿Por qué piensas que te hemos elegido?

—He encontrado el mensaje.

Un hormigueo le recorrió el espinazo como una descarga eléctrica.

—¿Qué mensaje? —Tenía que reconocer que se sentía inquieto.

—La foto de la chica en el lago. Estaba al lado del teléfono, en la villa. ¿Qué clase de juego es este?

«Eso me gustaría saber a mí.»

Miró a Zoe con fiereza.

—¿Qué has hecho? —siseó.

Se levantó, fue hasta la litera y agarró su mochila, que estaba sobre la almohada. Ya la había registrado antes del viaje, en busca de móviles, tijeras, limas de uñas o cualquier cosa que pudiera suponerles un problema. Volvió a vaciarlo todo en la moqueta, que estaba llena de manchas y quemaduras.

Días atrás también había revisado toda la caravana para retirar cubiertos, bombonas de gas, cuerdas, cerillas, la radio, linternas e incluso los productos de limpieza. El contenido de la mochila, que ahora esparcía por el suelo con el pie, no daba opción a fugarse ni a pedir ayuda. No había móvil, Gameboy, ni pulsera deportiva inteligente. Solo un lápiz carcomido, un delineador de ojos, un peine, monedas sueltas, un abono mensual de transporte, una cartera rosa con brillitos y un libro viejo que Zoe leía día y noche. *El regalo*... vaya título más tonto. Pero al menos cuando leía se estaba quieta, y no parecía fácil usar un libro como arma.

Por precaución, cogió el lápiz y el delineador. Abrió la cartera y miró en el compartimento de los billetes.

«Vacío.»

—¿Dónde está? —preguntó.

Zoe retrocedió. Se acurrucó en el rincón más alejado de la litera, con el pánico reflejado en la cara. Temblaba y sudaba pero se mantuvo firme en no decir una palabra. Aunque sabía que eso no cambiaría en nada el tormento que estaba a punto de sufrir.

Jakob seguía con el móvil pegado a la oreja, haciendo caso omiso a las cuestiones de Milan. Seguramente este se preguntaba por qué de pronto no le hacía caso y se ponía a hablar con otra persona.

—¿Dónde está la foto? —rugió, rabioso.

Era el amuleto de Zoe. Su talismán. La guardaba en la cartera, protegida en una fundita de plástico. Y había desaparecido.

«Es verdad lo que dice este hijo de puta.»

Zoe se la había jugado, por mucho que intentara negarlo. Había puesto en peligro toda la operación.

«Y merece un buen castigo.»

Se moría por saber qué mensaje había dejado la muy zorra. Pero si lo preguntaba, estaría reconociendo que no controlaba la situación.

Apretó muy fuerte el taladro.

—Muy bien, Milan. Así que no crees que vayamos en serio...

Agarró a Zoe por los pies. Tiró de ella con tanta fuerza que apenas le dio tiempo a gritar, de lo repentinamente que la había arrastrado hasta el suelo.

—¿Crees que todo esto es una farsa?

La asió por el pelo, la atrajo hacia sí y le puso el taladro en la cara, dejándola aturdida e indefensa. Hizo girar la broca a la velocidad mínima.

—Muy bien, pues hazme el favor de ir al área de descanso de Edeltal Este. Al baño de minusválidos.

—¿Qué voy a encontrarme allí? —oyó que preguntaba Milan.

Su voz ya no sonaba tan segura como al principio.

—Otra pista. —Jakob sonrió, aumentó la velocidad tres puntos y puso fin a la llamada entre los desgarradores gritos de Zoe.

21

Milan

—¿Estás bien? —preguntó Andra.

Él agarró el cinturón, que de repente le apretaba demasiado, y se lo separó del pecho.

—Creo que he cometido un error —contestó sin fuerzas, con la mirada clavada en la pantalla negra del móvil, que le devolvió el reflejo de su cara cansada. Consumida y sin afeitar.

—¿Qué te ha dicho? —Su voz era suave, justo al contrario que la de Jakob.

—Lo he pillado totalmente por sorpresa. Como si de verdad no supiera nada del mensaje. —Levantó la cabeza para mirarla—. He puesto a Zoe en grave peligro.

—Eso no puedes saberlo.

—No has oído a Jakob. Y no la has oído a ella.

«Zoe.»

—Te equivocas. —Vio que se le crispaban los dedos en

el volante, como si necesitara todas sus fuerzas para mantener el coche en el carril—. La he oído gritar.

Andra le preguntó si quería volver a casa. Él se dio cuenta entonces de que se acercaban a la salida de Spandauer Damm, a tan solo un cuarto de hora del distrito de Moabit, donde se encontraba su piso.

Negó con la cabeza y, mientras dejaban atrás la salida, dijo:

—Jakob hablaba con ella. Al principio susurraba cosas como «¿qué has hecho?» y «¿dónde está la foto?».

«Dios mío, realmente no sabía nada.»

Zoe había dejado el mensaje a escondidas.

—¿Y ahora qué hacemos?

Milan miró el reloj. Las 21.44.

—¿Cuánto se tarda hasta el área de descanso de Edeltal?

—¿Te crees que soy Google? —Andra encendió el navegador y tecleó la dirección.

«A19, Edeltal Este.» Según las indicaciones, tardarían exactamente setenta y nueve minutos.

—Pues entonces ahí es donde vamos —decidió él.

Cerró un momento los ojos pero fue un error. Al menos las luces de la ciudad lo distraían: los salones de las casas, que algún sádico plan de urbanismo había orientado hacia la autopista y donde brillaban las teles de pantalla plana; los faros de los vehículos que iban delante; los anuncios de conciertos en el Mercedes-Benz Arena, de cigarrillos electrónicos y de tantas otras cosas que o bien no podía permitirse o bien no le servían para nada. Por el contrario, en la oscuridad de los párpados cerrados, sus pensamientos obsesivos emitían fogonazos fluorescentes, como medusas en las profundidades del mar.

«¿Por qué yo?

»¿Quién es esa chica?

»¿Cómo conoce el código?

»¿Y qué le estarán haciendo ahora mismo?»

—Toma, bebe un poco —oyó la voz de Andra a su lado—. Si no, con tanta tensión te va a entrar dolor de cabeza.

Abrió los ojos y vio entre los asientos un pequeño termo plateado, que ella había sacado quién sabía de dónde. La tapa estaba ya desenroscada.

—¿Qué es esto?

—Té frío. Me va bien contra el mareo.

Milan, que solo entonces fue consciente de la sed que tenía, dio un trago y puso cara de asco.

—Pues yo casi me mareo de lo mal que sabe. Joder, ¿por qué está tan amargo?

Andra casi se había pasado la salida de Tegel, de modo que tuvo que acelerar y saltarse una línea continua. Entretanto, le lanzó una mirada que decía: «Vaya blandengue».

—Perdona, creo que me ha quedado muy cargado. De todos modos, bebe un poco más. El jengibre es muy sano.

—¿Es solo para problemas físicos? ¿O funciona también para pesadillas hechas realidad? —replicó él.

A pesar del amargo sabor, se acabó el termo de un trago.

22

Zoe

Había intentado contar hasta diez pero al llegar a cuatro vomitó de dolor. Por suerte, en aquella caravana minúscula el fregadero estaba siempre a mano.

Después buscó analgésicos en los armaritos. El botiquín de viaje de su madre seguía allí: tiritas, vendas, spray nasal, Imodium para la diarrea y hasta paracetamol. Seguramente el imbécil de Jakob no sabía que con eso bastaba para quitarse la vida, aunque quizá no le importaba y no se había deshecho de las medicinas a propósito.

«Qué más da.»

Metió la cabeza bajo el grifo, del que seguramente salía un agua llena de bacterias; dudaba que en aquella inmunda caravana los tanques se desinfectaran con regularidad. Pero necesitaba algo para tragarse las pastillas.

Habría preferido ibuprofeno de 800. Por no hablar de morfina.

Intentó no mojarse la mano. No recordaba cuándo se había vacunado por última vez y no creía que su sistema inmunitario estuviera preparado para la batalla que podía entablarse si las bacterias asaltaban su mano izquierda.

Jakob se entretuvo dos horas con el dedo corazón.

Dos horas si se medía en tiempo de dolor. En tiempo normal el taladro no había tardado ni siquiera dos segundos en seccionar el dedo.

- Una grapa bajo la uña del pulgar.
- Aún cuatro dedos en la mano izquierda.

Ese era el balance de las torturas de aquel día aciago.

Cuando superó el umbral del dolor y se desmayó, Jakob al menos fue lo bastante listo para vendarle el muñón con tanta fuerza que la sangre no traspasaba el vendaje.

«Por ahora.»

Se apartó del fregadero, levantó el brazo con el dolorido dedo amputado y sintió de nuevo una oleada de náuseas y oscuridad.

«Por suerte —pensó con una risilla histérica (porque "suerte" debería ser la última palabra en pasársele por la mente—, por suerte ya he preparado el próximo mensaje.»

Aunque eso era solo media verdad, «como el medio dedo que me queda».

Se le emborronaban los pensamientos y necesitó morderse la lengua para concentrarse. El sudor caía como si fuese lluvia sobre la encimera.

«Maldita sea.»

Mientras aún era capaz, había sacado del libro los números de capítulos y párrafos para el mensaje. Pero para transmitírselo a Milan necesitaba algo para escribir. Y papel. Y la oportunidad de dejarlo en algún lugar donde él pudiera encontrarlo.

«Imposible.»

A pesar de que incluso conocía el lugar al que acudiría Milan: ¡el baño de discapacitados del área de descanso en la que se encontraban en aquel momento!

Y la caravana seguía sin arrancar...

Aun así, el aseo de ahí fuera le resultaba tan inalcanzable como Marte para una mosca.

Agotada, se derrumbó en el banco.

Jamás conseguiría salir de allí.

A Jakob y Lynn les estaba saliendo perfecta la jugada.

La tenían prisionera. La torturaban. Y seguramente acabarían tirándola a la cuneta, como si fuera basura. Pero ¿por qué?

«¿Por dinero?»

De pronto sintió una iluminación, un pensamiento diáfano que permanecía oculto en las arenas movedizas de su conciencia y que el dolor había desenterrado.

«No es por dinero. Ese no es el plan.

»Pero entonces ¿por qué?»

¿Qué pretendía Lynn manipulando a Jakob para que hiciera el trabajo sucio? Para que probara con ella todo su arsenal de herramientas de bricolaje. Para que torturara, chantajeara, mutilara y, tras acabar con ella, la arrojara por la puerta de la caravana...

De pronto se quedó paralizada.

Inconscientemente su mirada había recorrido el interior del vehículo, siguiendo sus pensamientos. Empezando por la cama de la que Jakob la había tirado al suelo, pasando por la mancha oscura de la moqueta donde le había arrancado el dedo y hasta el sitio en el que...

«Dios mío.

»No puede ser.»

Sin dar crédito a sus ojos, contuvo la respiración.

Aguzó el oído por si percibía algo.

Y rezó para que Jakob no advirtiera su error.

23

Jakob

«La gente odia no tener opciones.»

A sus treinta y dos años, Jakob sabía muy pocas cosas de la vida. Pero, desde niño, era bien consciente de que las personas no soportan que las obliguen. Desde que su padre lo atormentaba con frases que empezaban por «tienes que».

«Tienes que ordenar tu habitación.»

«Tienes que aguantarte el dolor.»

«Tienes que ponerle la almohada en la cara. Rápido, antes de que tu madre se despierte.»

Los imbéciles que van por ahí pregonando el fin del mundo y sembrando el terror todavía no se han dado cuenta de esto.

Si le dices a alguien: «Tú tienes la culpa del cambio climático, de la extinción de las especies y de la crisis de los refugiados. Tienes que cambiar ahora mismo, y tienes que cambiar tu vida», entonces la gente se empecina en seguir igual. O incluso retroceden. Simplemente porque no les hace la menor gracia que un desconocido los empuje en determinada dirección. Aunque sea la correcta. La idea es: «Si al final el mundo se va a hundir de todas maneras, que le den por culo a todo. Haré con mi vida lo que me dé la gana».

En aquel momento, Jakob se encontraba de nuevo en una de esas malditas situaciones de obligación.

Abrió la puerta del Volvo que remolcaba la caravana, se sentó junto a Lynn y dejó el taladro en el hueco entre los asientos.

«Tienes que contarle a Lynn que Zoe nos ha traicionado.

»Tienes que decirle que la muy zorra le ha dejado un mensaje a Milan.

»Tienes que confesarle que no sabes lo que dice el mensaje, ni cómo ha podido dejárselo.»

Y una mierda, no pensaba hacerlo. Lynn lo machacaría. Lo acusaría de ser un idiota incapaz de controlar la situación.

—¿Por qué has tardado tanto? —preguntó ella, que se estaba retocando los labios y comprobaba el resultado en el espejito del copiloto.

—Milan quería otra prueba de que está viva —contestó con una falsa sonrisa, y se miró las manos.

Las tenía llenas de sangre; la chaqueta de Gore-Tex también lucía unas manchitas. Nada que no pudiera quitarse con las toallitas que llevaban en el salpicadero. Ni loco se lavaría las manos con la asquerosa agua de aquellos aseos.

—Así que he tenido que motivarla un poco. —Sonrió, desplegó un pañuelo y mostró el resultado de su trabajo.

Lynn asintió con un gesto, satisfecha.

—Pásame las bolsas de congelación y la cinta americana —pidió Jakob.

Ella sacó ambas cosas de la guantera. Habían aparcado en la zona de camiones, cerca de la salida del área de descanso y alejados de los baños. A esa hora todo estaba desierto, había un único y solitario vehículo varias plazas más allá. Demasiado lejos para oír los gritos de Zoe provenientes del remolque.

—¿Sabe Milan lo que le has hecho?

—La ha oído chillar un momento. Nada más. Así que lo tenemos bien agarrado. Nada engancha más que un buen misterio.

Metió el dedo en la bolsa, la cerró y se sorprendió por la sonrisa condescendiente de Lynn.

—¿Te estás riendo de mí?

—No. Es que me encanta que me expliques mi propia estrategia.

Abrió la boca para responder algo, pero al final prefirió tragarse juntas la rabia y las palabras. Con Lynn no hacía falta Google. Lo sabía todo. Y muy a menudo daba en la diana con sus comentarios sarcásticos; justamente por eso lo sacaba de quicio.

Él solo jamás habría sido capaz de tramar un plan tan inteligente. Lynn había encontrado la villa y la idea del mensaje en la ventanilla del coche fue suya. Incluso había convencido a Zoe para que colaborase. Aunque solo al principio. Después la muy zorra se había olido la jugada y se había puesto como loca. Gritó, rabió, pataleó e intentó escaparse de la villa.

«Peor para ella.» Al final había tenido que tranquilizarla de un bofetón. No muy fuerte, más bien torpe y en la sien. Después se había desvanecido durante media hora, antes de volver en sí en la caravana.

Eso había sucedido cuando el remolque estaba aparcado en una mediana cerca de la Columna de la Victoria. Mientras tanto, él esperaba a Milan en el Volvo, a una distancia prudencial de la villa.

—Espero que no cause más problemas —dijo Lynn—. ¿Por qué no la matamos ya?

Si Jakob no la conociera bien, se habría tomado aquella frase como una broma. Pero Lynn realmente carecía de escrúpulos.

—Hablo en serio —insistió—. De todos modos Milan hará lo que le digamos, ha mordido el anzuelo. Venga, coge el taladro y vuelve ahí dentro. Ahora mismo. Ya no necesitamos a Zoe.

24

Milan

El zumbido monótono de los neumáticos sobre el asfalto mojado producía un efecto adormecedor. A Milan se le cerraban continuamente los ojos y, desde que habían llegado a la estación de servicio, le resultaba el doble de difícil permanecer despierto. Bajó la ventanilla y sacó la mano al aire frío de la noche. Recorrió con la mirada el pequeño supermercado de la gasolinera, deseando que Andra estuviera ya en la caja.

Acababan de dejar atrás el límite de la ciudad; Andra paró en la inmensa gasolinera, con casi veinte surtidores, y eligió el más cercano al edificio.

«Buena idea», pensó él, sin reaccionar lo bastante deprisa. Ella había notado que se adormecía y lo dejó allí descansando, cosa de la que ahora se avergonzaba.

Tenían un reparto claro de funciones. Desde que se mudó a su piso, Andra se negaba a cobrarle alquiler; a cambio, él pagaba todas las compras y la gasolina. Metió la mano en el bolsillo del pantalón, en busca de la cartera de su padre.

En efecto, solo contenía algunos billetes y ninguna moneda. Con cuarenta y cinco euros no llegarían muy lejos. Pero conocía el número secreto de la tarjeta de crédito. 1310. El cumpleaños de su madre. Al instalarse en la residencia, su padre se lo había dado por si le pasaba algo y ahora Milan necesitaba dinero. Seguramente no habría mucho, pero quizá alcanzara para pagar la gasolina y un café.

«Cafeína.» Daría un brazo por conseguirla.

Y un reino por un aparato que lo transportara a la gasolinera. Se sentía incapaz de caminar.

Se le ocurrió enviarle un audio a Andra para pedirle que comprara provisiones para el camino. Cogió el móvil del compartimento situado bajo la radio.

Entonces, con la lentitud propia del cansancio, se dio cuenta de que el teléfono tenía la foto de una adolescente con sonrisa falsa. Aquel no era su móvil. Se disponía a soltarlo cuando entró un mensaje.

Λαμβερτ: Ηολα, ςοξια. Λουιςα παρεξε δορμιδα.
Ξόμο να Μιλαη?

Pestañeó, desconcertado. Volvió a mirar hacia la gasolinera pero no lograba distinguir a Andra ni en la caja ni entre los pasillos de la tienda, debido a los reflejos en los ventanales.

Estaba sorprendido. «No.» Estaba realmente perplejo.

No por el mensaje, que no entendía, sino por la foto de quien lo enviaba.

«¿Por qué le escribe Hulk a estas horas?»

Además, ¿no le había dicho Andra que el jefe nunca daba su teléfono a nadie? No deseaba que el personal lo molestara en su tiempo libre. Si querían algo de él, todos tenían que pasar por Günther. Sin embargo, no cabía duda de que ella tenía guardado su número.

Se quedó mirando el móvil, preguntándose si podía confiar en Andra.

En realidad, ¿qué sabía de ella, aparte de que se defendía perfectamente sola y se empeñaba en no subir jamás a un taxi?

Tan solo unos pocos hechos, como que abandonó el instituto a los quince, que superó un problema de alcoholismo juvenil gracias a la terapia y que no mantenía contacto con sus padres, quienes al parecer vivían en Tailandia. A su exmarido lo conocía solo por fotos, pero allí estaba Louisa como prueba viviente de su existencia.

Milan era muy consciente de que su conocimiento del pasado de Andra estaba lleno de lagunas. Sin embargo, a la vista de sus propios secretos, se había abstenido sabiamente de presionarla. No le molestaba que le ocultara cosas, sino que le mintiera. Porque muy al principio le había contado que, desde la pérdida de su esposa y de su hijo, Hulk no quería tener tratos con nadie.

«Lampert...»

La inquietante certeza de que se le escapaba algo clave consiguió atravesar la niebla de su cansancio. Veía claramente lo paradójico de sus celos (no se le ocurría una palabra mejor), puesto que era él quien llevaba años ocultándole cosas a Andra.

«Aun así...»

Le desagradaba saber que existía un nivel de relación más complejo entre su novia y su jefe al que él no tenía acceso. A pesar de todo, la mala sensación no fue suficiente para mantenerle los ojos abiertos.

Cuando ella regresó se había quedado profundamente dormido. Con miedo y preocupación, Andra le quitó el móvil de las manos y un minuto después arrancó, susurrando sin parar:

—Mierda.

25

Zoe

Al principio no daba crédito a sus ojos.

Después otra ráfaga de viento sacudió la puerta y lo comprobó de nuevo. Y ya no tuvo dudas.

«Jakob, pedazo de inútil.»

A Lynn jamás le habría sucedido algo así, pero a aquel cretino sí. Se le había olvidado cerrar bien la puerta, dando dos vueltas a la llave. Si se lanzaba contra ella con todo su peso, haría saltar el cierre.

Y entonces estaría... «Buena pregunta: ¿dónde?»

En medio de ninguna parte, en un área de descanso desierta. Dada su situación, aquello era todo lo contrario a la libertad.

«Mierda.»

Dentro de la caravana se sentía totalmente perdida. Sangrando, desesperada de dolor y febril. La sola idea de echar a correr a través de la fría oscuridad, acompañada del ruido de la autopista, la estremecía. Sin embargo, aquella puerta mal cerrada era una oportunidad. Quizá la única y la última que tendría. Así que debía aprovecharla. No obstante, si forzaba la puerta Jakob y Lynn la oirían. Y aunque no fuera así, tan solo dispondría de unos minutos, o quizá segundos, para esconderse.

El tiempo apremiaba. Muy pronto Jakob arrancaría y seguramente se fijaría en que el remolque no estaba bien cerrado. A lo mejor se encendía una luz de advertencia en el salpicadero, aunque con un vehículo tan antiguo quizá eso no pasara. Pero ¿qué sabía ella?

Fuera como fuese, se le acababa el tiempo.

«Armarse. Huir. Conseguir ayuda.»

El cerebro le funcionaba a trompicones. El cuerpo también.

Primero abrió los armaritos de la cocina.

Solo encontró ollas, trapos y una botella vacía de limonada. Nada de comer.

Después registró los armarios del baño.

Jabón, papel higiénico, crema de manos, tampones.

Nada que pudiera usar para defenderse. O al menos para escribir, para dejarle el mensaje a Milan en cuanto saliera de allí.

Detrás de una bolsa de pinzas para la ropa encontró un bote de laca que quizá podría servir de lanzallamas en miniatura... pero no tenía cerillas ni mechero.

«Aunque...»

Se le ocurrió una idea.

Sabía que no lograría ir muy lejos. No en su estado. Pero si llegaba al aseo de minusválidos y allí encontraba lo que esperaba, entonces tenía una posibilidad real de sobrevivir. Y, si no, aquel bote de laca podía suponer la diferencia entre la vida y la muerte.

De modo que lo cogió y salió del baño, decidida a poner en práctica aquel plan desesperado.

26

Jakob

—Pero ¿por qué no? —preguntó Lynn, enfadada porque Jakob la contradecía.

Se enrabietó como una niña, como siempre que sus deseos no se cumplían al instante.

—Porque Milan desconfía. No podemos matarla sin más. Si no le damos pruebas de que está viva no querrá continuar.

—Puedo hacerme pasar por ella —sugirió Lynn.

—Tendríamos que haber empezado por ahí. Ahora notará la diferencia.

—Pero si nunca han hablado, solo la ha oído gritar.

«Ya, pero él podría preguntarte por el mensaje y no sabrías qué contestar. Y yo no pienso contártelo. Si lo hago te cargarás a Zoe y entonces ya podemos olvidarnos del dinero.»

—Dime una cosa: ¿de verdad no te importa la vida de

Zoe? —Formuló la pregunta no por morbo, sino por mera curiosidad.

—No te preocupes por eso. —Soltó una risa áspera—. En la vida hay cosas más importantes que tener una relación perfecta entre madre e hija.

En aquel momento Jakob percibió un ruido como de plástico al romperse. Poco después vio una sombra por el retrovisor.

«Pero ¿qué cojones...?»

—¿Es que has cerrado mal la puerta? —rugió Lynn, que también había visto lo que pasaba—. ¡Pero serás gilipollas!

Jakob ya había saltado del asiento.

Y corría tras la sombra de Zoe.

27

Zoe

El frío la recibió con una bofetada. Le golpeó la cara y después se le incrustó en las mejillas y en los pies.

Iba descalza, pero solo se dio cuenta de ello al pisar el asfalto congelado.

Corría impulsada por el miedo, alejándose de la caravana y adentrándose en la desesperación.

Las pocas cosas que distinguía en su pánico se encontraban rodeadas de planicies mortales. La autopista. Los campos, que se tragaban toda luz y todo movimiento, y que en su imaginación desgarrada por el dolor le parecían tenebrosos pantanos. Solo la caseta de los aseos, con su letrero luminoso en el tejadillo, surgía ante ella como un faro entre tinieblas.

«Lo conseguiré. Lo conseguiré...» o no.

Sintiendo punzadas en el costado, oyó los gritos furibundos y casi histéricos de Lynn. Y pasos. Zancadas. Zapatillas deportivas sobre el sucio asfalto.

«Jakob, el muy imbécil.»

Pero, por desgracia, era un imbécil con la caja de herramientas muy bien surtida. Y las utilizaría una por una en cuanto la atrapara. Eso podía suceder en cuestión de segundos. Segundos que ella debía aprovechar.

Pisó grava y colillas congeladas, y aquel dolor casi le pareció una bendición comparado con el de la mano.

Pasó por delante de un contenedor de basura a rebosar y se dirigió a la puerta central de los aseos, con el bote de laca agarrado como el testigo de una carrera de relevos.

—¡Ayuda! —gritó.

Pero era un desperdicio de aire, porque allí no había nadie.

No un viernes a esa hora, con aquel tiempo. La noche siguiente se acumularían los camiones, debido a la prohibición de circular en festivos. Pero en aquel momento allí solo estaban la oscuridad, el frío y sus perseguidores.

Jakob. Cada vez más cerca. Sus zancadas resonaban más fuertes. Su respiración era más regular que la de Zoe.

¡Bum!

Chocó contra la puerta, que se abría hacia fuera. Tiró de ella. Cerró tras de sí.

«Mierda, mierda. ¿Dónde está el pestillo?»

Lo encontró y lo giró. Respiró hondo. Luchaba contra el miedo. Y contra el indescriptible dolor de la mano. Los pinchazos ardientes habían remplazado al dedo.

—¡Ayuda!

Jadeante, retrocedió al ver sacudirse la puerta. Había logrado dejar fuera a Jakob y sus gritos de rabia.

Pausa.

Se inclinó hacia delante, respiró hondo y se vio los pies llenos de mugre. Oía los latidos de su corazón, más rápidos que los puños de Jakob aporreando la puerta de aluminio.

Debía seguir.

No podía descansar. Quizá le quedara un minuto, apenas tiempo suficiente para acostumbrarse al hedor que, con los años, se había incrustado literalmente en las paredes. Orina, excrementos, lejía y vómito. Ausencia total de ventilación.

Al menos la luz funcionaba. Ni siquiera se lo había planteado: estaría perdida del todo si no podía ver. Pero la luz del techo iluminaba la desolación de aquel aseo con su tembloroso neón. Un váter sucísimo sin tapa, barras de apoyo medio sueltas y espacio suficiente para maniobrar. Pero sin dispositivo de asistencia.

«¡Mierda!»

Se lo temía. Dudaba que fuera a resultar tan fácil. Pero al comprobarlo se sintió desfallecer.

Malditos niñatos. O jóvenes. O daba igual, quien hubiera arrancado el cordón del techo y su instalación eléctrica. El dispositivo de asistencia estaba destrozado del todo. El váter, el espejo y las barras de apoyo también habrían caído víctimas del vandalismo de no ser porque estaban fabricados en un acero casi indestructible.

«Mierda.»

Solo quedaba el plan B.

Recorrió las paredes con la mirada. Al menos en ese aspecto no se había equivocado. Estaban todas pintarrajeadas con rotuladores Edding o con bolígrafo. Pero también con spray.

«Gracias a Dios.»

El alivio hizo que sintiera algo que recordaba vagamente a la euforia... hasta que oyó el taladro.

También con eso había contado: Jakob no se quedaría de brazos cruzados y la dejaría en paz allí dentro, sino que iría a buscar sus herramientas para desmontar la cerradura.

Sacó del expendedor un montón de toallitas de papel y las impregnó de laca hasta empaparlas. Al mismo tiempo, buscaba la pintada más adecuada.

Una gran ola azul oscuro con una calavera en la cresta.

«Rápido. Rápido. Rápido.»

El zumbido de la puerta se convirtió en un chirrido. Jakob estaba a punto de reventar el cierre.

Restregó con frenesí las toallas por la pared. Por los lugares apropiados. Hasta que sintió frío a sus espaldas.

Y no solo porque la puerta se había abierto. Sino porque la muerte le respiraba en el cogote, soltando maldiciones. No tardó en hacer su trabajo. Con un corto y doloroso relámpago, la arrastró hacia las tinieblas.

28

Jakob

Quizá se había pasado con el golpe. El crujido de la cabeza al chocar contra el borde del váter no presagiaba nada bueno. Era un sonido que lo acompañaba desde la infancia.

Lo oyó por primera vez cuando tiró a Steffen de la bicicleta, de camino al colegio. De repente, sin previo aviso. Porque el día anterior en clase se había reído de que los pantalones le quedaban largos. Por aquel entonces nadie llevaba casco, pero el borde de la acera era tan duro como ahora.

«Por aquel entonces.»

Jakob lo sabía desde mucho antes de que los demás lo notaran. Que no era como los otros niños. No es que le divirtiera especialmente cazar ranas en la charca estancada de la gravera, meterles pajitas en la boca y soplar hasta hacerlas reventar. Lo hacía por puro aburrimiento, no porque

sintiera satisfacción alguna. Un día, a los nueve años, el gallina de Steffen salió corriendo para chivarse a sus padres.
Eso le costó a Jakob una buena paliza. No por maltratar
animales, sino porque lo habían pillado.

«Eres una vergüenza —lo acusaban los moratones que
su padre le grabó a martillazos por todo el cuerpo—. Una
vergüenza para toda la familia.»

«Y lo decía precisamente él.»

Maltratar animales, mojar la cama, jugar con fuego.
La vena psicópata la había heredado sin duda de él. «En
parte.»

Porque, al contrario que su viejo, él no encontraba un
placer especial en torturar a los demás. No le despertaba la
lujuria que veía en sus ojos solo con empuñar la correa.

La violencia era un buen medio para conseguir fines. La
indiferencia que le producía el sufrimiento de sus víctimas
constituía una gran ventaja.

Los gritos de Zoe ni lo estimularon ni lo angustiaron. Si
la hubiera matado, ni siquiera se habría inmutado.

Pero respiraba, tirada en el nauseabundo suelo del aseo
de minusválidos. Recobraría el sentido, aunque no le resul-
taría fácil recuperarse de un segundo desvanecimiento, tan
seguido del anterior. En cualquier caso, sería más sencillo
que recuperar el dedo amputado.

«Recuperar.»

La elección de la palabra le hizo sonreír, porque su misión era encontrar un lugar apropiado para dejar la bolsa de
plástico con el dedo. Lynn le había ordenado que la echara

a la taza del váter: «Pero déjale pegado un trozo de cinta americana para que se pueda sacar tirando de él».

Una buena idea, de no ser porque en aquella sopa de mierda flotaban algunos repugnantes tropezones que solo con mirarlos contagiaban el cólera y que, en el mejor de los casos, serían de vómito. Ni muerto iba a tocar ese váter.

Así que pegó la bolsa en el espejo.

«¿Para qué andarse con jueguecitos?»

La intención era que Milan la encontrara. Y para evitar que otra persona entrara antes que él, tenía preparado un cartel donde ponía averiado y que pensaba pegar en la puerta. Dudaba que alguien usara el aseo de minusválidos a aquellas horas de la noche, pero por si acaso.

Después cacheó a Zoe. Seguramente pretendía pedir auxilio usando el dispositivo de asistencia. Por suerte para ellos, el vandalismo no había perdonado aquel baño. Aunque quizá la muy zorra tenía pensado un plan B.

«¿Otro mensajito para Milan?»

Sin embargo, no podía imaginarse cómo lo habría escrito. Papel tenía, gracias al expendedor de toallas desechables. Pero el gurruño del suelo estaba tan empapado que de ninguna de las maneras podía contener un mensaje legible. Y no encontró más papeles, ni alrededor de Zoe ni escondidos. Tampoco en la sopa marrón del váter, que removió con la escobilla procurando no mancharse.

«No había nada.»

Lógico.

¿Con qué iba a escribir? No tenía nada que sirviera, aunque se aseguró de nuevo volviendo a registrarla. De la caravana solo se había llevado un bote de laca casi vacío, que se le cayó de la mano cuando él irrumpió en el baño y le propinó un puñetazo en plena cara.

«A saber para qué lo quería.»

Por precaución, pulverizó un trozo de pared que no había sufrido demasiados ataques de grafiteros y demás gamberros. Como esperaba, no se veía nada.

«Hummm.

»¿Qué me estoy perdiendo?»

Los únicos mensajes reconocibles los habían dejado tarados de todo pelaje hacía mucho tiempo. Como un tal Magic Mike, al que le gustaban los chicos fornidos y que ofrecía su número para encuentros esporádicos en aquella área de descanso. Al lado, una pegatina de un desconocido grupo de death metal de la ciudad de Cottbus y un pene bastante artístico equipado con dos granadas de mano en los lugares estratégicos.

Por lo demás, solo veía las habituales firmas y garabatos ilegibles; unos parecían antiguos símbolos y otros, jeroglíficos sin sentido.

Nada que pudiera interpretarse ni siquiera remotamente como un mensaje para Milan.

Jakob decidió que su trabajo allí había concluido. De modo que ató a Zoe de pies y manos con cinta americana, la cargó al hombro y abandonó la caseta de los aseos. Una vez fuera, la dejó sobre el suelo helado. Consiguió atascar la puerta aplastando una lata de cerveza que encontró en el contenedor. Para acabar, sacó del bolsillo el arrugado cartel de averiado. Acababa de pegarlo a la altura adecuada cuando una voz de mujer le dio el susto de su vida.

—¡Dios mío! ¿Qué ha pasado? ¿Necesita ayuda?

29

Milan

«¿YVONNMAMÁ?»

Estaba en otro de sus sueños-espejo. Así llamaba a una experiencia casi trascendental en la que se mezclaban realidad y sueño, del mismo modo que se mezclaban las dos voces que en ese momento gritaban:

«MIERDESPIERTA.»

En aquellos sueños Milan caminaba entre dos mundos, con la conciencia de que solo uno existía y que el otro era ficticio. El problema era colocar las percepciones en el lugar que les correspondía a cada una. Al menos en aquella ocasión estaba relativamente seguro de encontrarse en el Mini Cooper junto a Andra, viajando por una autopista de Brandeburgo a ciento sesenta kilómetros por hora. Sabía que el regusto a incendio que notaba en la boca y la humareda que veía ante los ojos eran solo imaginaciones.

«¿SUÉLTAME QUIÉN ERES?»

Sin embargo, ignoraba a quién pertenecían esas voces que se fundían hasta hacerse incomprensibles.

Aquellas experiencias no eran muy distintas a cuando se enfrentaba a textos escritos en su vida diaria. Con la diferencia de que, en sus sueños, no solo las letras, sino todas sus percepciones se convertían en auténticas cacofonías.

Oía multitud de sonidos, sentía emociones contradictorias y veía imágenes translúcidas que se superponían. En aquel momento, por ejemplo, unas señales luminosas de obras en la carretera advertían del estrechamiento del carril. Pero, al mismo tiempo, aparecían en el pasillo de su casa de Rügen. Le indicaban el camino desde la escalera hasta su habitación en la primera planta.

Avanzaba descalzo por el suelo de tablones hacia una figura situada al final de la escalera que ya había visto en sueños anteriores. Pero algo resultaba más auténtico, más realista que nunca. Quizá fuera el chasquido del fuego que consumía el salón y que ascendía con su humareda, de la que surgían las piernas del intruso como si fuesen árboles entre la niebla; o quizá fuera el calor, que le encendía las mejillas. Esto último podía deberse a la calefacción del asiento del Mini.

«¿Quién eres? ¿Qué quieres», le preguntó Milan, entre toses.

El tipo (era claramente un hombre) llevaba camiseta, como siempre en sus sueños. Y Milan tuvo de nuevo esa extraña sensación, casi extracorpórea, de que podía leer lo que ponía en ella.

En esa ocasión se trataba de una palabra: VUELVE. Al mismo tiempo oyó decir a la figura:

«VUELVE».

Era una voz de hombre joven. Dura y angulosa, encajaba con la forma cuadrada de la cabeza. Sus palabras sonaban como esculpidas con un cincel.

«¡LO SIENTO! NO ERA MI INTENCIÓN.» Para sorpresa y desazón de Milan, el extraño se echó a llorar. Al mismo tiempo empezaron a bailar las letras de la camiseta, como si se tratara de un panel eléctrico cuyo texto pudiese cambiarse pulsando un botón. ¡LO SIENTO! NO ERA MI INTENCIÓN permaneció un momento, pero al instante cambió a LO ARREGLARÉ, mientras el desconocido decía a su vez: «LO ARREGLARÉ». El hombre rejuvenecía con cada paso que Milan avanzaba hacia él y su cara cobraba rasgos adolescentes. Tenía granos y pelusa en el bigote, y carecía de arrugas y ojeras. Debía de ser poco mayor que él en aquella época (si el sueño se desarrollaba en el momento del incendio), cuando, con catorce años, Milan perdió su hogar y a su madre en una sola noche.

«¿Qué no era tu intención?», gritó Milan, y sintió que cerraba los puños mientras el coche cambiaba de carril. Señaló la mano derecha del hombre, tan grande que Tinka, su gata con manchas marrones y blancas, parecía un minúsculo peluche a su lado. La tenía agarrada por el pescuezo.

GATA PERDIDA. SE OFRECE RECOMPENSA, ponía ahora en la camiseta.

«TIENES QUE SALIR DE AQUÍ. Y TINKA TAMBIÉN», dijeron a la vez el desconocido y las letras.

«Pero...» Milan se acercó un poco más. «¡Tinka está muerta!»

«¿DE VERDAD?»

El hombre contempló a la gata inerte, que tenía los ojos horriblemente abiertos.

«NO, NO, NO. TE EQUIVOCAS. NO ESTÁ MUERTA. VEN, TE LO ENSEÑARÉ.»

De repente, Milan se encontraba a la entrada del sótano. Con gran sobresalto sintió que el extraño lo agarraba, el mismo que hasta hacía un momento estaba en lo alto de la escalera. Su cara se difuminó por un instante en una nube de polvo, adoptó rasgos de chica y después volvió a hacerse masculina.

«TE ENSEÑARÉ LA MUERTE», dijo.

Seguramente también ponía eso en la camiseta, pero Milan no pudo verlo porque ya se precipitaba al vacío. Escaleras abajo, empujado por el hombre que había matado a Tinka y que gritaba entre carcajadas:

«¡ASÍ ES MO HEMOS LLEGADO.»

Milan no lo entendió del todo, porque la risa de su asesino se mezclaba con las palabras de Andra en el mundo real.

Solo al golpearse con el primer escalón las frases se separaron en su cabeza.

«¡ASÍ ES MORIRSE!» «HEMOS LLEGADO.»

El retumbar del cráneo contra los bordes de piedra lo trajo de nuevo a la realidad. Abrió los ojos y oyó a Andra decirle por enésima vez:

—¡Hemos llegado!

«Al área de descanso Edeltal Este.»

Vacía, desierta, fría y desolada.

«Perfecta para una cita con la muerte.»

30

Salvo por un pequeño utilitario japonés con pinta de abandonado, nada indicaba que ser humano alguno hubiera pisado jamás aquel aparcamiento ni que fuera a hacerlo en el futuro.

En realidad no era culpa de los arquitectos, paisajistas o ingenieros. Por mucho que se esforzaran, un área de descanso jamás merecería adjetivos como «atractiva», «bonita» o «agradable»; ni siquiera «cómoda». No los merecería ni bajo el sol radiante de un día de verano, y menos aún en plena noche a dos grados bajo cero.

Pero era su triste designio. Un área como aquella, sin servicios (sin gasolinera, restaurante o al menos un quiosco), no era más que una estación de paso. Una breve y molesta interrupción del viaje al auténtico destino.

«Toda una metáfora de la vida», pensó Milan mientras se aproximaban a la caseta de los aseos, débilmente iluminada. ¿Acaso los seres humanos no eran una especie de pilotos de carreras conscientes de que, para el universo, nuestra existencia no es más que una breve parada en boxes?

Se estremeció. No porque tuviera frío, sino porque su cuerpo rechazaba de manera espontánea pensamientos tan dramáticos. Aun así, suponían una buena preparación para lo que los esperaba, en caso de que se confirmaran sus peores temores. El claxon de un camión a lo lejos destacó entre el fragor continuo de la autopista. Una inquietante banda sonora que los acompañó hasta el lugar donde los había citado Jakob.

—«Averiado» —leyó Andra, señalando el cartel pegado en la puerta del aseo de minusválidos. Milan solo veía:

Ανεριαδο

Cuando intentó abrir la puerta resonó un chirrido. Al agacharse, descubrió una lata aplastada que hacía de cuña entre la hoja y el suelo.

—El tipo está improvisando —opinó—. Es una buena señal. Esto no lo tenía previsto. Y si no lo planeas todo al milímetro, cometes errores. —Se tocó la cabeza—. Tú y yo lo sabemos mejor que nadie.

Por lo general conseguía hacerla sonreír refiriéndose a su «primer encuentro». Pero, obviamente, en aquella situación Andra no estaba de humor.

Cuando logró abrir la puerta, creyó que tampoco él volvería a tener jamás un pensamiento alegre.

—¡Mierda! ¿Está...? —exclamó Andra.

—¿Muerta? —Se atrevió a pronunciar la palabra que a ella se le había ahogado en la garganta.

Se agachó junto a una mujer inerte, envuelta en un abrigo negro y sentada junto al lavabo. Estaba encorvada, con la barbilla apoyada en el pecho y las piernas estiradas, en un charco que apestaba a orina y heces.

Le apartó el pelo a un lado, comprobó el pulso en la carótida y retiró bruscamente la mano al sentir un plástico sobre la piel fría.

—Sí.

—¿Y es...?

De nuevo, Andra no necesitó terminar la pregunta para que él supiera a qué se refería.

—No. No es Zoe. Esta mujer es mayor que ella.

Supuso que el coche japonés que parecía abandonado debía de ser suyo.

—Se habrá cruzado en el camino de Jakob. Y le ha costado la vida.

—¿Qué le ha hecho?

Milan le levantó la cabeza y la pregunta se respondió sola. Los ojos inyectados en sangre sobresalían de las órbitas como si fueran pelotas de golf. La había asfixiado con una brida de plástico. En su agonía, la pobre mujer se lo había hecho todo encima.

—Voy a vomitar —dijo Andra, pero no lo hizo. Tan solo se tapó la boca con la mano, por lo que su siguiente pregunta casi no se entendió—: ¿Eso es la lengua?

Él también se había fijado, y negó con la cabeza.

—No.

«Eso que asoma no es la punta de la lengua.»

Mientras tocaba los labios de la muerta pensó que estaba cometiendo un error, que tenía que haberse puesto los guantes desechables del botiquín. Pero, en realidad, sus huellas ya habrían quedado en el cadáver al comprobar el pulso. De modo que siguió adelante y sacó el trozo de dedo.

—Por favor, no me digas que es...

—Sí.

«Este es el mensaje que nos manda Jakob. Que está dispuesto a llegar hasta el final. El dedo de una adolescente presentado en un cadáver...»

—La ha mutilado.

Algo en aquel dedo pringoso lo perturbaba más allá del horror evidente, aunque no sabía por qué.

Andra gimió, se echó las manos a la cabeza y murmuró, como hablando consigo misma:

—Vale, vale. Se acabó. Tenías razón.

—¿En qué?

—Hay que avisar a la poli. A la mierda tu pasado.

Insistió en que Milan telefoneara a emergencias y lo habría hecho de no ser porque, justo cuando intentaba marcar el 110 con el asistente de voz, lo interrumpió una llamada entrante.

«ΝΥΜΕΡΟ ΔΕΣΞΟΝΟΞΙΔΟ», apareció en la pantalla.

«El asesino», le dijo su mente.

31

—¿Has encontrado mi mensaje? —preguntó Jakob.

—Maldito hijo de puta...

—Muy bien, eso contesta a mi pregunta.

—¿Quién eres? ¿Y qué cojones quieres de mí?

Se giró hacia el lavabo, donde Andra examinaba las pintadas con el bote de laca en la mano.

«Buena idea. A lo mejor Zoe ha dejado otro mensaje. Aunque... para eso tendría que haber llegado hasta aquí. ¿Cómo iban a permitirlo Jakob y su cómplice?»

—No hay tiempo para esas tonterías.

—En efecto. Esta locura acaba aquí. Vamos a llamar a la policía —contestó Milan, algo desconcentrado porque Andra le estaba haciendo señas para que mirara algo que había captado su atención y que se encontraba entre el lavabo y el expendedor—.¿Qué? —le preguntó sin vocalizar, solo articulando la palabra con los labios.

Solo veía un grafiti descolorido, pero talentoso, de un tsunami monstruoso coronado por una calavera.

—Has dicho «vamos». Qué interesante. Ya me preguntaba por cuánto tiempo pretendías ocultarme a tu compañera. Tienes mucha faena por delante, la ayuda te vendrá muy bien.

Entonces, sorprendentemente, Jakob le ordenó que esperara un momento. Milan aprovechó la interrupción para preguntarle a Andra qué había descubierto.

—La laca es muy buen disolvente —explicó ella, agitando el bote y volviéndose hacia él.

—¿La laca? ¿En serio?

—Sobre todo borra muy bien las manchas de rotulador Edding. Quien la usó aquí tenía mucha prisa. ¿Ves estas zonas más claras de la ola?

Él se acercó.

—Sí.

—Están hechas después.

—¿Con la laca?

—Sí. No se nota mucho, pero el color se ha ido un poco donde lo han frotado.

Andra repasó con el índice esas zonas.

—Deja que lo adivine: si te fijas, son letras y números. «Y si sabes leer.»

—Exacto. —Leyó en voz alta lo que alcanzaba a distinguir—: «C34P3p2».

«Un código. ¡EL CÓDIGO!»

Milan sintió un subidón. El cansancio anterior se convirtió en un vago recuerdo.

«¡Zoe ha estado aquí! Nos ha dejado un mensaje.»

Se giró hacia la puerta para volver al coche de inmediato. Allí estaba el libro, con el que podrían descifrar la clave. Pero entonces oyó ruidos en el móvil, que seguía teniendo en la mano. Jakob reclamaba su atención.

—Bueno, una cosa menos. —Lo oyó decir cuando se puso el aparato en la oreja—. Yo en tu lugar agarraría ese cadáver y saldría pitando del área de descanso.

De manera automática, Milan se pasó la mano por la cabeza.

—¿Esperas que te haga el trabajo sucio? ¿Te crees que soy gilipollas? Ya te lo he dicho: en cuanto cuelgue llamo a la policía.

—No hace falta. Ya me he encargado yo.

De la caída por la escalera le había quedado un bulto del tamaño de un guisante en el nacimiento del pelo, que solía latirle como advertencia de que se avecinaba un fuerte dolor de cabeza. Justo como sucedía en ese momento.

—¡¿Qué?! —gritó, pensando que no lo había entendido bien.

—Acabo de llamar, mientras esperabas. Con un móvil desechable imposible de rastrear.

«¿Ha avisado él mismo a la policía?»

—¿Y qué les has dicho?

—Yo nada. —Se rio—. Pero la señora del aseo tuvo la amabilidad de grabarme un mensaje de audio antes de su defunción. Escúchalo tú mismo.

Por los ruidos parecía que se había apartado el teléfono de la oreja para acercarlo a algún otro aparato, quizá el móvil desechable que había mencionado. Se oyeron unos silbidos, como si sintonizase una vieja radio FM, y después Milan percibió una voz que, como una mano helada, le estrujó el corazón y aniquiló toda esperanza.

«Por favor, ayúdenme», rogaba la mujer, que seguramente ya sentía la brida alrededor del cuello. Su voz sonaba ahogada y parecía que se le hubiera acumulado demasiada saliva en la boca, que necesitaba escupir junto con el terror mortal. «Estoy en el área de descanso de Edeltal. En el aseo de minusválidos. Un hombre va a matarme. Se llama Milan... por favor...»

La grabación terminó.

Andra se había acercado para escucharla. Le temblaban las manos y tenía la cara paralizada por el shock. Milan sentía que la piel se le congelaba. Era incapaz de realizar ningún movimiento, ni siquiera podía hablar. Sentía un zumbido en los oídos que amortiguaba la voz de aquel chantajista sin escrúpulos.

—Bueno, pues no tardarás en tener visita. Cuentas con cierta ventaja, porque la muy inútil se olvidó de especificar qué área de descanso. A lo mejor la patrulla empieza por el otro lado de la autopista. Pero si yo fuera tú haría todo lo posible para que los polis piensen que se trata de una broma pesada. —Su voz perdió aquella falsa amabilidad cínica y se endureció de pronto—: En otras palabras: deshazte ahora mismo del puto cadáver.

32

Siempre se recomienda no actuar en el acaloramiento de las emociones. Nunca hay que arrojarle la alianza a la pareja durante una discusión, ni enviarle al jefe un correo electrónico cargado de odio nada más teclearlo en plena noche. «Distancia» es la palabra mágica de todos los mediadores y coaches. Y seguramente la mayor parte de los terapeutas tampoco aconsejarían eliminar un cadáver de un aseo público justo después de la llamada del asesino.

«¿O sí?»

¿Cuál era la alternativa?

«¿Esperar a consultarlo con la almohada en comisaría?»

—Pero ¿qué buscas? —preguntó Andra horrorizada.

Tras una breve pausa para reflexionar, Milan había tomado una decisión. Se arrodilló ante la mujer y le registró la ropa.

—Las llaves del coche —contestó lacónico.

«Qué remedio.»

No solo debía hacer desaparecer el cadáver, sino también

el coche. Preferiblemente juntos. Como la pobre no había muerto apuñalada, al menos no tenía que limpiar la sangre.

—¿Para qué? —insistió Andra, con un hilillo de voz.

Ahora no se parecía en nada a la guerrera capaz de reducir a un intruso con un bate de béisbol.

«¡Aquí están!»

En el bolsillo derecho de la chaqueta encontró un manojo de llaves. Después agarró el cuerpo por las caderas y se lo echó al hombro.

—¡Déjala! —gritó Andra.

Milan sintió un mareo, debido tanto al peso del cadáver como al hedor a orina y heces que se había puesto casi literalmente en la cara. Si permanecía un segundo más dentro del aseo le daría algo. Abrió la puerta y el aire de la noche le golpeó la cara con su puño helado.

—Si le sigues el juego te convertirás en sospechoso —le advertía Andra a sus espaldas—. Todavía no hemos hecho nada malo. Vamos a esperar a la poli y se lo explicaremos todo.

Al estar la puerta abierta, susurraba. Como si hubiera alguien allí fuera. Sin embargo, podría haberse desgañitado y hubiera dado igual. A Milan le pareció oír sirenas de coches patrulla, pero quizá el pánico le estaba jugando una mala pasada.

Aún estaban solos. Todavía tenían tiempo de escapar.

«Todavía.»

—Llevo siguiéndole el juego desde esta mañana —gritó, sin mucha esperanza de que Andra lo oyera.

Paso a paso, se alejó de ella y de la caseta. Segundos después había llegado al coche de la muerta.

No podía leer la matrícula, pero distinguió sin ayuda una pegatina con un caballo.

«¿Vendrá de un establo cercano?»

—No puedo perder ni un segundo.

Abrió el maletero, que solo contenía una toalla, periódicos viejos y un botiquín.

Andra se acercó.

—Le ha cortado un dedo. ¡UN DEDO! —le gritó Milan.

—¿Te crees que no lo sé? ¡Te recuerdo que lo he envuelto en papel higiénico y ME LO HE GUARDADO! —replicó ella, también a voces.

—Vale, pues entonces mira bien esto. —Se giró de modo que la cabeza del cadáver apuntaba hacia ella—. ¿Qué más pruebas necesitas de que matará a Zoe si no hago nada para evitarlo?

Dejó caer el cuerpo en el maletero; le costó trabajo colocarlo en posición fetal para lograr cerrar el portón.

—No puedes hacer nada —afirmó Andra, con poca convicción.

—El código. Piensa en el mensaje. —Jadeaba por el esfuerzo. El viento helado de la noche le enfriaba el sudor—. No entiendo cómo, pero entre esa chica y yo hay una conexión. Ella confía en mí. Soy su única oportunidad. Y no voy a desperdiciarla declarando en comisaría.

—¿Y no se te ha ocurrido que todo esto pueda ser una trampa?

«El mensaje. La chica. El libro.»

—Pues sí. Pero si es una trampa, ya he caído hasta el cuello.

Abrió la puerta y se hundió en el asiento del conductor. Olía a perro y a paseos por el bosque. Se aseguró de que no hubiera ningún animal dormido en el asiento de atrás. La mujer no llevaba mascota en su última excursión.

—Toma la primera salida, nos encontraremos pasado Leizen, cerca del lago Dambecker See.

Se disponía a cerrar la puerta pero Andra se lo impidió.

—¿Cómo sabes todo eso? —inquirió.

—¿El qué?

—Todo. La próxima salida, los sitios. Hace un rato no recordabas una calle del centro de Berlín, ¿y ahora te conoces hasta el último rincón de la A19?

«Sí. Así es.»

Solo al encender el motor fue consciente de la relevancia de la respuesta que le había dado a Andra antes: «Porque esta es la ruta de Rügen».

«El código. El área de descanso. Rügen.»

Eso tampoco podía ser casualidad.

Jakob había escogido aquel aparcamiento a propósito. No solo porque estuviera desierto. Sino porque se encontraba en mitad de una ruta que dirigía a Milan a un lugar en el que había vivido muchos años. Y, sin embargo, en aquel lugar se sentía mucho peor que en el anonimato de la gran ciudad.

«En aquel lugar.»

En su pasado.

33

Lynn

Jakob silbaba encantado de la vida; con mucha imaginación se reconocía la melodía de «Enjoy the Silence». Lynn sintió el impulso de estamparle la cabeza contra el volante hasta dejarle la frente hecha papilla.

¿Cómo podía el muy inepto estar de tan buen humor, si no hacía más que cometer un error tras otro?

«Demasiado imbécil para cerrar bien la caravana. Demasiado estúpido para evitar que lo vieran testigos.»

Quién sabe dónde más la habría cagado sin que ella lo supiera.

«Joder.»

No la sorprendería que se quedaran tirados en el arcén porque el muy capullo hubiese olvidado echar gasolina.

—Eres la bomba, baby —dijo él, poniendo el limpiaparabrisas a media potencia porque volvía a caer aguanieve.

Con aquella frase forzada parecía el típico padre patético que hace siempre el ridículo imitando la jerga de los jóvenes.

—Qué idea más de puta madre la de llamar nosotros a la policía.

«Sí, claro. Sobre todo porque no hemos llamado.»

Le entraron ganas de darse de cabezazos contra el salpicadero.

«¿Cómo se puede ser tan idiota?»

Milan estaba muy nervioso y quizá por eso se había tragado que realmente le habían echado encima a la policía. Pero ¿Jakob? De verdad tenía muy pocas luces. Por autoritario que pareciera en las llamadas, a la larga no podía ocultar que cualquier chimpancé le superaría en un test de inteligencia.

—Era solo un farol —le explicó.

Pero él no la oyó porque las palabras se ahogaron entre sus silbidos y el chirrido de las escobillas.

Enfurecida, contempló por la ventanilla las sombras oscuras que iban dejando atrás. Árboles de ramas podadas que sin duda imaginaban algo mejor que pasar toda su vida envueltos en una nube de ruido y contaminación.

—Tengo que decirlo: sois la pareja madre-hija más cojonuda que he conocido nunca —afirmó él con entusiasmo.

«Será idiota.»

—¡Cierra el pico!

Apoyó la frente en el frío cristal y cerró los ojos. Dormirse no era una opción. A saber qué podía pasar si Jakob dejaba de sentirse vigilado y empezaba a tomar decisiones por su cuenta saltándose el plan.

«Maldito cretino.»

Se moría por quitárselo de encima, a él incluso antes que a Zoe. Dos pelmazos menos sobre la faz de la Tierra. Pero tenía que controlarse. No podía perder de vista su objetivo por un ataque de rabia.

Además, si era sincera (y esto le costaba mucho) debía reconocer que sin él no habría llegado tan lejos. Joder, sin él ni siquiera se le habría ocurrido la idea.

—¿En qué piensas?

Con un suspiro, Lynn disimuló el cabreo que sentía porque Jakob hubiera interrumpido sus reflexiones.

—En si Milan podrá conseguir el dinero y pagarnos. Ahora mismo no sabe lo que nosotros sabemos.

Él le dio unas palmaditas en la rodilla sin separar la vista de la carretera.

—Yo me ocupo de eso, baby. Se va a quedar a cuadros cuando descubra que nada en la abundancia. Y allí estaremos nosotros esperando. Solo tendremos que alargar la mano.

Ella puso los ojos en blanco y soltó una risita.

Sorprendido, la miró de reojo.

—¿Qué pasa? ¿Por qué te ríes?

—Porque es un gran plan —mintió.

Y pensó: «Porque no sabes que el dinero me importa una mierda. Mi plan es muy distinto. Y seguramente tú no vivirás para verlo».

34

Milan

—¿ENDE?

Milan giró un momento el retrovisor para poder echar un vistazo a la carretera nacional desde el asiento del pasajero. Aliviado, comprobó que no los seguían. Al parecer nadie los había visto esconder el coche. Lo habían ocultado en un sendero del bosque, tras una pila de ramas podadas. Quizá al día siguiente los típicos excursionistas de fin de semana encontrarían el cadáver; pero casi con total seguridad eso no sucedería en las próximas horas. Con aquel tiempo tan horrible nadie saldría a pasear por el bosque de la nacional B198 y, aunque así fuera, no se interesaría por un vehículo desvencijado.

—Sí, «ENDE» —aseguró Andra—. Parecido a «fin» en inglés. Eso dice el mensaje.

C34P3p2.

Ella había llegado antes al punto acordado y aprovechó la espera para descifrar el mensaje con ayuda del libro.

—¿Qué querrá decirnos con eso?

—A mí me parece muy claro —opinó ella—. Teme por su vida, cree que es el final.

—Es demasiado lista para eso. Utiliza un lenguaje en clave y ha encontrado la manera de hacernos llegar el mensaje. Alguien así no pierde el tiempo con información inútil que no ayuda a su rescate.

«Clave. Tiempo. Información.»

Milan repasaba sus palabras mentalmente.

«... Rescate...»

—¡Para el coche un momento! —exclamó.

—¿Por qué? —Andra no hizo el menor amago de levantar el pie del acelerador.

—Tienes que buscarme algo en Google. ¡Rápido!

Ella chascó la lengua con enfado y frenó tan súbitamente que la trenza le pasó por encima del hombro. Se apartó al arcén y encendió los cuatro intermitentes.

—¿Qué quieres que busque?

—¿Existe algo así como una guía telefónica de Rügen?

—Lo que hay es una guía digital de toda Alemania. Ya veo por dónde vas...

«ENDE» no aportaba información alguna sobre el estado mental o físico de Zoe...

«¡Sino sobre los secuestradores!»

Andra agarró el móvil y desbloqueó la pantalla con la foto de su hija.

Milan respiró hondo para concentrarse en lo fundamental. Ella anunció, muy nerviosa:

—Aquí está. Dos registros.

—¿Dónde?

—Uno en la localidad de Gustow: Karin y Thomas Ende. Y otro en...

Se calló bruscamente.

—¿Dónde? —la urgió Milan, aunque adivinaba la respuesta. Pero el verdadero shock llegó cuando Andra leyó la dirección exacta:

—Calle Stubbenkammer, 14.

35

Pasaron las siguientes dos horas de viaje en silencio. Parecía que se hubiera creado un vacío acústico en el Mini al descubrir que el mensaje los enviaba a Lohme, en Rügen. A la altura de Malchow, después de adelantar una destartalada caravana, Andra encendió la radio, pero tras una breve búsqueda de emisoras la apagó de nuevo. Cualquier música resultaba inapropiada. La alegre parecía una burla y los acordes menores empeoraban su depresivo estado de ánimo.

«Calle Stubbenkammer.»

Allí no vivía ningún Jakob Ende, sino, según el registro de internet, un tal Frank-Eberhardt, que residía en el número 14.

«Precisamente.»

En la antigua casa con tejado tradicional de cañas y puerta azul. Si es que seguía en pie. Fue un pequeño milagro que el incendio no la destruyera del todo. Alguien (seguramente un vecino) avisó muy pronto a los bomberos, que encontraron a Milan al pie de la escalera del sótano con el cráneo fracturado. En medio de la humareda, perdió primero la orientación y luego el conocimiento. Si hubieran transcurrido unos minutos más, nunca los habría recobrado.

Cuando atravesaban el puente Rügen, en Stralsund, Milan sintió que un cosquilleo le subía por el espinazo. Se tensó en el asiento y notó que se le aceleraba la respiración. Pero antes de que el nerviosismo se convirtiera en un verdadero ataque de ansiedad, Andra rompió el silencio y lo sacó de su ensimismamiento con una pregunta desconcertante:

—¿Crees que la maldad es una enfermedad?

Él se pasó las manos por el pelo y tragó saliva.

—¿Hablamos de Jakob? ¿O de mí?

Ella se rio, quizá demasiado fuerte.

—No digas tonterías, tú no eres malo. ¿Qué opinas? ¿Jakob ha sido siempre así?

—¿De verdad quieres tener una conversación filosófica mientras un loco nos acosa en medio de la noche?

—¿Acaso hay un momento mejor?

Milan reflexionó un momento, antes de responder:

—¿Preguntas si Jakob es una excepción, una especie de fallo de la naturaleza? ¿O te refieres a si el mal es intrínseco a nosotros y solo podemos dominarlo por medio de la educación?

Ella negó con la cabeza.

—No, mi pregunta es más concreta: ¿crees que el mal se hereda de una generación a otra?

—¿Como una alteración genética?

De forma inconsciente, Milan se tocó la cabeza. Se acordó del abuelo Willy y del conejo que supuestamente había asesinado solo porque su padre había sacado malas notas.

Esa no era la única historia sobre él que, por su carácter escalofriante, había desterrado al mundo de las leyendas y las exageraciones. La peor de todas se la había contado su padre precisamente el día del entierro de Willy.

«¿Sabes por qué tu abuela murió tan pronto?», le preguntó a Milan, con los ojos vidriosos por el abundante alcohol que se había servido durante la reunión posterior en la taberna Stubbenkrug.

«Cruzó un semáforo en rojo porque no veía bien y un coche la atropelló», contestó él.

«Correcto. Pero ¿sabes por qué no veía bien?»

Milan tenía entonces siete años. Una edad en la que los niños se encuentran muy expuestos a imágenes traumáticas, sin defensa posible. Sin el escudo de la indiferencia, que solo se va creando con el paso de los años.

«Por culpa de Willy. ¿Sabes para qué daba tantos paseos por el bosque? Para recoger garrapatas. Bolsas llenas. Y luego las utilizaba.»

«¿Para qué?»

«Para castigar a tu abuela. Se las metía en la cama o se las echaba en el muesli cuando le parecía que no había limpiado bien o que las camisas estaban mal planchadas. Una vez, tu abuela abrió por error una carta dirigida a él y le dio un escarmiento por ser una fisgona. Le propinó tal paliza que la dejó inconsciente. Cuando se despertó, tenía las manos atadas a los barrotes de la cama y los párpados sujetos con cinta aislante, de modo que no podía pestañear. Le había abierto tanto los ojos para poder meterle garrapatas. ¿Te lo puedes imaginar? Él allí sonriendo, sentado en la cama y disfrutando de los gritos mientras los bichos se iban hinchando, succionándole la vista a tu abuela...»

Durante mucho tiempo Milan se creyó la historia, hasta que averiguó que las garrapatas solo se alimentan de sangre, no de ningún otro fluido. De todos modos, únicamente estaba seguro de una cosa: de que las garrapatas no habían cegado a su abuela. Pero ¿y si Willy lo había intentado de verdad? ¿Y si la córnea se le había resecado por haber tenido los párpados abiertos durante demasiado tiempo?

—A lo mejor el mal es una enfermedad hereditaria —reflexionó Andra, sin imaginar los recuerdos que había despertado en Milan—. Siempre se buscan las causas en la infancia, en traumas que convierten a las víctimas en verdugos... Y seguramente muchas veces es así. Pero ¿y si Jakob no puede evitarlo? ¿Y si es tan poco dueño de escoger entre matar o no a la mujer del baño como de decidir si tiene los ojos verdes o marrones?

Milan se masajeó las sienes, una clara conducta de desplazamiento. Aunque ya hacía tiempo que había bebido algo, aún no se habían presentado los dolores de cabeza que normalmente sufría en situaciones de estrés.

—No tengo ni idea de si existe un gen psicópata —afirmó, para zanjar aquella incómoda conversación—. Y en este momento me da igual. Dudo que exista una cura para el trastorno de Jakob capaz de poner fin a esta atrocidad ahora mismo. —Miró su reloj—. No tenemos tiempo. Hay que encontrar a la chica antes del lunes a las 20.15 o la matará. Porque una cosa está clara: tengo más posibilidades de frenar a ese loco que de reunir el dinero.

Andra le lanzó una mirada.

—¿De verdad vas a Rügen por esa razón?

—¿A qué te refieres?

—Ya lo sabes. Quieres ayudar a la chica, no lo dudo. Pero en realidad no te crees la historia de Jakob. Es casi seguro que existe algún vínculo entre la chica y tú. Si no, ¿cómo iba a conocer el código secreto de tu adolescencia?

—No lo sé.

Ella jugueteó con el piercing de su ceja.

—Voy a serte sincera, Milan. Si te han hecho falta dos años para contarme que eres analfabeto, me da bastante miedo lo que pueda descubrir de ti en este viaje.

Reinó de nuevo el silencio, que se interpuso entre ellos como un muro durante varios kilómetros. Hasta que Milan lo rompió:

—¿Y qué pasa contigo?

—¿Qué pasa conmigo?

—¿Qué voy a descubrir yo sobre ti?

—¿Alguna vez te he dado razones para desconfiar?

Milan reflexionó. ¿Debía decirle que había visto el SMS de Hulk? Aunque quizá existía una explicación muy inocente para el mensaje y, en ese caso, destruiría para siempre la confianza entre ellos. Ya no volvería a dejar el móvil cerca de él.

Sería el principio de un final hacia el que probablemente ya se dirigían. Decidió pisar sobre seguro.

—Para empezar, podrías contarme qué te pasa con los taxis.

—¿Ahora? ¿De verdad quieres saber eso?

Se detuvieron ante un paso a nivel con barrera. Cuando se alejó el tren de mercancías, Andra arrancó de nuevo y siguió las indicaciones del navegador.

—¿Sabes qué me encanta de ti, Milan? Que siempre dices cosas muy inteligentes. Incluso cuando no sabes por qué. —Pestañeó como si algo la hubiera deslumbrado y comenzó—: Fue una Nochevieja de hace cuatro años. Era la primera vez en mucho tiempo que estaba sola; Louisa se quedaba con su padre. Como solía hacer en aquella época, me puse hasta arriba en una fiesta: vodka, Red Bull, gin-tonic, cerveza, todo mezclado. Cuando salimos a la fría noche mis amigas quisieron seguir de marcha. Yo me fui a casa. Sola. Todo me daba vueltas y de pronto comprendí que me había pasado de optimista. Jamás llegaría sin ayuda. Nevaba y por todas partes estallaban petardos y cohetes. El barrio de Friedrichshain no es precisamente tranquilo en Nochevieja... —Aunque apenas resultó perceptible, se le quebró la voz—. Entonces vi un taxi, un Mercedes, una manzana más allá. Me arrastré hasta él, abrí la puerta y el conductor dijo un apellido que no entendí por lo ciega que iba. Me preguntó si lo había llamado yo. Le dije: «Claro que sí», porque un taxi libre a esas horas en Nochevieja es como el premio gordo de la lotería. Así que me subí, y el tipo me llevó a casa sana y salva. —Otro pestañeo. De pronto parecía muy cansada—. Dos semanas después llamaron a mi puerta. Era un hombre muy pálido, con los ojos rojos como los de un alérgico en una cosechadora. Como alguien torturado sin dormir durante meses. Me preguntó si en Nochevieja yo le había robado un taxi en las narices a otra mujer, en la calle Palisaden, a la altura del Kriminaltheater.

—Oh.

—Me leyó en la cara que por fin me había encontrado.

—¿Por qué te buscaba? —Milan ya sabía que aquella historia no podía acabar bien.

—Su mujer había pedido el taxi. Estaba embarazada y sufría contracciones. Antes de tiempo, pero eran muy fuertes. Llamó a su marido, que era cocinero y estaba trabajando en un catering fuera de Berlín. Le dijo que cogería un taxi y quedaron en encontrarse en el hospital. Seguramente no bajó las escaleras lo bastante deprisa. En todo caso, yo llegué antes. Ella no consiguió otro taxi después, así que sacó su coche. —Se calló un momento e inspiró profundamente—. Solo llegó tres calles más allá. Se saltó un semáforo por culpa de una contracción. Murieron en el acto, ella y el bebé.

«Dios mío.»

—¿Por qué no llamó a una ambulancia?

Ella suspiró.

—Una tragedia casi siempre es el resultado de muchos

errores encadenados. Al final resulta muy difícil determinar quién cometió el más grave... el que ocasionó la catástrofe.

Levantó la mano con un gesto de resignación y se hundió tras el volante.

—El hombre me encontró gracias a la empresa de taxis. El conductor recordaba muy bien a la borracha que a mitad de la carrera le puso perdido el coche de vómito.

Carraspeó, pero tenía más que un nudo en la garganta. Señaló la banderita que marcaba su destino en la pantalla. Milan comprendió que continuaba hablando porque, de lo contrario, se le saltarían las lágrimas.

—En doscientos metros giramos a la izquierda y habremos llegado. Te propongo que pasemos primero por la dirección indicada, para asegurarnos de que es realmente la casa donde vivías. Y después nos buscaremos un sitio tranquilo para aparcar y dormir un poco. ¿O quieres sacar de la cama a ese señor Ende a las dos de la mañana?

—No.

«Al final no hará falta», pensó Milan tan solo dos minutos después. Ni sacarlo de la cama ni buscar un aparcamiento hasta el día siguiente. Porque la noche había dejado de existir ante la casa número 14. La oscuridad, que normalmente podía competir en aquel pueblito de la costa norte de Rügen con cualquier agujero negro, se veía rasgada por multitud de relámpagos. Luces giratorias rojas y azules. Los vehículos del médico de urgencias, la policía y la ambulancia iluminaban el escenario fantasmal como los reflectores que peinan el cielo en zonas de guerra. La imagen era tan perturbadora que por un momento creyó haber caído en un microsueño en el que se le aparecía una cara que había visto por primera vez en su vida tan solo unas horas atrás.

—No puede ser... —dijo Andra, poniendo en palabras lo que pensaba Milan.

La cara del viejo. Lo sacaban de la casa en una camilla para meterlo en la ambulancia.

—Pero si es...

—Exactamente —confirmó Milan, mientras el coche se detenía ante la ambulancia.

«Sin duda.»

Era el viejo del restaurante, el que le había dado las pastillas. El medicamento con el que, supuestamente, podría volver a leer.

«Volver a leer.»

La señora les abrió la puerta con tal expresión de súplica y esperanza que a Milan se le partió el corazón.

Llevaba una bata y zapatillas de peluche, ambas a juego con sus ojos enrojecidos. El pelo blanco se le pegaba a la cabeza como una cortina, de modo que su cara parecía aún más delgada. Se llevó una mano temblorosa a la boca, como si quisiera esconder unos dientes feos. Aunque seguramente solo deseaba ocultar el temblor de sus labios. Se le llenaron los ojos de lágrimas.

Así debía de ser la imagen de una madre aferrada a la idea de que todo se arreglará. De que un día la policía acudirá para anunciarle que ha encontrado a su hijo perdido y pronto regresará a casa, sano y salvo.

—¿Quiénes son ustedes? —les preguntó, pero no sonó brusca ni recelosa, como sería normal ante la visita de dos extraños a las dos y media de la mañana.

Habían decidido esperar a que se disolviera el jaleo. Seguían sin saber qué hacer cuando la ambulancia, la policía y el médico de urgencias se marcharon sin que nadie se fijara en el Mini con matrícula de Berlín.

Entonces percibieron una sombra en la ventana del salón. Una figurita que caminaba arriba y abajo tras la cortina, con las manos cruzadas detrás de la nuca. Hicieron acopio de valor y llamaron con los nudillos a la puerta de la antigua casa de Milan porque (al contrario que catorce años atrás) no había timbre. La puerta ya no era azul. La habían sustituido por un aburrido modelo gris claro sacado de un centro de bricolaje.

—Venimos por su marido —se arriesgó Milan.

Por la edad podía muy bien ser la esposa. El hombre del restaurante al que acababan de llevarse en camilla tendría unos setenta años. Más o menos como la señora ligeramente encorvada que estaba delante de ellos.

—No lo entiendo. ¿Son de la policía?

Los dos negaron a la vez con la cabeza. Andra estaba visiblemente incómoda.

Fuera lo que fuese lo que había sucedido (un infarto, un robo o cualquier otra desgracia), había alterado mucho a la mujer. Estaba en shock.

Milan comprendió entonces por qué la prensa sensacionalista enviaba enseguida a sus buitres tras los desastres. En semejante estado emocional se puede pillar desprevenidos a los familiares y conseguir de ellos casi cualquier cosa, desde que enseñen viejos álbumes de fotos hasta que posen para las cámaras.

Por un momento se planteó hacerse pasar por periodista, pero al final decidió contarle la verdad.

—Creo que hoy he visto a su marido en Berlín.

—¿En Berlín? —La mujer abrió mucho los ojos.

—Es cierto que parece una locura, porque solo hace unas horas de ello... —intervino Andra, jugueteando nerviosamente con la trenza.

«Y tiene que haber regresado superdeprisa para llegar aquí antes que nosotros.»

—... pero estamos bastante seguros de que...

—Pasen —la interrumpió la señora.

37

Intercambiaron una mirada de sorpresa y siguieron a la mujer a través del zaguán, hasta el salón. Milan contuvo la respiración.

Se había preparado para sentir fuertes emociones nada más poner el pie en la casa donde había pasado los primeros catorce años de su vida. En cuanto se viera rodeado de las paredes que oyeron sus primeras risas, lo velaron durante su sueño y presenciaron sus mayores desventuras. Aquel zaguán lo había visto ir y venir más que cualquier persona en este mundo. Era el punto de partida y el de llegada de sus salidas adolescentes: al instituto, con sus amigos. «Con Yvonne.»

Sin embargo, la sensación agridulce y melancólica que suele acompañar a los recuerdos no apareció. Habían cambiado demasiadas cosas desde que se produjo el incendio y se mudaron. El suelo, el panelado de las paredes, la pintura, las cortinas, todos los muebles... no quedaba nada de aquella época, como comprobó con alivio. Solo los tabiques.

Eso sí, el salón le pareció mucho más pequeño que entonces, seguramente porque él había crecido. Y también por las cajas de mudanza que atestaban la planta baja, diseminadas por el suelo de pizarra. Algunas estaban abiertas y en ellas se veían libros, ollas, artículos para el baño o ropa blanca. De un primer vistazo no se podía saber si los habitantes se estaban instalando o marchando.

—Disculpen, es que somos ya mayores. Debimos contratar a alguien para desembalar. —La señora contestó a la muda pregunta de Milan—. Por favor, siéntense.

Señaló un viejo sofá de cuero en el que había un cesto de la ropa lleno de herramientas. Milan lo apartó para hacerle sitio a Andra. Antes de acomodarse, buscó con la mirada la chimenea ante la que solía quedarse dormido viendo la tele.

«Y que mató a mamá.»

Por suerte, el paso del tiempo también la había hecho desaparecer. Ya no existía, y su lugar lo ocupaba una estantería vacía.

—Siento no poder ofrecerles nada. —La señora se sentó en un moderno sillón que desentonaba con el resto de los muebles. La lámpara de pie desprendía una luz excesiva—. ¿En Berlín, decían? —retomó. Ya no tenía lágrimas en los ojos, pero la voz le temblaba tanto como las manos.

—Sí. Hacia media tarde —contestó Andra.

La mujer asintió con un gesto y se colocó un mechón de pelo detrás de la oreja. Seguramente había sido muy atractiva; sin duda, alguna de esas cajas contenía un álbum de fotos que lo demostraba.

—Eso concuerda, sí —repuso, y miró a Milan directa a los ojos. Para sorpresa y horror de este, añadió con tristeza—: Me lo imaginaba a usted de otra manera.

—¿Perdone?

Sintió en los oídos un fuerte chasquido, al que siguió un intenso zumbido que ahogaba las palabras de la mujer.

—En las fotos sale muy distinto. —Sacudió la cabeza con pesar, como si aquello fuera tan horrible como la noticia de un atentado terrorista en el barrio. Luego exclamó—: ¡Así que es usted!

—Pero ¿de qué habla? —replicó Milan, casi a voces. El zumbido resonaba cada vez más fuerte—. ¿Quién cree que soy? —susurró, y lamentó haberlo preguntado en cuanto obtuvo la respuesta.

Porque la señora dijo:

—Usted es la razón de que mi marido haya intentado suicidarse.

—Sé que ahora debería estar con él pero todo esto me sobrepasa.

La señora apenas lograba mantener la compostura que tanto le había costado recuperar. Se marchitaba; a Milan no se le ocurría un modo mejor de describir lo que veía. Su piel, su musculatura, su complexión... todo parecía perder la batalla contra la gravedad.

—Primero se va a Berlín conduciendo, aunque casi no había dormido. Después vuelve angustiado y no me dice una palabra. Y luego se encierra llorando en el baño.

Sacó un pañuelo de tela del bolsillo de la bata, pero no lo utilizó.

—Mi marido ha cambiado. No está bien. —Soltó una risa desesperada—. Bueno, creo que eso queda bien claro cuando te cortas las venas mientras tu mujer te hace la cena...

—¿Sabe por qué lo ha hecho? —preguntó Andra, en voz baja y con mucho tacto.

Ese era uno de sus puntos fuertes. Podía blasfemar como un camionero, pero cuando era necesario siempre encontraba el tono adecuado.

—Ya se lo he dicho a los médicos. Ha cambiado. Y sé perfectamente cuándo pasó: el dos de agosto. Ese día volvió de la consulta como si hubiera visto un fantasma.

—¿De la consulta?

—Sí, es médico. ¡Pero usted ya lo sabe!

—¿Cómo voy a saberlo?

La mujer inclinó a un lado la cabeza.

—Porque fue su paciente. Si no, no habría ido a buscarlo a Berlín.

«¿Fui paciente de Frank-Eberhardt Ende?» Aquel nombre no le sonaba de nada.

—¿Y qué quería de mí?

La señora carraspeó e hizo un gesto con la mano como si quisiera espantar una mosca. Hasta ese leve movimiento parecía requerir todas sus energías.

—Disculparse, creo. —Le rodó una lágrima por la arrugada mejilla—. Perdone, pero es que no me lo contaba todo. En realidad apenas hablaba conmigo. Siempre me entero de las cosas después. Por ejemplo, de que cerró las cuentas del banco y gastó todos nuestros ahorros en comprar esta casa. —Miró alrededor, con la boca torcida en una expresión casi de asco—. Una auténtica locura. El antiguo dueño vive ahora en una suite del mejor hotel de la isla. Al parecer mi marido pagó el doble del precio de mercado.

—Pero ¿por qué? —inquirió Andra.

—Nunca me lo ha contado. Una mañana se plantó junto a mi cama y me dijo que lo había conseguido. Que teníamos que mudarnos. Ya había comprado todas estas cajas. —Tosió en el pañuelo—. Casi no hablaba. Solo en sueños. Luchaba contra sus demonios. Gritaba, les decía que lo arreglaría. Que lamentaba su error.

«¿Error?»

Milan se inclinó hacia delante mientras ella continuaba:

—Imagino que se equivocaría en el diagnóstico y la culpa le pesaba en la conciencia. Por eso ha hecho todo el viaje, la ida y la vuelta. Dígame, joven, ¿es usted superdotado?

Aquella pregunta le provocó varias reacciones. Por un lado se le secó la garganta; por otro se le aceleró el pulso. La típica respuesta de lucha o huida.

—No, yo...

«Soy más bien lo contrario», quería haber contestado. Pero la mujer lo interrumpió y concretó la pregunta:

—¿Tiene algún talento extraordinario que le causa problemas en la vida diaria?

Por el rabillo del ojo, Milan vio que Andra asentía con la cabeza sin darse cuenta.

—Señora Ende, yo...

Ella negó con la cabeza.

—No me apellido Ende, sino Karsov.

Milan percibió que Andra se volvía hacia él e imaginó su mirada de sorpresa.

Él mismo se quedó paralizado al oír aquel apellido.

—¿Tiene algo que ver con el profesor Patrick Karsov? —preguntó.

—Es mi marido —confirmó ella.

—¿Cirujano del hospital de Rügen?

—¿Lo conoces? —susurró Andra, y él asintió con la cabeza.

«Fue quien me operó.» Tras el incendio. «Antes de mudarnos.»

Por eso en el restaurante su rostro le había parecido vagamente familiar.

—Eso era antes —explicó la mujer—. Hace diez años abrió su propia consulta de medicina general. Nuestros amigos lo consideraron un paso atrás. Patrick, un neurocirujano de prestigio, tratando el pie de atleta y el asma... Pero la consulta le dejaba tiempo para sus propias investigaciones. Su caballo de batalla es el síndrome del savant.

Milan parpadeó con extrañeza.

—Me temo que no la sigo...

—Se trata de personas que, tras sufrir un fuerte trauma cerebral, desarrollan de pronto capacidades casi sobrenaturales.

Milan recordó un documental sobre un hombre que, tras recibir el impacto de una pelota de béisbol, podía enumerar todos y cada uno de los detalles de su infancia.

La señora Karsov hizo un gesto despreciativo con la mano.

—Pero eso ahora no importa, dejémoslo. Mi marido ya no ejerce. —Tragó saliva—. Ya no receta ni jarabe para la tos.

—Pero según el registro telefónico aquí vive un tal Frank-Eberhardt Ende... —intervino Andra.

La mujer la contempló un rato en silencio, inquisitivamente, antes de contestar:

—Ya se lo he dicho: Patrick le compró la casa a ese hombre. Llevamos aquí ocho semanas y se niega a desembalar las cajas. Dice que en realidad la casa no nos pertenece. Que solo la estamos custodiando.

—¿Para quién? —preguntó Milan.

Ella obvió la pregunta. Como si estuviera en trance, añadió:

—Lo único que ha organizado es su estudio.

Cerró los ojos. El gran peso emocional que cargaba parecía incrementarse.

—¿Podemos verlo? —inquirió Milan.

La señora permaneció un tiempo callada y él recordó lo silenciosa que era la casita cuando todos dormían. Daba por hecho que rechazaría su petición pero subestimaba la desesperación de la pobre mujer. Lo sucedido aquella noche había quebrado para siempre su voluntad, quizá incluso sus ganas de vivir.

—Si se empeñan... —Suspiró con indiferencia—. No esperen que los acompañe. Ver toda esa sangre en la bañera ha sido espantoso. Pero, si les soy sincera, el estudio de Patrick me horroriza aún más.

39

En el día a día Milan luchaba a menudo contra la sensación de haberse perdido en un país extranjero. No entendía el idioma y no podía traducir los signos que lo interpelaban desde las vallas publicitarias, las placas de las calles o las paredes de las casas. Pero ese sentimiento de turista extraviado no era nada comparado con lo que experimentó al entrar en el supuesto estudio.

Había seguido a Andra hasta el sótano de techo bajo sin ventanas que ya de niño procuraba evitar. En aquel entonces se acumulaban allí los trastos, por mucho que sus padres se resistieran a llamar así a las viejas sillas, mesas, juguetes, bicicletas y cómodas. Aunque el lugar ya no estaba tan atestado, Milan se sintió por completo desorientado; era un mundo incomprensible incluso para alguien capaz de leer. Porque era el mundo de un loco.

«Obsesión»: esa fue la palabra que se le vino a la mente al mirar a su alrededor.

Casi no se veía ni un centímetro de los muros de aquella

estancia cuadrada. Las paredes estaban empapeladas con fotos, noticias de periódicos, impresiones digitales y páginas arrancadas de libros.

—Ten cuidado —lo avisó Andra, pero ya era tarde.

Acababa de pisar uno de los cientos de pósits con los que Karsov había alfombrado el suelo. Estaban escritos con una letra meticulosa y minúscula. Milan se despegó la nota amarilla de la deportiva y buscó algún espacio libre. Al final no le quedó más remedio que apartar con el pie una pila de archivadores, para poder acercarse al escritorio. Se trataba de un tablero de dibujo, como los que hay en los estudios de arquitectura. Su superficie inclinada le hacía parecer un gigantesco atril blanco. Había muchísimas fotos pinchadas con chinchetas en la madera. Todas mostraban la misma cara y estaban tomadas a lo largo de más de una década. Además, se encontraban organizadas de izquierda a derecha, como en una línea del tiempo.

—Oh, joder —susurró Andra al reconocer al hombre de las imágenes.

La primera había sido recortada de un periódico y estaba junto a una foto de carnet; las seguían otras imágenes seguramente sacadas de internet, aunque Milan no sabía que estuvieran allí. Nunca se había buscado a sí mismo en Google.

—Pero ¿qué es todo esto? —preguntó Andra.

Él no tenía respuesta. No podía imaginar por qué aquel médico estaba obsesionado con él. Con Milan Berg, cuyo cráneo había abierto catorce años atrás para aliviar la presión del edema cerebral causado por la caída.

«Imagino que se equivocaría en el diagnóstico y la culpa le pesaba en la conciencia.»

—¿Qué dicen todos esos papeles? —inquirió, esperando encontrar alguna explicación para semejante culto a su persona.

Andra despegó al azar dos folios de la pared y leyó el titular de uno:

—«Un nuevo principio activo regenera las neuronas». —Cambió a la otra hoja—: «El equipo de investigación del Centro Helmholtz para las Células Madre ofrece esperanzas a los parapléjicos».

Él negó con la cabeza.

—Eso no tiene nada que ver conmigo. Yo no estoy paralítico.

—Y entonces ¿a qué viene todo esto? —replicó ella, señalando las fotos de la mesa—. ¿Es que tu fan número uno no puede trabajar sin tenerte delante?

«O lo que entendiera él por "trabajar".»

Despegó otra hoja de la pared y la leyó:

—«"Lo que observamos fue una reversión de la enfermedad", informó Greg Brown, de la Universidad de Washington».

—¿Una reversión?

«¿De qué enfermedad?»

¿Se referirían al analfabetismo? «Pero no, no es una enfermedad ni un trastorno reconocido.» A pesar de eso, le pareció como si oír el fragmento de aquella noticia abriera una puerta a sus recuerdos. Volvió a rememorar el encuentro en el restaurante con el profesor.

Oía su voz con tanta nitidez como si el hombre se encontrara a su lado:

«Si se toma esas pastillas, señor Berg, quizá pueda volver a leer».

¡Una reversión de la enfermedad!

Milan pestañeó varias veces para obligarse a regresar al presente, donde Andra continuaba leyendo:

—«El nuevo medicamento podría apoyar o incluso remplazar las trombectomías».

—¿Qué?

Ella repitió la frase, aunque Milan había oído bien las palabras la primera vez. Pero no sabía qué demonios eran las trombe-lo-que-fueran.

Entonces Andra abrió un cajón del escritorio.

—¡Dios mío! —se asustó, aunque solo se trataba de medio plátano que llevaba días pudriéndose allí dentro.

—Espera un momento —pidió él cuando Andra se disponía a volver a cerrarlo.

Ella también lo había visto. Se sacó un pañuelo del bolsillo para coger un historial clínico que asomaba debajo del plátano.

—Eso es mi nombre, ¿no?

Andra asintió y abrió el archivador. Estaba lleno de papeles, unos archivados y otros simplemente sueltos entre los separadores. Apareció otra noticia de periódico.

—¡Esto es aquí! —Milan reconoció la foto de portada del periódico local, que mostraba la casa donde se encontraban. La misma en la que había crecido y donde había perdido a su madre—. ¡Léelo!

Según leía para sí, Andra movía un poco los labios.

Igual que hacía Yvonne en el colegio cuando se enfrentaba a una tarea difícil.

Al llegar al final, abrió mucho los ojos. Se le cayeron el papel y el archivador. Milan jamás la había visto tan espantada.

—¿Qué pasa?

Ella negó con la cabeza y susurró:

—No puedo.

—¿A qué te refieres? —Como no respondía, le entraron ganas de sacudirla para hacer que reaccionara—. ¿Qué pone ahí?

—Lo siento, Milan.

Volvió a guardar el archivador en el cajón.

—¡Eh! ¡Espera! —le gritó.

Pero Andra no se volvió. Corrió escaleras arriba sin decir palabra, hasta que Milan oyó sus pasos atravesando el zaguán y abandonando la casa para perderse en la noche.

40

Kurt / Berlín

¡GATA PERDIDA!
SE OFRECE RECOMPENSA

«El talento artístico lo ha heredado de mí», pensó Kurt contemplando satisfecho la octavilla que había conjurado en su recuerdo. Veía hasta la chincheta y el tronco del árbol donde el cartel había estado clavado años atrás. Durante dos semanas buscaron a Tinka, su gata a manchas, sin ningún éxito. Normalmente era vaga hasta para saltar de su hueco sobre el radiador a cerca del cuenco de comida, pero de pronto había desaparecido, como si se la hubiera tragado la isla.

Repartieron y colocaron decenas de octavillas con una foto: en troncos de árboles, en la columna publicitaria del pueblo, en la panadería. Hilde colgó una sobre la barra del Stubbenkrug, bien visible para los parroquianos habituales que los fines de semana se quedaban hasta las tres de la mañana y convertían la taberna en un lugar de dudosa reputación. «La última antes de la caída», solía decir entre risas la campechana dueña, refiriéndose a la proximidad de la vieja cabaña a los acantilados.

«Madre mía, ¿cuánto hace ya de eso?»

En su habitación de la residencia, Kurt paseó la vista desde el escritorio hasta la cama sin deshacer y renunció definitivamente a acostarse.

Aquella noche no pegaría ojo.

«Huida de la cama» solía llamar en broma al fenómeno por el cual los pacientes de edad avanzada rondaban por la máquina de café del hospital a las tres de la mañana. Pero aquella noche el insomnio le había pillado a él antes incluso de acostarse.

La breve conversación telefónica que había mantenido por la mañana con el profesor Karsov lo había alterado. Y, considerando todo lo sucedido después, era normal que no se sintiera nada tranquilo. Para colmo, había hecho mal todo lo que era posible cuando se presentan los demonios del pasado. Hundirse en recuerdos melancólicos contemplando las fotos de su amor perdido no era precisamente el mejor remedio para ahuyentar los pensamientos tristes.

Como tampoco lo era ponerse a recordar la infructuosa búsqueda de Tinka.

Habían imprimido muchísimas octavillas y él siempre llevaba una encima. Así era el día en que la directora del instituto, la señora Läubich, lo citó en su despacho. Se trataba de una mujer muy delgada y atlética que siempre parecía que acabara de salir del gimnasio, recién duchada y con las mejillas coloradas. Su aspecto le había valido el apodo de «la Chándalich». Se recogía el pelo en una práctica coleta y jamás llevaba faldas o vestidos, sino aburridos leggings, zapatillas deportivas y sudaderas. Enseñaba Historia y Lengua.

—Su hijo... —comenzó, y Kurt se preparó para otro discurso sobre los insatisfactorios progresos de Milan.

—¿Quiere hablarme de si debe repetir curso? —preguntó.

No sería la primera vez. En casa de los Berg se podían empapelar las paredes con las cartas de advertencia. Por si eso no bastara, Milan daba razones constantemente para que citaran a sus padres.

Estos se habían dado cuenta de que Kurtchen, con su don de gentes, limaba asperezas mucho mejor que Jutta, que se ponía como una furia si creía que estaban tratando a su hijo de manera injusta. Por eso, lo normal era que acudiera él solo a reuniones como aquella.

—No, no se trata de repetir curso. En fin, todavía no. Pero tengo que hacerle algunas preguntas incómodas, señor Berg. Si lo prefiere, puede contestar simplemente con un sí o un no.

«¿Ya no pega a su mujer?» A Kurt se le ocurrió aquella broma, por ser una pregunta que resultaba absurdo plantear en términos de sí o no. Pero saltaba a la vista que la directora no estaba de humor para chistes.

—¿Milan moja la cama?

No recordaba si se había quedado con la boca abierta o directamente petrificado. Era probable que hubiese mirado con inseguridad a su alrededor, a aquel aburrido despacho funcionarial, mientras ordenaba sus pensamientos. Al final contestó algo como:

—Tiene catorce años. ¿Cómo se le ocurre?

A los doce, Milan había sufrido una recaída. Tras muchos años sin problemas, de pronto dejó de poder controlar la vejiga por la noche y por eso se negó a ir a un viaje de la escuela. Más adelante descubrieron que su organismo presentaba un déficit de vasopresina. Producía cantidades demasiado bajas de la hormona que reduce el rendimiento de los riñones durante la noche. Un breve tratamiento restableció los niveles y desde entonces todo había ido bien.

—También hay adultos con ese problema —explicó la directora.

—Pero no es el caso de Milan. Vamos, no que yo sepa.

—¿Y qué pasa con el fuego?

—No entiendo a qué se refiere.

—A jugar con fuego. ¿Quema cosas?

Casi veinte años después de aquella conversación, esa pregunta continuaba clavada en su memoria. La llama no había perdido ni un ápice de intensidad. El tercer elemento de sospecha de la directora lo preocupó algo menos, pero solo porque aún desconocía el desenlace de aquella conversación.

—Hemos encontrado algo en la taquilla de Yvonne Frankenfeld.

—¿La novia de Milan?

—Exacto.

—¿Drogas?

—No. Pero también es muy grave.

Kurt suspiró aliviado y pensó en el libro.

«Va a ser eso.»

Como la novela llevaba más de dos meses en el cuarto de Milan, le había preguntado si es que pretendía quedársela.

«*El regalo.*»

Era claramente un ejemplar de la biblioteca, pero le faltaba el sello con la fecha de devolución en la última página. Lo que indicaba que no lo había sacado en préstamo sino que lo había robado.

—¿De qué se trata entonces? —preguntó a la directora, y esta salió del despacho y le pidió que la siguiera.

Bajaron por las escaleras hasta el sótano, donde se encontraba el laboratorio de Biología. En un cuarto trasero, al que seguramente solo tenían acceso los profesores, se guardaban los microscopios y material didáctico variado, como por ejemplo una colección de mariposas y animales disecados. Para las muestras perecederas había un congelador, que la señora Läubich abrió mientras decía:

—Debo advertirle de que no es nada agradable.

Se había quedado muy corta. Era como decir que un hombre arrollado por un tren se encontraba «algo afectado».

Tinka no se parecía en nada a su foto. De hecho, no se parecía en nada a un gato. No era más que una bola de carne embutida de cualquier manera en un pellejo.

—La ha asfixiado con sus propios intestinos —explicó la directora con la voz cargada de indignación. Y sin mencionar si eso había ocurrido antes o después de que le sacaran los ojos.

—¿Quién? —preguntó él con voz ronca, incapaz de imaginar ni en sueños la respuesta.

—Milan. Lo hemos sorprendido metiéndola en la taquilla.

Llegado ese momento de su recuerdo, el momento que sellaría el destino de todos, Kurt golpeó el puño contra el escritorio. Después se aferró a la mesa, como si así pudiera evitar verse arrastrado por el torrente de sus pensamientos.

Con un gran esfuerzo logró levantarse y acercarse a la ventana para contemplar los tilos del patio, desnudos y azotados por el viento. Sus agitadas copas les hacían parecer gigantes que bailaban sin moverse del sitio.

«Un réquiem sería la música más apropiada», se dijo amargamente.

Se acercó aún más al cristal, apoyó en él las arrugadas manos y pensó de nuevo en su hijo.

«Mojar la cama.

»Jugar con fuego.

»Maltratar animales.»

Se preguntó si Milan habría descubierto ya la verdad. Y en qué momento regresaría para matar a su padre.

41

Milan / Rügen

Tardó unos segundos en perseguir a Andra, tan solo un instante de temor y duda. Pero cuando llegó a la puerta de la casa ya la había perdido. Lo último que vio de ella fueron los faros traseros del Mini poco antes de que desaparecieran junto al bosque, en el cruce de la carretera.

«¿Qué puedes haber leído para asustarte tanto?»

Desconcertado, miró a su alrededor. El barrio, antes coloreado por los fuegos artificiales de las luces de emergencia, ahora parecía una tortuga dormida que había buscado refugio en el caparazón de la noche. El silbido del viento, que agitaba los árboles, los arbustos y los bien recortados setos, no tapaba del todo el rugido de las olas del Báltico, que rompían contra los acantilados a muy poca distancia de allí.

Cuando pisó la hierba congelada del jardín delantero (que en su infancia servía más bien de campo de fútbol) se dio cuenta de que sus sentidos se encontraban en alerta máxima. Le parecía notar el sabor a sal de la fina llovizna y notaba el aroma del mar a pesar del aire frío, que transmite los olores peor que el caliente. Nunca había oído ni visto con mayor agudeza, pero eso no le servía de nada para comenzar su búsqueda: Andra podía estar camino tanto de Berlín como de la gasolinera más cercana. Quizá nunca descubriría la razón de su huida. Porque se llevaba consigo la noticia que tanto la había espantado.

—¿Señor Berg?

Con gran sobresalto, se volvió hacia la esposa del profesor. Le pidió disculpas porque, al dejarse la puerta abierta, se estaba enfriando la casa.

—Ya me voy —añadió. Aunque no sabía adónde.

Entonces se percató de que, con las prisas, no había cogido su historial clínico. Si lo escaneaba con el móvil podía usar una aplicación para que se lo leyera.

—¿Podría volver al sótano un momento?

Ella negó con la cabeza.

—Es muy tarde. Además, ahora creo que ha sido un error dejarlos entrar.

—Siento mucho haberla molestado —se disculpó Milan, buscando en el cansado rostro la razón de su repentino recelo—. En fin, por hoy será mejor que no abra la puerta a más desconocidos.

Se dio la vuelta para marcharse pero la señora Karsov lo retuvo con sus palabras, apenas murmuradas.

—Oh, no son desconocidos.

Se detuvo.

—¿Es que me ha reconocido por las fotos?

«Expuestas en el sótano de un loco.»

Ella asintió.

—Y por la visita.

Milan sonrió, compasivo. Lo sucedido aquella noche había trastornado a la buena señora.

—Jamás había estado aquí, señora Karsov.

—Usted no. Su novia.

—¿Andra?

El bultito volvía a latirle. La desagradable sensación se extendió por toda la cabeza. Pronto sentiría una gran presión, como si llevara un casco demasiado pequeño.

—En realidad no vino a visitarme a mí, sino a mi marido. Y no se encontraron en casa. Quedaron en el restaurante italiano que está a dos calles. La acompañaba un hombre muy grande, con mala pinta.

«Günther», pensó automáticamente Milan.

—Yo volvía de la compra y solo los vi un momento de lejos. —Se levantó el cuello de la bata—. Por eso no la reconocí al principio. Pero ahora estoy segura. —Se recolocó un mechón de pelo—. Me pregunté qué hacía una chica tan mona con un matón como aquel.

—¿Cuándo fue eso? —preguntó él, escéptico.

«Tiene que ser un error.» «Mona» no era la palabra que a uno le venía a la cabeza nada más ver a Andra. En cambio, la descripción de Günther encajaba a la perfección.

—A finales de julio, creo. Mi marido me explicó que

era una estudiante de Medicina que buscaba un director de tesis. —Se le endureció la mirada y repitió—: Finales de julio...

De pronto, Milan comprendió por qué se mostraba tan recelosa. Las terribles conclusiones a las que estaba llegando.

«Piensa que somos la causa del suicidio de Karsov.»

En ese momento deseó salir corriendo, como Andra. Pero no tras ella, sino en dirección contraria.

—¿Cómo no me había dado cuenta...? —se preguntó la señora con voz ronca antes de cerrarle la puerta en las narices—. La primera vez que vi a su novia fue poco antes de que mi marido perdiera la razón...

42

Existía un atajo para llegar al Stubbenkrug sin pasar por la carretera asfaltada, pero había que cruzar el bosque, casi campo a través. Se trataba de un estrecho sendero que apenas se distinguía entre la maleza, incluso a plena luz del día. De noche, y con la linterna del móvil como única iluminación, una torcedura de tobillo era lo mínimo que podía suceder. A pesar de todo, Milan había elegido ese camino para acudir al único sitio en el que encontraría la puerta abierta. La madrugada estaba bastante avanzada y el Stubbenkrug era la única taberna sin hora de cierre en un radio de treinta kilómetros. Su abrigo se había quedado en el asiento de atrás del coche, Andra se lo había llevado. Vestido solo con deportivas, vaqueros y sudadera, tenía mucha prisa por encontrar cuanto antes un lugar caliente donde refugiarse el resto de la noche.

Al menos no corría el riesgo de encontrarse con Andra, en caso de que ella cambiara de opinión y decidiera dar la vuelta. Sin vehículo y totalmente solo, se sentía muy desamparado pero, aun así, prefería poder reflexionar con tranquilidad sobre los increíbles acontecimientos de las últimas horas.

Sin embargo, no logró organizar sus pensamientos. La linterna del móvil iluminaba una zona muy pequeña y los árboles que flanqueaban el sendero solo surgían ante él en el último segundo. Además, debía concentrarse en los sonidos del entorno. El crujido de las ramas azotadas por el viento, el chasquido, chirrido y restallido de las hojas, las ramitas, las cortezas y los matorrales. Además, con cada paso se incrementaba el rugido de las olas contra los acantilados y se intensificaba el olor a mar. De haber sido más asustadizo se le habría salido el corazón por la boca por el fuerte sonido que súbitamente rasgó la oscuridad. Se controló entre jadeos y consiguió que cesara contestando a la llamada.

—¿Sí?

Oyó a alguien que sollozaba, cogía aire y volvía a lloriquear.

—¿Andra?

La voz que contestó era sin duda de mujer, pero sonaba mucho más joven que su novia.

—Estoy en el baño —musitó, y su tono aterrorizado y atormentado evocó al instante la imagen de la chica llorosa del Volvo.

Por primera vez oía su voz sin que la estuvieran torturando.

—¡Zoe! ¿Dónde estás? ¿En qué lugar? ¿Sabes la dirección?

Milan se había detenido. Como tenía en la oreja su única fuente de luz, solo distinguía a su alrededor negras sombras y contornos.

—No, no lo sé. Es un motel. Cerca de la autopista.

«Autopista. Así que aún seguían en el continente. Si es que se dirigían a Rügen...»

—¿Y me llamas desde el baño?

—Hay un teléfono aquí dentro. Jakob dijo que estaba roto pero solo había que conectar el cable.

«Chica lista.»

—¿Dónde está Jakob ahora?

—Duerme delante de la puerta para que no pueda salir. Mamá está en la cama.

«Mamá.»

Una palabra habitualmente cargada de connotaciones positivas: amor, seguridad, calidez y vida. No sufrimiento, dolor y muerte.

Así que la secuestradora era de verdad la madre de Zoe.

«Entonces ¿se podía considerar aquello como un secuestro?»

Como sus ojos ya se habían acostumbrado a la oscuridad, continuó avanzando por el sendero con muchas precauciones.

—Encontré tu mensaje. Ende es vuestro apellido, ¿verdad?

—Sí.

—¿Jakob es tu padre?

«Sois familia. Una familia fatídica.»

—No —contestó la chica—. Es más complicado.

La senda describía una ligera curva y, para su sorpresa, de pronto sus ojos encontraron un punto de referencia. A unos doscientos metros del acantilado un rayo de luz se abría camino entre las ramas. No recordaba que la taberna tuviera una iluminación exterior tan potente y lo primero que se le ocurrió fue esconderse.

Pero ¿de qué? La luz permanecía estática. No era una linterna que se le acercara.

—Entonces ¿quién es Jakob? —preguntó.

«Si no es tu padre, ¿quién es?»

Pero Zoe, demasiado asustada, no lograba escucharlo y mucho menos contestar a sus preguntas.

—Por favor, ven a buscarme.

—No sé dónde estás. Pero escúchame. Yo... haré todo lo que pueda. Tú ahora avisa a la policía.

—Tengo que colgar.

—Espera. Llama al 110. Pide ayuda y no cuelgues, ellos localizarán la llamada.

«Eso espero.»

—No puedo, van a entrar.

Poco después la línea se cortó.

Pero no antes de que Milan cayera en sentido literal y figurado. Primero creyó que alguien lo atacaba pero solo se trataba de una valla que parecía salida de la nada y que lo hizo recular. Mientras perdía el equilibrio y caía hacia atrás, oyó las cinco últimas palabras de la chica. Y la última explotó en su cerebro como una bomba. Zoe había dicho:

—Por favor, ayúdame. Ayúdame, papá.

43

Jakob

Empujó la puerta con tanta fuerza que Zoe salió despedida contra la bañera.

—¿Qué cojones hacías? —le gritó.

La certeza de que se la había jugado, otra vez, le disparaba el corazón a mil por hora. Para Jakob la expresión «ciego de rabia» carecía de sentido porque cuando estaba furioso veía con más claridad que nunca. Ahora sus ojos detectaban sin parar señales que lo encolerizaban más aún. Como la mirada de desprecio o la sonrisa sarcástica de la chica, que debería estar aterrorizada. Ante él, el hombre musculoso del taladro.

«Mierda.» Sabía que la mataría si daba un solo paso más. Y entonces adiós a todo: sin ella no podría cumplir el plan. Así que se aferró al marco de la puerta con las dos manos, como si su rabia fuera una tormenta que amenazara con arrastrarlo al interior del baño. Se odió por ser tan torpe, por no conseguir tragarse el orgullo. Porque, sin duda, aquella niñata disfrutaría muchísimo al reconocer en sus gritos un indecible dolor:

—¿Por qué lo has llamado «papá»? ¿POR QUÉ?

44

«¿Papá?»

Aquella palabra se le quedó en el cerebro como una lata de refresco que se atasca a medio camino. Sintió el impulso de sacudirse la cabeza como haría con una máquina expendedora, pero sabía que no serviría de nada.

La idea no se aflojaría ni se movería ni tampoco se soltaría. Y mucho menos desaparecería.

«¿Papá?»

Sí, la chica lo había llamado claramente «papá», una palabra que no suele dejar margen para interpretaciones. Aunque quizá se refiriera a otra cosa. Porque ¿cuántos años podía tener Zoe? «¿Trece, catorce?»

En ese caso, él tendría que haberla concebido más o menos a esa misma edad. Pero en aquella época Yvonne no lo «dejaba entrar». Una noche casi sucedió. Estaban escuchando música romántica tumbados en la cama de su habitación. Él solo llevaba unos bóxers y, como la casa estaba fría, le había prestado a ella una sudadera gris que le quedaba muy grande. Aquel día de verano extrañamente fresco fue como un regalo del cielo porque le ofreció la oportunidad de encender la romántica chimenea. Y después, cuando subieron a su cuarto (su madre ya dormía), la hizo entrar en calor abrazándola y acariciándola. Los brazos, la espalda, la piel bajo el sujetador desabrochado...

«¿Soy el primero?» Si no lo hubiera arruinado todo con aquella pregunta... «¿Mi vida sería diferente? ¿Hoy sería otra persona?»

Apenas había «entrado» cuando Yvonne se rio de él, burlándose de su virginidad.

Al menos así había interpretado él sus risas, aunque con ella nunca se sabía. Sus carcajadas siempre eran desconcertantes, surgían en los momentos menos apropiados: durante un trabajo de clase, una escena triste de una película. Porque los fuegos artificiales de sus pensamientos iban siempre por delante de todo el mundo o porque se recreaba con algo que había sucedido mucho tiempo atrás.

A diferencia de todos los demás, que se mofaban de ella por ser tan distinta, ¿acaso él no se preciaba de ser el único que la entendía? ¿Por qué le había hecho aquella pregunta totalmente innecesaria y se había apartado de su lado? En el fondo, ¿no había sido él, y no ella, quien estropeó el momento y la velada?

Al recordarlo, le ardieron las mejillas de vergüenza.

«¿De vergüenza?»

¿Acaso no sintió rabia en aquel momento?

A veces, en sueños, se veía con la mano levantada y oía

una bofetada. Pero no podía ser... ¿verdad? No habría sido capaz.

«¿O sí?»

No. Se lo había tomado muy mal, eso por descontado, pero al final había conseguido controlarse. Aquella noche. La última en casa de sus padres.

Porque aquella misma noche se produjo el incendio.

«No.» Aunque aquel día sucedieron muchas cosas, no se engendró una nueva vida. «Todo lo contrario.» Una vida se apagó.

Milan se levantó del suelo del bosque.

Él no podía ser el padre de Zoe.

Decidió concentrar su atención en el misterio que tenía delante.

Contra el que había chocado de forma inesperada.

«¿Una valla?»

Sacudió los fríos postes metálicos.

En su infancia no había allí nada parecido.

«¿Para qué? ¿Para mantener alejados a los borrachos?»

Bordeó unos treinta pasos en dirección este aquella protección de dos metros de alto rematada con alambre de espino. Y entonces comprobó que no se trataba de la única novedad surgida en los últimos años.

El Stubbenkrug había desaparecido. Aunque la cabaña de madera seguía existiendo, nada en ella recordaba el viejo lugar de reunión de los isleños. Allí solían juntarse los jóvenes del pueblo, moteros y gente de toda la vida, que echaban pestes de las elegantes tiendas para turistas. Ahora el Stubbenkrug ya no era una taberna. Aquel local de mala muerte se había convertido precisamente en lo que más despreciaban sus parroquianos mientras bebían cerveza y grog: en un hotel de cinco estrellas. Con un acceso digno de una mansión de millonarios.

Milan atravesó las dobles puertas del recinto y pisó el camino de grava rastrillada que conducía al edificio principal, iluminado con discreción. La moderna construcción de hormigón y cristal abrazaba la vieja cabaña. Unos grandes focos exteriores situados a derecha e izquierda flanqueaban el camino.

Lo que alcanzaba a distinguir de los terrenos parecía un campo de golf muy bien cuidado, con árboles aislados y suaves colinas. Donde antes había un aparcamiento medio abandonado, ahora un cartel con distintos iconos indicaba el camino a las pistas de tenis y a la piscina. Y donde antaño paraban las motos, justo delante de la puerta, una elegante escalera de piedra llevaba a una puerta de cristal que se abrió automáticamente ante su presencia.

Milan entró en lo que había sido la cabaña y se sintió al momento fuera de lugar con sus sucias deportivas sobre el centelleante mármol, tan negro como las manchas de sus pantalones.

Sonaba una suave música clásica, interpretada por un piano, y olía a un ambientador de vainilla que seguramente costaba más que el caro perfume que le había regalado a Andra por su cumpleaños.

La puerta de cristal se cerró tras él y lo protegió del

viento. La acogedora calidez que lo rodeó de pronto hizo que se estremeciese.

«Vaya. Aquí el arquitecto se lo ha pasado bomba.»

Miró hacia la recepción y reconoció dos elementos. Por un lado, la antigua barra del Stubbenkrug, cuya madera se había reutilizado para el mostrador. Y, por otro, al sorprendido hombre que estaba detrás y que demostró tener una memoria buenísima para los nombres:

—¿Milan? ¿Milan Berg?

Sonrió dejando ver unos dientes alargados que se correspondían con su cuerpo flaco. El dentista se había pasado un poco con el blanqueamiento. Incluso en la agradable penumbra color crema de la recepción, su sonrisa brillaba como en una discoteca.

—¿Se puede saber qué se te ha perdido precisamente a ti aquí? ¿Y encima a estas horas?

Milan buscó sin éxito un pañuelo en el bolsillo para sonarse la nariz. Se acercó al mostrador. Seguro que se había cruzado mil veces en su infancia con aquel tipo pelirrojo y escuchimizado, que ahora vestía un uniforme a medida. Pero no recordaba su nombre. Por supuesto, el cartelito color latón que llevaba prendido en la chaqueta no lo sacó de dudas.

Μαρτιη Σποκονςκι

—Necesito una habitación —explicó, buscando la cartera.

Por suerte no la llevaba en el abrigo. Sumando el dinero que le había dado su padre (en efectivo y en la tarjeta de crédito) su fortuna apenas llegaba a los ciento veinte euros.

—¿Tú? ¿Una habitación aquí? ¿En serio?

El recepcionista agarró el ratón y se concentró en el monitor. Mientras lo hacía se pasó la lengua por el labio superior y en ese momento Milan lo reconoció.

—¡Eres Babas! —se le escapó, y lo lamentó en el mismo momento de decirlo.

Martin Spokowski, el hijo larguirucho y pelirrojo del frutero, que se concentraba tanto al hacer los deberes que se le caía la baba en el cuaderno.

—Hace mucho que nadie me llama así —replicó, sin apartar la vista del ordenador.

«Y espero que tampoco te hagan comer "kebabs".» Un clásico de los matones de la escuela, de los que Milan fue cabecilla durante un tiempo. Agarraban una hoja grande de los tilos del patio y la rellenaban con toda la porquería, tierra y hojarasca que encontraban. Después se la aplastaban en la cara a su víctima hasta que no le quedaba más remedio que boquear para respirar. Durante una época, aquello ocupó los primeros puestos en la dieta de Babas.

Spokowski suspiró y levantó la cabeza. Milan no logró distinguir si se estaba vengando tantos años después o si realmente decía la verdad cuando afirmó:

—Lo siento, pero estamos completos.

—¿Y para eso necesitabas mirar tanto rato ese trasto? ¡Venga ya, hombre!

Sintió que en su interior crecía la rabia. Sin embargo, las llamas de la ira no llegaron a extenderse porque de repente se le ocurrió una idea, inverosímil y seguramente algo traída por los pelos: quizá Zoe se había equivocado al pensar que estaban en un motel. Seguramente la habían aturdido o le habían tapado los ojos, y confundía el rugido del mar con el fragor de la autopista.

—¿Sabes si ha entrado hoy una familia? Padre, madre e hija. ¿A lo mejor en el turno anterior?

Spokowski sonrió con suficiencia.

—Aquí no se permiten niños. Bajo ningún concepto. Es un hotel exclusivo para adultos.

«Qué amables.»

El recepcionista se tocó la oreja, dubitativo.

—Escucha, Milan. Por los viejos tiempos...

«En los que me reí de ti de lo lindo.»

—... podría darte la suite. Pero es...

—¿Muy cara?

Negó con la cabeza.

—Qué va. Te la dejaría a mitad de precio. Pero está, digamos..., desorganizada.

—¿Sin limpiar?

—Sin sanear a fondo.

Milan arqueó las cejas inquisitivamente.

—Un huésped se ha mudado esta mañana de la 211 a la 213 —le explicó, bajando la voz—. En las últimas semanas ha destrozado la 211. Grifería arrancada, quemaduras por todas partes, la televisión rota... El programa completo.

—¿Y le habéis dado otra habitación? ¡Deberíais echarlo!

Spokowski se encogió de hombros.

—Ya nos gustaría, pero paga muy bien. Y en realidad vive aquí.

—¿Vive aquí? —repitió Milan, mientras oía en su mente a la señora Karsov diciendo que su marido había pagado demasiado por la casa.

«Una auténtica locura. El antiguo dueño vive ahora en una suite del mejor hotel de la isla.»

Se inclinó hacia delante y bajó mucho la voz porque sabía que los hoteles de lujo jamás proporcionan esa información. Pero la más mínima reacción en los ojos de Babas sería suficiente. Entonces preguntó:

—¿Ese huésped no se llamará Frank-Eberhardt Ende?

45

Andra

—La he cagado —reconoció, cambiándose el móvil de una oreja helada a la otra.

Había aparcado el Mini en la calle Park y recorrió caminando los últimos cincuenta metros hasta el Sana-Klinik.

El moderno edificio de volúmenes cúbicos era el único hospital en toda la isla. Y eso que Rügen era tan grande que Andra había tardado casi una hora en ir de Lohme a Bergen.

—Está en la habitación 12.05 —informó Lampert; su voz era lo único que la consolaba en ese momento.

Todo iba mal. Desde que había salido de Berlín nada había ido según lo planeado. Primero Milan vio la foto de Lampert en el SMS y casi seguro que le entraron sospechas. Si no le pidió explicaciones fue solo porque estaba demasiado ocupado escondiendo un cadáver en el bosque de Brandeburgo siguiendo las órdenes de un pirado. Luego el perturbador encuentro con la vieja señora Karsov. Y, al final, en el sótano de la antigua casa de Milan, había perdido definitivamente los papeles al leer aquella noticia redactada catorce años atrás.

¿INCENDIO INTENCIONADO?
LOS EXPERTOS INVESTIGAN DE NUEVO LAS CAUSAS TRAS
UNA DENUNCIA ANÓNIMA

Joder, ¿cómo iba a leerle eso a Milan?

No debía haber perdido la serenidad de esa manera. Aunque, en el fondo, tan solo era un eslabón más en la cadena de errores y catástrofes de aquel día.

—¿Cómo lo has encontrado tan deprisa? —le preguntó a Lampert.

—Günther ha llamado al hospital y se ha hecho pasar por el abogado de la familia Karsov. Ha amenazado con hacerles la vida imposible si el intento de suicidio se filtraba a la prensa. Puede ser muy convincente, ya lo sabes.

«Sí, lo sé muy bien.»

—La 12.05 está en la primera planta, en Medicina Interna. Es una habitación individual en el edificio principal, como corresponde al antiguo jefe del hospital. Hay una salida de emergencia en el lateral que da al bosque, la dejan abierta para los fumadores.

Andra, que había avanzado hasta divisar el saledizo apoyado en columnas que cubría la entrada, se dio la vuelta.

—No voy a preguntar cómo se ha enterado Günther de eso.

—Lo sabe por mí. Tengo un restaurante en la isla.

«¿Y dónde no?»

—Una de mis limpiadoras trabaja además en el hospital. Dice que si necesitas una bata la encontrarás en un almacén, es la primera puerta a la derecha después de la salida de emergencia.

—No me hace falta disfrazarme.

—¿Estás segura? Espera un poco, en tres horas tienes allí a Günther.

—Puedo hacerlo sola.

Colgó el teléfono y subió las escaleras.

Después del frío del exterior, la calefacción resultaba muy reconfortante.

Aunque, en la piel aún helada, el piercing de la nariz y el de la ceja eran como agujas ardiendo.

No necesitó mucho tiempo para localizar el pasillo y la habitación que Hulk le había indicado. A esa hora todo estaba desierto. Nadie la vio abrir la puerta y colarse dentro.

—¿Profesor?

Lo encontró tumbado boca arriba, mirando inmóvil el techo. Sus brazos reposaban sobre la colcha, con el vendaje de las muñecas claramente visible.

Se lo veía muy pálido, macilento a pesar de las transfusiones que sin duda había recibido.

—¿Es usted? —preguntó él.

Al hombre le olía el aliento a vómito. Estaba muy cansado y no parecía sorprendido de verla.

—¿Por qué lo ha hecho? —Andra fue directa al grano.

Él tardó un tiempo en responder con resignación:

—No tenía razones para no hacerlo.

—He estado con su esposa.

—¿Y? —Su mirada no reflejaba curiosidad ni extrañeza. Solo desaliento.

—Creo que me ha reconocido. Me miró de una forma muy rara.

Andra echó un vistazo a su alrededor. No había ni un solo objeto personal en la aséptica habitación. Normal. A la esposa apenas debía de haberle dado tiempo a preparar una bolsa y dársela a los sanitarios.

—Debía habérselo contado —murmuró Karsov—. No debí dejarla en la ignorancia. Para eso está el matrimonio, ¿no? Para compartirlo todo.

Ella se encogió de hombros.

—Pronto podrán hablar de todo. También de esta noticia. —Le enseñó el recorte que se había llevado del sótano—. ¿Por qué la guardó?

El hombre se mordió el labio y Andra hizo lo que le había negado a Milan: leerla en voz alta.

—«Tras una denuncia anónima, la Brigada de Incendios Provocados de Stralsund ha reabierto la investigación sobre las causas del fuego originado hace dos semanas en una casa de Lohme y en el que falleció una mujer. Al parecer un testigo ha aportado indicios de intencionalidad y, por lo tanto, de un delito de asesinato.»

Al terminar dio la vuelta al viejo recorte de modo que Karsov pudiera ver la foto que ilustraba la noticia. Mostraba a Kurt Berg, el padre de Milan, saliendo del hospital. Su cara aparecía pixelada para preservar el derecho a la intimidad, pero su postura y su complexión no dejaban lugar a dudas una vez que se sabía de quién se trataba.

—¿Usted es este de aquí, el de detrás? —Señaló a un hombre con bata blanca que intentaba apartarse de la cámara.

Karsov asintió débilmente con la cabeza.

—Entonces ¿ese testigo anónimo fue usted?

Él negó con la cabeza.

—No. No fui yo.

«Y, sin embargo, la culpa lo atormenta tanto que ha intentado suicidarse catorce años después.»

El hombre le agarró la mano. Tenía la fuerza de un bebé y los dedos fríos como la nieve.

—¿Por qué ha venido? —preguntó.

«Es una larga historia, profesor. Y ni siquiera tiene que ver con usted.»

—Busco a una chica —explicó, y le mostró la foto que habían encontrado en la villa—. ¿Es ella? ¿Esta es la chica que ha despertado el fantasma de la culpa?

Él hundió la barbilla en el pecho huesudo y no contestó, pero se quedó mirando fijamente la foto de Zoe. Luego se le escapó una lágrima, que le rodó por la mejilla.

Andra no necesitó más respuesta.

—Estuvo en su consulta. ¿Quién la llevó? ¿Su madre o su padre?

El hombre negó con la cabeza.

—Solo vino la madre.

—¿Dónde puedo encontrarla?

—Donde viven todos: la abuela, la madre y el padrastro. —En un susurro apenas audible pronunció el nombre del lugar. Y luego dijo—: Ella necesita ayuda. —Pero con menos fuerza y convicción que las palabras anteriores.

Andra cogió la jarra de agua de la mesilla y le sirvió un poco en un vaso de cartón.

—Venga, profesor. Beba un poco. Ha perdido mucha sangre.

Él asintió con un gesto y abrió los labios cuando le acercó el vaso. Se encontraba demasiado débil y cansado para darse cuenta de que, antes del primer trago, ella le había deslizado en la boca una minúscula pastilla.

—Eso es, beba. Después dormirá profundamente y mañana verá las cosas de otra manera.

46

Milan

Al romperse, la nariz emitió un chasquido como de leño crepitando en la chimenea. Los dedos del pie se hicieron añicos en aparente silencio porque los tremendos alaridos del hombre ahogaron el crujido.

Y eso que Milan no había empleado todas sus fuerzas para echarle la puerta encima al huésped de la suite 213.

—Servicio de habitaciones —había dicho cuando, tras llamar durante varios minutos, finalmente la puerta se entreabrió con la cadena echada.

Una cara arrugada y sin afeitar se asomó por la rendija, feísima y furiosa como Jack Nicholson en la famosa escena del hacha de *El resplandor*.

—Son las siete de la mañana, joder. No he pedido nada.

—¿Es usted Frank-Eberhardt Ende?

—Sí, y te voy a dar por culo pero bien —amenazó el sesentón.

En cuanto oyó «sí», Milan retrocedió dos pasos para tomar impulso y ejecutar el sencillo plan que había tramado tras dos escasas horas de sueño en su habitación:

1. llamar; 2. arrasar; 3. freír a preguntas.

Con F.-E. Ende sangrando en el suelo, ya había cumplido los dos primeros objetivos. El hombre se apretaba la nariz con una mano y el pie destrozado con la otra, pero eso no impedía que la mullida moqueta color crema se tiñera de rojo.

—¿Qué quieres de mí, cabrón? —masculló con una voz gangosa que resultaba casi ininteligible.

Tenía de punta los pocos pelos blancos que le quedaban, que habitualmente se peinaba pegados a la calva. La chaqueta del pijama, de satén plateado, se había abierto al caerse. Milan vio un gran barrigón y unos pechos que serían el orgullo de cualquier quinceañera. Iba desnudo de cintura para abajo, el pequeño pene apenas asomaba entre el vello púbico.

—¡Suéltame! —bramó cuando lo agarró por las solapas para arrastrarlo hacia dentro de la habitación, pero apenas se defendió.

La disposición era idéntica a la de la suite de Milan, excepto que la ventana daba a la playa y el mobiliario seguía intacto. El sofá de color claro no tenía quemaduras y la mesita de café no estaba rajada. En lugar de arrancados de cuajo y tirados en medio de la habitación, la televisión de pantalla plana curvada tipo cine seguía en la pared y el minibar continuaba encastrado en un armario hecho con madera de deriva. Tan solo la alta cama continental del dormitorio independiente aparecía revuelta, como si Ende se hubiera peleado con un elefante entre los cientos de cojines.

—¿Qué quieres de mí?

Desde el dormitorio se accedía a un baño en suite. Allí Milan ató a su víctima al radiador toallero con el cinturón del albornoz, que se encontraba colgado tras la puerta.

Después abrió al máximo los grifos de la ducha y la bañera.

—Es para no molestar a los demás huéspedes —le explicó.

Ende lo miraba fijamente desde el suelo, con los ojos rebosantes de ira. Parecía recuperar fuerzas conforme el dolor remitía. Tiró de sus ataduras, pero solo logró apretarlas aún más. La ausencia de miedo en su mirada indicó a Milan que había hecho bien en inmovilizarlo. Aunque era un viejo fofo y débil, estaba fuera de sí y no atendía a razones.

«Violencia en estado puro.»

En las calles había tratado con muchísimos tipos como aquel; solo obedecían por las malas. Se sorprendió de lo fácil que le resultaba actuar como un matón con una persona totalmente desconocida.

—¿Dónde está? —le espetó.

Arrastró el taburete del baño y se sentó lo más cerca posible del hombre, siempre fuera del alcance de sus pies desnudos por si se le ocurría patalear.

—¿Quién?

—Tu hijo.

—¿Estás mal de la cabeza? ¿Sabes con quién te estás metiendo?

—¿Dónde está?

No pensaba preguntarlo una tercera vez y no le hizo falta. Ende puso los ojos en blanco y tosió solo un momento, aunque con tanta fuerza que su cuerpo tembló como un saco de boxeo durante un entrenamiento.

—¿Cómo quieres que sepa dónde se mete Jakob? ¿Estás tarado o qué?

Esa respuesta confirmó dos sospechas: por un lado, que aquella bola de sebo tenía un hijo, cuyo apellido había dejado codificado Zoe en la pared del baño. Por otro, que Jakob estaba dispuesto a llegar hasta el final y a eliminar a todos los testigos. De lo contrario, no estaría usando su verdadero nombre.

—Habla.

—Estará con la parienta, qué sé yo.

Ende levantó la cabeza y Milan esperó a que se sorbiera la sangre y los mocos. Después afirmó:

—Exacto. Y han secuestrado a su hija.

—Pues a ver, no soy abogado pero... ¿Si es tu propia mocosa se considera secuestro? —Esbozó una sonrisa todo lo pícara que permitía su magullada cara.

—Si estuviera en Rügen, ¿dónde encontraría al bala perdida de tu hijo?

—Con Solveig.

—¿Su mujer?

—Más bien su abuela. —Soltó una carcajada.

—¿Vive aquí?

—No, en Manila, ¡no te jode!

El hombre escupió y Milan salió del baño.

—¿Y ahora qué quieres? —preguntó Ende cuando lo vio regresar del dormitorio y ponerle en las narices el móvil que había encontrado en la mesilla de noche junto a un montón de revistas porno.

—Llámalo.

—¿Eh?

Lo agarró por el escaso pelo y le echó la cabeza hacia atrás.

—¿Estás sordo o qué? ¡Que llames a tu hijo!

—¿Y si no?

Por toda respuesta Milan le aplastó la nariz con el pulgar y le desvió aún más el destrozado tabique. Esperó a que remitieran algo los alaridos, que el ruido del agua ocultaba. Después hizo un amago de pisarle el pie, pero Ende gritó:

—¡Vale, vale! Lo haré, joder... ¿Y qué le digo?

—Que quieres verlo. Que venga aquí. Ahora mismo.

El hombre cerró un momento los ojos, ansioso.

—Chaval, casi no nos hablamos. Nuestra relación no es muy allá. No va a querer venir.

Milan reflexionó. El viejo estaba bastante perjudicado, le olía el aliento a sangre y a alcohol. De modo que, le gustara o no, tendría que ayudarlo un poco.

—¿A qué se dedica Jakob?

—Es vaciador de pisos.

Debido a su pronunciación gangosa, Milan lo entendió mal.

—¿Vendedor de pisos?

—Ojalá. He dicho «vaciador». Desmonta casas. Cuando la gente se muere, vende los muebles y los trastos. A veces hace mudanzas.

Milan se paró a pensar.

—Dile que el hotel tiene un superencargo para él.

Ende se rio y se le escapó un pegote de baba sanguinolenta que fue a parar a los pies de su interlocutor.

—Me colgará el teléfono. Es más, un sábado a estas horas ni lo cogerá. Trabaja menos que un comatoso. Ese solo mueve el culo para ganar la lotería o si hay putas gratis.

—Pues dile eso.

—¿El qué?

—Lo de las putas. Dile que un amigo ha reservado toda la planta del hotel para una orgía. Y que se dé prisa.

—¿Por qué? ¿Qué quieres de él?

—Haz lo que te digo.

—¿Una orgía? No se lo va a tragar...

—Pues procura ser convincente. Si no...

Estiró la mano y la detuvo justo antes de la nariz. Ende reculó con tal ímpetu que se golpeó la cabeza con el radiador.

—Vale, cabrón. Vale, lo haré.

Milan le puso el iPhone ante la cara pero, debido a la nariz rota y a los churretones de sangre, el reconocimiento facial no funcionó. Entonces pulsó el botón lateral derecho para activar a Siri, el software de agradable voz femenina que muy a menudo lo sacaba de apuros. Por ejemplo, cuando se perdía y necesitaba preguntarle el camino. O cuando le pedía que marcara un número, que tenía guardado en el teléfono gracias a ella.

—Di que llame a Jakob —ordenó a Ende.

Este obedeció y probó tres veces sin éxito. Solo tras expulsar un pegote de sangre por la nariz su voz se volvió más reconocible y Siri lo entendió.

La conexión se estableció de inmediato.

Se oyeron ruidos al otro lado y, aunque no había puesto el manos libres, Milan reconoció la voz del secuestrador, que espetó:

—¿Qué quieres?

—Hola, hijo, ¿qué tal? —respondió su padre con alegría forzada—. No te vas a creer la que hay aquí montada. —Le guiñó el ojo a Milan—. El tipo que me decías, Milan Berg. Pues resulta que al final ha venido.

47

—Bueno, ¿qué tal te sienta ser una marioneta?

Milan salió del baño y, tras atravesar el dormitorio, llegó a la zona del salón. Apretaba el móvil con tanta fuerza que oyó crujir la carcasa.

—Te mataré. Primero a tu padre, luego a ti y después...

—Mira, mi padre me la suda. El muy cabrón no me da un céntimo. Vive en un hotel como un sultán con su harén mientras yo me muero de hambre. Por mí sácale los ojos, me da lo mismo.

Se acercó a la ventana, apartó las cortinas y contempló el mar.

Allá a lo lejos, a cientos de millas náuticas, estaba Suecia. Ystad, si no se equivocaba. El escenario de numerosos casos del inspector Wallander, que le habría encantado leer y no solo ver en la tele. Desde allí llegaban las olas oscuras que rompían en los acantilados sobre los que el moderno hotel reinaba como un faro. En condiciones normales ese momento entre las primeras luces del alba y la salida del sol sobre el Báltico debía de ser un espectáculo sensacional. Pero Milan no recordaba la última vez que su vida había sido normal.

—¿Qué quieres? —inquirió.

—Vaya, no pensé que fueras tan olvidadizo. 162.366 euros con 42 céntimos. Y como parece que cuanto más tiempo te doy más tonterías haces, voy a acortar mi ultimátum.

—¿A qué te refieres?

Se concentró en la luz roja de un pequeño pesquero que había salido al amanecer. Necesitaba un punto de referencia mientras sentía como si el secuestrador le cortara las piernas.

—Nos veremos hoy a las cinco y media de la tarde, poco después de anochecer.

«Maldito cerdo...»

—Vale, como quieras. Dime dónde y allí estaré. Pero con las manos vacías. —Intentó sonar irónico sin conseguirlo.

—Como quieras. Entonces nos verás matar a la chica.

La lucecita roja le bailaba ante los ojos, al ritmo de los acelerados latidos de su corazón.

—¿«Nos»? —siseó—. ¡Canalla! Que torturéis así a vuestra hija...

Las carcajadas de Jakob lo golpearon como una bofetada.

—No quiero ensañarme contigo, pero eres un detective patético. —Bajó la voz—: Esta tarde a las cinco y media. Luego te daré la dirección exacta.

«Está loco, ha perdido el juicio. No sirve de nada hacer preguntas sensatas», pensó Milan. Aun así, lo intentó una última vez:

—¿Y cómo voy a tener la pasta?

—No te preocupes. Tú ve. Yo me ocupo del resto.

Se oyó un chasquido en la línea y empezaron a pitarle los oídos. Por un momento le llegaba todo como amortiguado. Después aquella especie de sordera desapareció y de repente percibió los sonidos con muchísima intensidad y claridad. El zumbido del minibar, el susurro de la calefacción, el agua corriendo en la bañera.

—¿Qué quieres decir con eso? —preguntó.

—Lo que he dicho. Sé puntual. Aunque ahora no te lo creas, lo tendrás.

Como el típico bromista que repite la gracia de un mal chiste para que todos lo entiendan, añadió muy satisfecho de sí mismo:

—Tendrás el dinero, Milan. Confía en mí.

48

Jakob

Cortó la llamada, se tumbó junto a Lynn en la cama del motel y cerró los ojos. Zoe estaba atada con bridas al radiador del baño y Lynn dormía. Por suerte no había escuchado aquella conversación.

Estaba harto de sus críticas. La muy listilla se podía meter sus comentarios donde le cupieran. Mientras él no paraba de trabajar, Lynn vagueaba en el coche haciéndose llevar de aquí para allá como una diva, y todo porque el plan se le había ocurrido a ella.

Pero a ver, ¿qué es un plan sin las personas que lo ejecutan? La torre Eiffel, las pirámides, ni siquiera un puto bloque de pisos se habría levantado jamás si solo existieran arquitectos y no hubiera obreros.

«Joder.»

Lynn y él no podían estar juntos, pero tampoco separados.

Su relación era como la de un enfermo terminal con la heroína. Te vas a morir igual la tomes o no, pero con esa mierda te sientes mejor al menos por unas horas.

«Aun así...»

Existía la metadona, que era menos peligrosa.

Si perdía a Lynn, siempre le quedaría Solveig.

La «abuela», como la llamaba su padre. Con razón, porque no era precisamente la más joven del mundo. Pero como dice el refrán: gallina vieja hace buen caldo. «Y con las mujeres maduras, madura la propia lujuria.»

Oh, sí, sobre eso podía escribir un libro. Con cientos de páginas y unas cubiertas orgiásticas.

A Lynn le faltaba un poco de experiencia en comparación con Solveig, pero era lógico.

Jakob sonrió al pensar en su primer encuentro y, sin darse cuenta, su recuerdo se convirtió lentamente en un sueño.

De pronto ya no se encontraba en aquella mugrienta habitación con el colchón manchado y una moqueta que, incluso calzado, te contagiaba hongos si te quedabas quieto demasiado tiempo.

Volvía a tener diecisiete años. Solo llevaba tres días allí y ya odiaba aquel pueblucho de mala muerte del Báltico. Odiaba toda la maldita isla, tan grande que podía ir en moto durante horas sin ver el mar en ningún momento.

«Joder, por la misma regla de tres también la India es una isla. Y allí al menos no hace este frío.» Al caer la tarde la temperatura bajaba hasta los catorce grados, ¿qué mierda de verano era ese?

Se le quedaba el culo helado en la Vespa.

En Berlín no era muy distinto, pero al menos al final del día uno podía calentarse en un puticlub o en un bar de striptis. En Sassnitz solo lo esperaba su padre en un piso de los años sesenta miserablemente amueblado.

Lo peor era que la «huida» (pues no fue otra cosa su apresurada mudanza) en realidad no había sido necesaria. En Berlín nadie se había olido la jugada. «Parada cardíaca», concluyó el novato médico de urgencias como causa de la muerte; como si al morirse no se le parara el corazón a todo el mundo. Dado que su madre siempre había sufrido graves apneas, no se ordenó una autopsia. El seguro pagó y nadie descubrió jamás que el padre y el hijo habían causado el fatal desenlace con ayuda de una almohada.

Aunque en realidad solo habían sido el hijo y la almohada. El padre se había quedado de pie junto a la cama, sonriendo con su cara mofletuda y una cerveza en la mano. Se había limitado a dar instrucciones y a hacer comentarios mientras Jakob se encargaba del trabajo sucio.

«Mañana me vuelvo», decidió, mientras cogía una curva con la moto. Daba igual que su padre insistiera en que no lo dejara solo. Joder, tenía ya diecisiete años, que aquel puto alcohólico se fuera a la mierda. Se había comprometido a acompañar al viejo para que no le cortara el grifo. Y todo había resultado tan lamentable como esperaba. Una isla poblada por paletos alemanes del Este y llena de turistas jubilados que no podían permitirse Mauricio o las Maldivas y pretendían que aquel agua helada infestada de medusas era mejor que el océano Índico.

Su decisión era firme.

Solo una noche más y levantaría el campamento. Trabajando como portero con Eddy ganaría más de lo que su padre pensaba darle del dinero del seguro. Que tampoco era gran cosa. Cien mil. ¿Adónde vas con eso?

A Rügen. Y fin del trayecto.

«Hablando de trayectos.»

A la altura del supermercado de la calle principal, giró en la calle Zwischenweg en dirección a la calle See. Y entonces la vio. Dos casas más allá del final de su trayecto. Ya se había fijado en la vecina aquella mañana cuando la vio sacar la basura. Madre mía, cómo movía el culo... Pero en aquel momento, con la ajustada ropa de deporte, estaba aún más follable.

¡A pesar de la edad! Tendría al menos treinta. No, mirando bien a la luz de la farola, serían más bien cuarenta. Pero estaba buenísima.

Delgada, piernas largas, culo respingón y tetas firmes como sandías.

Estaba como desesperada ante la puerta de su casa, sacudiendo la manilla. De modo que decidió probar suerte y paró la moto delante del jardín.

—¿Puedo echarle una mano?

«¿O mejor un polvo?», pensó.

Ella se volvió para mirarlo. Primero con recelo y luego, cuando lo reconoció, con fingida educación.

—Ah, eres el nuevo vecino, ¿no?

—Sí, soy Jakob Ende. Vivimos dos casas más allá.

—Pues mira, Jakob, me he quedado fuera. Puerta cerrada, llaves dentro. Fatal.

—¿Y su marido? —Apoyó la Vespa y se quitó el casco.

—Tiene turno de noche. Trabaja en Rostock, en el centro de distribución de Correos. No vuelve hasta medianoche.

«Tu mala suerte es mi buena suerte.»

—Mierda. ¿Y qué va a hacer? ¿Romper una ventana o algo así?

Ella negó con la cabeza.

—Caminar. Mi hija tiene una llave, pero está en Lohme con su novio.

«¿Lohme?», pensó Jakob, que acababa de pasar por allí.

—¡Son más de seis kilómetros!

—Ya, y eso atajando por el Parque Nacional... Pero es que las llaves del coche también están dentro. —Señaló la puerta de la casa.

—Entiendo.

La mujer, que aún no había dicho su nombre, se le acercó. La fina capa de sudor que le cubría la frente, seguramente producto de haber corrido por la playa, brillaba como polen a la luz de las farolas.

—Mi hija no tiene móvil. He intentado llamar a casa de su novio pero no contesta nadie.

—Cuando las cosas salen mal, salen mal de verdad, ¿no?

Jakob compuso la sonrisa con la que, según su novia, se

metía en el bolsillo a cualquiera. Incluso aunque se le hubiera ido la mano.

—Yo podría ir a buscar la llave —se ofreció, señalando la moto.

—¿En serio?

La mujer le regaló una sonrisa que pensaba guardar para masturbarse.

—Claro, no hay problema. ¿Dónde está su hija?

—Será más fácil si vamos juntos.

—No tengo otro casco.

—Sin riesgo no hay diversión —replicó ella, y sonrió aún más cuando se subió a la moto y lo rodeó con los brazos.

Olía a sudor, a chicle y a un perfume cítrico. A Jakob le encantó aquella mezcla y sentir su cuerpo pegado al suyo.

—Me llamo Solveig. Puedes tutearme —le susurró en la nuca mientras aceleraban.

Junto con la velocidad, Jakob sintió una erección casi dolorosa. Catorce años después, antes de hundirse en una fase sin sueños, volvió a oírla decir entre risas:

—Esperemos que mi hija Yvonne no esté demasiado ocupada con ese Milan.

49

Milan

Se fue del hotel sin pagar. Ni a mitad de precio podía permitirse la suite. Y estaba seguro de que Babas no le iba a echar encima a la policía por no pagar la cuenta de una habitación usada y destrozada en la que apenas había dormido un par de horas. Probablemente sería Frank-Eberhardt Ende quien llamara a la poli en cuanto la señora de la limpieza lo desatara del radiador.

Debía emplear el dinero y el tiempo que le quedaban en acudir al camping cuyo nombre le había sacado a golpes a Ende: Vista Bahía. Al parecer, era el domicilio de la abuela con la que vivía Jakob cuando no andaba por ahí acompañado de su mujer o amante secuestrando adolescentes para exigir rescates. El lugar se encontraba en una pequeña elevación y, haciendo honor a su nombre, tan solo la carretera L292 lo separaba de la bahía de Greifswalder Bodden.

A unos cientos de metros, la carretera discurría paralela al mar. En la ancha playa, dos dueños de perros compartían la maldición de madrugar. Ni siquiera a sus labradores parecía hacerles mucha gracia hundirse en la arena húmeda bajo la llovizna. A Milan, que seguía sin abrigo, tampoco le gustó cambiar el agradable calor del taxi por un tiempo que solo alegraba a los fabricantes de descongestivo nasal y caramelos para el dolor de garganta.

—Aquí es.

El taxista, un tipo tranquilo y fortachón, apagó la radio, en la que sonaban ininterrumpidamente grandes éxitos de la música alemana. Señaló el taxímetro. Tras una hora de viaje, marcaba ochenta euros por los cincuenta kilómetros recorridos.

—¿Puede esperarme aquí? —preguntó Milan con la mano en la cartera.

—¿Durante cuánto tiempo?

«Buena pregunta: ¿cuánto tiempo se necesita para sonsacarle la verdad a alguien que no tiene ningún interés en contártela?»

En el hotel había tardado una media hora, eso contando la interrupción de la conversación con Jakob.

—Unos veinte minutos —contestó, frotándose el puño magullado.

El taxista torció la boca.

—Lo siento, amigo. Tengo que irme a un servicio en Binz. Pero aquí aparece el número de la centralita. —Tras cobrar, le entregó un resguardo.

—Gracias.

Después de salir arrugó aquel papel lleno de jeroglíficos y lo tiró en un contenedor a la entrada del camping.

No había barrera, solo una caseta de control tan oscura como las nubes que se cernían sobre el Báltico.

En verano aquel lugar debía de ser idílico, siempre que se obviara el ruido de la carretera y únicamente se prestara atención a las vistas sobre la ancha playa. Seguro que entonces estaría lleno. En aquel momento no había más que seis remolques en las parcelas, delimitadas por árboles pelados y nudosos. Solo salía humo por la chimenea del más pequeño y sucio, y eso facilitó el trabajo a Milan.

El camino de tierra llevaba días absorbiendo nieve y lluvia alternativamente, por lo que necesitó prestar atención para no hundirse en el barro. Durante el camino no vio ningún vehículo que pudiera usarse para remolcar las caravanas; era probable que estas pasaran el invierno allí.

El remolque amarillento al que se dirigía podía incluirse en la categoría «no se lo deseo ni a mi peor enemigo».

«Afearía incluso un vertedero», habría dicho su padre al ver las paredes torcidas y alabeadas de aquella caja de zapatos, y la tela asfáltica colocada en los lugares más inverosímiles con el supuesto fin de repararla. La habían usado hasta para condenar una ventana.

«¿Y ahora qué?»

Estaba preguntándose si llamar o si entrar por la fuerza cuando la puerta se abrió.

Se quedó paralizado, con el pie en el aire en dirección a

la entrada. No sabía cuál de sus impulsos contradictorios debía seguir.

Huir o atacar.

Insultar a gritos o abrazar.

—Pasa —invitó la mujer, que no era a quien estaba buscando. A esta en concreto la creía ya fuera de la isla.

Al menos quería resolver ese enigma, de modo que entró con Andra en la caravana de Solveig Ende.

50

—Luego te lo explico todo —le susurró Andra—. Te lo juro. Pero primero vamos a hablar con ella. Es más urgente.

Podía haberse ahorrado aquellas frases. Desde que Milan puso el pie dentro de aquella tartana decadente y localizó a la mujer que buscaba, solo tenía una pregunta en la cabeza. Y la soltó sin contemplaciones:

—¿Dónde está Jakob?

«¿Dónde está el hombre que mancilla un nombre bíblico secuestrando a gente?»

Solveig se encontraba junto a la ventana, sentada en un sofá semicircular de plástico color carne ante el que había una pringosa mesa plegable. Su figura delgada y atlética no compensaba las profundas arrugas que le surcaban la cara consumida, labradas por la nicotina, el alcohol y la desesperación de una vida vacía. Arrugas que ni siquiera el bótox podría reducir. Como le sucedió con el profesor, a Milan su rostro le resultó vagamente familiar. Parecía el resultado viviente de una de esas apps para envejecer selfis. Solo que no lograba entrever la versión joven bajo aquellos avejentados rasgos.

—¿Jakob? —repitió la mujer.

Parecía que tuviera que esforzarse para lograr un tono grave.

Milan pensó que aquello podía deberse a una fuerte depresión. No sabía si era una prueba médica pero, según experiencia propia, el estado de ánimo se reflejaba en las cuerdas vocales.

—Confié en ese hijo de puta —estalló Solveig—, pero el muy cerdo se ha llevado mi remolque y mi Volvo. Esta chatarra es suya. Y tengo que quedarme aquí esperando a que el muy cabrón vuelva, aunque no quiero verlo ni en pintura. Una cosa os digo: como le haga un solo arañazo a mi Mecki lo obligo a limpiar con la lengua los váteres del camping.

—¿Mecki?

—Mi caravana. ¿Es que vuestros coches no tienen nombre?

—Este no sabe ni conducir... —contestó Andra, intentando relajar el ambiente. Debían conseguir que les dijera dónde estaba su nieto.

—¿Y qué le pasa? ¿Es marica o qué?

«¿Qué tiene que ver una cosa con la otra?» Milan se disponía a replicar al comentario homófobo cuando se fijó en una foto pegada a la nevera. Aunque habían pasado catorce años, en aquella polaroid Solveig parecía dos décadas enteras más joven. Y entonces por fin la reconoció.

—¿Usted es la madre de Yvonne?

Solo la había visto en dos o tres ocasiones, al recoger a su novia, y en aquella época la llamaba «señora Schlüter». Nunca supo su nombre de pila.

«No puede ser.»

La búsqueda de la pareja del secuestrador lo había llevado hasta la madre de su primer gran amor.

Sentía la cabeza como un avispero.

«Pero... entonces es imposible que esta mujer sea la abuela de Jakob.»

Aquello no cuadraba. Aunque Solveig tenía sus años y estaba muy estropeada, como mucho podría ser su madre. Con razón Frank-Eberhardt se había reído de una forma tan obscena en el hotel: «Más bien su abuela». No se refería al parentesco. Se burlaba de la relación de su hijo con una mujer mayor. ¡De su relación con la madre de Yvonne!

La verdad lo pilló aún más desprevenido que cuando Andra había aparecido en la puerta de la caravana. Aunque, bien pensado, las pistas habían sido bastante claras.

«El libro.

»El código.

»Ayúdame, papá.»

¿Cómo iba a conocer Zoe aquel lenguaje secreto si no era por...?

—Hace mucho que no se llama Yvonne —contestó la mujer, pero Milan no la escuchaba.

Despegó la foto de la nevera y rasgó un lateral. A Solveig no pareció importarle.

«No puede ser.»

—Veo que no me reconoce. Fui novio de su hija.

—¿Cuándo?

—Hace mucho. Unos catorce años.

—¿Milan? ¿Eres Milan Berg?

Le tembló todo el cuerpo. La rabia que hasta ese momento volcaba en Jakob se volvió contra él.

—¡Lárgate! —chilló, apoyándose en la mesa para incorporarse—. ¡Sal ahora mismo de mi casa!

—¿A esto llamas «casa»? —Se plantó ante ella y le impidió levantarse—. No es más que un nido de pulgas y cucarachas. Aunque... —hizo como que miraba alrededor— en realidad es perfecto para ti.

—Milan, por favor.

Andra le posó suavemente la mano en el hombro. Aunque estaba furioso con ella, aquel gesto familiar logró tranquilizarlo. Entonces inquirió:

—¿Puede ser que Yvonne tenga una hija?

«Papá.»

—¿Y tienes la jeta de preguntármelo? ¿Precisamente tú? —Parecía a punto de soltar espumarajos por la boca.

—¿Qué quiere decir? —intervino Andra, con voz calmada.

La mujer apuntó a Milan con su afilado dedo índice.

—¡La violó! A mi niña...

Él se tambaleó. Estaba conmocionado, no tanto por la espantosa acusación como por el dolor encerrado en aquellas palabras.

—Me lo arrebató todo. Mi niña nunca volvió a ser la misma.

—¡Mentira! —gritó él.

Y Solveig vociferó:

—¡La violaste, grandísimo hijo de puta! ¡La misma noche que mataste a tu madre!

51

Deseaba estrangularla. Apretarle la carótida hasta que no le llegara oxígeno al cerebro. Para que su mente alcoholizada dejara de producir mentiras y su boca sucia de nicotina no volviera a pronunciar calumnias. Si Andra no lo hubiera apartado por la fuerza, el destino de Solveig habría sido tan doloroso como el de Frank-Eberhardt Ende.

—Cálmate —le repetía su novia.

Pero eso no impidió que continuara lanzando improperios contra la mujer.

—¡Eres una borracha! ¿Qué mierdas dices?

¿Qué se podía esperar de una mentirosa y una adúltera como ella?

Ya en el pasado se rumoreaba que le ponía los cuernos a su marido mientras estaba en Rostock en el turno de noche. Y que le gustaban los jovencitos. Ingo, un chico unos cursos mayor, incluso presumía de haber perdido la virginidad con ella. Sin duda, si pudiera verla ahora, se cuidaría mucho de repetir esa afirmación.

—¡Intentas negarlo! ¡No me sorprende lo más mínimo! —gritó ella—. Tuviste suerte de que entonces no pudieran probar nada. Pero no te creas que conseguirás librarte del pasado para siempre.

A Milan le ardieron de nuevo las mejillas, como si lo hubiera abofeteado. Se llevó la mano a la cara.

LO SIENTO. NO ERA MI INTENCIÓN.

—¿Dónde está Yvonne ahora? —preguntó Andra, quitándose la mochila.

Milan logró sacudirse el recuerdo de la pesadilla que lo asaltaba de manera recurrente.

Solveig lo señaló con el dedo a la altura del pecho.

—Espero que bien lejos, a salvo de este.

—Pero... —comenzó él.

Andra lo interrumpió.

—Escúchame, Solveig. Perdón, señora Ende. Creemos que su nieta corre grave peligro.

—¿La bastarda de este? —Escupió literalmente en el sofá—. No me importa. Esa zorra es escoria. Es una enferma, igualita que su padre.

Milan apretó los puños, dispuesto a tirarse encima de aquella mujer. Zoe estaba atrapada en una familia de psicópatas. Secuestrada, retenida y mutilada. Y pronto sería asesinada.

«Pero ¿por qué?»

Esa pregunta lo detuvo. Aquella conversación suponía una pérdida de tiempo. La mujer estaba trastornada. Herida. Convertida en un despojo humano. Hablar con ella era como discutir de filosofía con alguien dormido.

—¿Y qué puedo hacer? —preguntó por fin, agotado. Se sentía perdido.

Aunque admitiera aquellas mentiras y cayera de rodillas suplicando perdón por un acto que no había cometido, las cosas no cambiarían nada. Insistió:

—Por el amor de Dios, ¿qué puedo hacer para que me ayudes?

LO ARREGLARÉ.

Para su asombro, Solveig se paró a reflexionar. Después levantó la cabeza con arrogancia y contestó:

—¿Crees que puedes comprarme?

—No —se defendió.

—Claro que sí. Como todos los hombres. Pues bien. —Se inclinó hacia delante y apoyó los pechos sobre la mesa—. Este es mi precio: 162.366 euros con 42 céntimos.

52

—¿De dónde sacas esa cifra? ¿Qué sabes de los planes de Jakob? —Milan apretó de nuevo el puño que le había estampado en la cara a Ende—. ¿Dónde está ese psicópata?

Ella soltó un resoplido despectivo.

—«Ese psicópata», como tú lo llamas, tiene más neuronas en los cojones que tú en todo el cerebro. Y ha cuidado de tu bastarda como tú jamás lo habrías hecho.

«Psicópata.

»Neuronas.

»Bastarda.»

Quería replicarle algo pero los pensamientos se le colapsaban. Sentía un nudo en la cabeza que solo se aflojaba muy poco a poco y se deshacía en informaciones inconexas:

«Jakob no mantiene una relación con Yvonne, sino con su madre Solveig. Y secuestra a una chica (Zoe), que no es suya sino de otro hombre. Fruto de una violación. Engendrada por el asesino de mi madre.

»Por mí.»

Aunque aquello no tenía sentido, de algún modo parecía encajar con el coro de locos que retumbaba en su cabeza durante las últimas horas.

—¿Qué quiere decir? —preguntó Andra a la mujer.

Miraba a Milan con una extraña mezcla de compasión y duda. Hasta hacía solo unos minutos, él tenía todos los motivos del mundo para desconfiar de ella.

«¿Qué está pasando aquí? ¿Cuál es la relación entre todas estas cosas?»

De pronto se sintió demasiado débil para seguir de pie. No quería sentarse junto a Solveig, pero no había más opciones.

—Por última vez: ¿de dónde sale esa cifra?

—Es la indemnización que me debes.

—¿Indemnización por qué?

«162.366 euros con 42 céntimos.»

—¿Cuál es vuestro maldito plan?

Ella sonrió por primera vez desde que Milan había entrado en la caravana. Era una sonrisa de sincera maldad que se reflejaba también en sus ojos.

—Tienes miedo, me alegro. Espero que te cagues encima, Milan Berg. Motivos no te faltan. ¿Crees que debes temer a Jakob? Estás muy equivocado. Solo es un perdedor, el culpable de que yo viva en este infierno. Y tú también tienes tu parte de culpa.

—No me hagas responsable de tu vida, patética de mierda.

—Por supuesto que sí. Porque todo empezó contigo. Tú violaste a mi niña. Le destrozaste la vida. La mataste y en su lugar quedó una persona rota. Como tu bastarda no tenía padre, Jakob se hizo cargo. Y le enseñó todo a Yvonne.

Se le apagó la voz. Sus últimas palabras se quedaron flotando como tabaco frío en el aire cargado.

«Le enseñó demasiado», pensó Milan. Poco a poco iba intuyendo la película que se había montado aquella mujer.

Se negaba a aceptar que se había juntado con un mal hombre, que la había seducido para después sustituirla por su hija. ¿Y quién decía que se contentaría con Yvonne? Un psicópata capaz de torturar a una chica tampoco tendría miramientos para violarla.

Milan cerró los ojos y evocó en su memoria fotográfica la imagen del día anterior. («Dios, ¿de verdad había pasado tan poco tiempo desde que había visto el coche en el puente?»)

En aquel momento solo se había fijado en Zoe y luego, en la villa, en Jakob. Pero ¿quién era la mujer que lo acompañaba?

Un pensamiento tan terrorífico como descabellado se le pasó por la cabeza.

«¿Yvonne?»

Imposible.

Aunque en realidad no había visto a la secuestradora. Solo de espaldas, porque estaba ya casi dentro de la villa.

«Era imposible, joder.» Yvonne siempre había sido rara, pero no era ninguna sádica capaz de permitir que le cortaran un dedo a su propia hija. Ni aunque todo fuera idea del cabrón de Jakob.

Pero entonces ¿quién iba en el asiento del copiloto? ¿Quién lo acompañaba?

—Sin ti, mi hija no se habría echado a perder. —La voz de Solveig lo sacó de sus reflexiones—. Tras el parto quedó destrozada. Cambiaba de nombre cada día, intentó suicidarse. Tuve que dejar mi trabajo para ocuparme del bebé que tú abandonaste.

Él se limitó a asentir con la cabeza. Dejó pasar las acusaciones sin interrumpir la verborrea. Jamás conseguiría convencerla de que él no era el responsable de su lamentable destino, ocasionado por sus propias y pésimas decisiones vitales. Pensó que todo aquello era solo un estallido. La mujer necesitaba desahogarse con alguien, aunque esa persona fuera el supuesto violador de su hija. Andra también se había dado cuenta y por eso volvió a probar con un argumento que suele convencer a la gente para que haga lo que no desea. «El dinero.»

—No llevo suficiente para una caravana nueva. Pero debería bastar para una reforma... —insinuó.

Si la mujer intentaba disimular su codicia, era muy mala actriz.

—¿Cuánto? —preguntó al instante. Solo le faltó relamerse.

La joven abrió la mochila y Milan alcanzó a entrever un gran fajo de billetes nuevos.

Pero ¿de dónde...?

No llegó a formular la pregunta. Le bastó la rápida mirada de Andra, que, ante su estupor, parecía decirle: «Luego».

Le tendió dos billetes a Solveig, que declaró:

—Jakob es un cabrón, eso ya lo he dicho. ¿Qué más queréis saber?

—¿Dónde está?

—No tengo ni idea.

—¿Y sabes en qué está metido?

—Tiene un plan para conseguir el dinero de ese profesor. Hace ocho semanas le organizó la mudanza. Descubrió que el tipo tenía un montón de pasta. —Echó mano a los billetes.

—¿El profesor Karsov? —Andra no soltó el dinero hasta que la mujer asintió con un gesto.

—Sí. Su padre le consiguió el trabajo. —Dobló los billetes y se los metió en el sujetador—. Al fin y al cabo, era Frank quien vivía en esa casa. —Miró a Milan con maldad—. Debe de resultarte muy raro que precisamente él viviera donde quemaste viva a tu madre.

Sin poder contenerse, este acabó estallando:

—¡Como no pares de mentir empapo los billetes en gasolina, te los meto en la boca y les prendo fuego! ¿Te ha quedado claro?

Ella asintió con la cabeza, mirando a Andra.

—¿Ves lo que te digo? ¿Qué clase de persona suelta algo así?

—¿Y qué clase de persona saca dinero con la vida de su nieta? —contestó la joven.

En lugar de replicar algo, la mujer extendió la mano. Otro billete de cien cambió de dueña y pasó de la mochila al sujetador. Entonces continuó:

—Bueno, a lo que iba: ese profesor se sentía solo o al menos tenía ganas de compañía. Al principio desconfiaba. Pero cuando le interesa, mi Jakob sabe hacerse querer. Se ocupaba de todo tipo de recados. Lo llevaba en coche a la compra, a la farmacia... y al banco. El viejo era despistado y un día se olvidó el estado de sus cuentas en el cajero.

—Ya me lo imagino: Jakob lo leyó «sin querer» —ironizó Milan.

—Pues claro. Quería un trozo de aquel pastel. Su padre no le ha dado ni un céntimo de la venta de la casa. Está en un hotel rascándose los huevos mientras él se encarga del trabajo sucio. En fin, no culpo a Jakob por leer aquel papel olvidado. Pero al viejo ya no le quedaba nada.

Volvió a extender la mano. Con el siguiente billete, llevaría ganados seiscientos euros. Eso si el dinero no era falso, cosa que ya no sorprendería a Milan.

Desde la noche anterior creía capaz de todo a su novia («¿sigue siendo mi novia?»).

—La cuenta corriente estaba en números rojos. Y no quedaban ni doscientos euros en un depósito a plazo fijo.

—¿Y cuánto dinero había antes? —inquirió Andra.

Solveig emitió un gruñido apreciativo.

—Chica lista. No como tú, Milan. Esa es la pregunta del millón.

—162.366 euros con 42 céntimos —contestó él, murmurando para sí.

—Casi aciertas. Esa cantidad era la última transferencia.

«¿Y ahora Jakob quiere recuperarla?

»Pero ¿por qué a través de mí?

»A cambio de una chica con la que no tengo nada que ver. Por mucho que diga esta bruja.»

Aunque las acusaciones fueran ciertas, aunque de verdad fuera el padre de Zoe, no tenía el dinero y punto. Aquel profesor desesperado no le había regalado nada.

Tan solo unas pastillas con las que «quizá pueda volver a leer».

¿Qué le hacía pensar a Jakob que Milan lograría reunir aquella suma? Más aún: ¿qué lo llevaba a creer que ya la tenía y podía entregársela en menos de diez horas?

«Yo no he recibido esa transferencia. ¿Y por qué iba a hacerlo? No conozco de nada al profesor.

»Bueno, sí —se corrigió—. Me operó hace catorce años.»

«Imagino que se equivocaría en el diagnóstico y la culpa le pesaba en la conciencia», había aventurado su esposa.

Pero ¿qué culpa? Según Solveig, el verdadero monstruo era él. Un violador y un asesino.

Se puso a dar vueltas en círculos, como sus pensamientos. Había completado la primera y el carrusel de su mente se disponía a emprender la siguiente cuando su mirada recayó en el dinero que sujetaba la mujer. La mochila de Andra. El fajo de billetes. Una idea fue cobrando forma, una sospecha que jamás se había atrevido a abrigar. Porque lo que no puede ser no puede ser.

—¿Cuánto? —le espetó a Andra, apartándose bruscamente de Solveig.

La agarró junto con la mochila y la arrastró al frío del exterior cruzando la puerta y empujándola por los escalones.

—¿Cuánto llevas ahí? ¿Para quién trabajas?

53

Aunque no la empujó con demasiada fuerza, Andra perdió el equilibrio al pisar el suelo encharcado y se cayó al barro. Se levantó al instante y le lanzó un pegote al pecho.

—Pero ¿qué te pasa? —gritó.

—¿A mí? —Se le acercó dos pasos.

—¡Sí! —Levantó la barbilla, desafiante—. ¿Quieres pegarme? ¿Como a esa mujer?

—No le he tocado un pelo.

—Pero te morías de ganas. Por poco pierdes el control. Como en el hotel.

Él echó la cabeza hacia atrás sin moverse del sitio, como un boxeador que esquiva un gancho.

—¿Cómo sabes...?

Andra intentó escapar. Milan la agarró de la manga pero se resbaló en el barro y ella logró zafarse. Mientras se alejaba, contestó:

—Porque te busqué. Llamé a todos los hoteles de la isla. El recepcionista del Stubbenkrug estaba furioso.

Él la adelantó y solo entonces descubrió el Mini, oculto tras la caravana.

Andra no necesitó sacar la llave del coche, bastaba que la llevara en un bolsillo o en la mochila para que la puerta se abriera al tirar de la manilla. Milan le dijo:

—Si no te hubieras largado sin más no habría acabado allí. ¿Por qué me dejaste solo? ¿Y de dónde has sacado ese dinero? ¿Cuánto tienes?

Lanzó todas aquellas preguntas mientras ella se subía al coche sin sacudirse el barro de las manos, la ropa o las botas. Le impidió cerrar la puerta y agarró la mochila, que se había puesto en el regazo.

—¡Vas a contestarme, Andra! Tengo derecho a respuestas.

—¿Quién, tú? —Soltó una carcajada amarga—. ¿En serio tienes la cara de hablar de derechos después de estar mintiéndome durante dos años enteros? Milan el miope, Milan el despistado, Milan el alérgico. Pero, joder, de Milan el analfabeto, ¡ni una palabra!

Un camión pasó por la carretera; sus faros se encendieron cuando frenó para tomar la curva y no acabar en el mar. En algunos puntos, la oscura capa de nubes grises que flotaba sobre la costa dejaba entrever el cielo azul.

—No lo entiendes —contestó.

—Milan, tú tampoco tienes ni idea de por qué estoy haciendo esto. Oye, ¿confías en mí? No quiero hacerte nada malo.

—Pues enséñame el dinero. ¿Cuánto llevas ahí?

Intentó arrancarle la mochila de las manos. Como estaba abierta y Andra se resistía, la bolsa giró sobre sí misma y su contenido se desparramó por el barro.

«No puede ser.»

Parpadeó como si tuviera algo en el ojo. Pero la causa de la irritación no se encontraba bajo sus párpados, sino a sus pies. Eran tres gruesos fajos, diez mil euros por lo menos. El viento se llevaba los billetes del que estaba empezado. Aun así, no se agachó para impedir que el dinero se dispersara por todo el camping.

Se agachó por una minucia: un bote blanco de chicles. Que en realidad no era lo que parecía. En realidad se trataba del frasco de pastillas que el profesor Karsov había dejado encima de la mesa.

«Un regalo.»

—¿Por qué lo cogiste de la basura?

Hizo girar el bote y el contenido tintineó. Entonces se fijó en que el precinto estaba roto.

«Si se toma esas pastillas, señor Berg, quizá pueda volver a leer.»

—¿Qué me has hecho? —Se agachó a su altura y la miró a la cara, que permanecía impasible—. ¿Me has envenenado?

«¿En el viaje?»

Con el té de jengibre. No es que estuviera demasiado cargado: su mal sabor tenía una causa muy distinta.

«Me bebí el termo entero. Y después me quedé dormido.»

—No es veneno. No quiero hacerte nada malo, Milan —la oyó repetir.

Aquella frase le sonó como una auténtica burla. Porque acababa de encontrar en la mochila un objeto siniestro.

—Claro, y entonces ¿por qué llevas esto? —Se incorporó y le apuntó al pecho con la pistola plateada—. ¿Para no hacerme nada malo?

Andra arrancó el motor y metió una marcha. Se volvió hacia él. Primero contempló el cañón del arma y después lo miró a los ojos.

—Sube.

—¿Para qué?

—Voy a llevarte a conocer la verdad. Te está esperando.

54

Milan estaba asombrado. Durante todos aquellos años, durante los meses y semanas perdidos luchando para que nadie le arrancara la máscara, había tenido un compañero constante. Invisible para los demás, una especie de zumbido en los oídos. Un diapasón desafinado que no dejaba de vibrar, inmune a cualquier intento de acallarlo.

De vez en cuando aquel sonido se materializaba y crecía hasta convertirse en un malvado susurro que repetía sin parar lo inútiles, incompetentes e improductivos que eran los analfabetos. La mayoría del tiempo, sin embargo, su incómodo acompañante adoptaba la forma de un recuerdo permanente y difuso de su gran tara.

«Deficiente ortográfico. Retrasado de las letras. Incapaz para el abecedario.»

Había vivido con el miedo constante de que otra persona pudiera percibir aquel zumbido si se acercaba demasiado. Por eso siempre mantenía las distancias. Apenas tenía amigos. No solo no se lo había contado a Andra, sino que incluso temía traicionarse hablando en sueños.

Sin embargo, en aquel momento, sentado en el asiento del copiloto con la pistola en la mano, no le importaba ser incapaz de leer el lugar de destino que indicaba el navegador. El día anterior se avergonzaba de no saber programarlo, pero ahora el zumbido (y, con él, la razón de sus continuas mentiras) había desaparecido. Por terribles que hubiesen sido las últimas horas, habían tenido un efecto positivo: como un enfermo de dolor crónico que se distrae de sus padecimientos escuchando música o leyendo un buen libro, llevaba sin acordarse de su analfabetismo desde...

«Sí, ¿desde cuándo?»

Atravesaban ahora una pequeña localidad y tampoco entonces le importó no entender el rótulo con el nombre del pueblo. Le bastaban los carteles ilustrados de las glorietas, los dibujos y logotipos de los comercios: banco, farmacia, centro de estética, peluquería... Fuera de temporada, casi todos cerraban en sábado y por eso apenas había gente por las calles.

Todo estaba cerrado, excepto...

—Para aquí —ordenó, señalando un pequeño aparcamiento delante de dos restaurantes, con varias mesas en el exterior. Sin pérgola ni paravientos, expuestas por todos lados al mal tiempo, llevarían vacías desde octubre.

Andra estacionó en el aparcamiento, en mitad de un charco y fuera de la vista de cualquier paseante inesperado.

—¿Qué haces? —preguntó cuando lo vio inclinarse hacia los pies, sin apartar de ella la pistola.

—Me quito los cordones.

—¿Por qué?

—No tengo cinta americana ni bridas.

Lo miró como si hubiera perdido el juicio pero obedeció cuando le ordenó apoyar las manos en el volante.

—Enseguida vuelvo —aseguró, después de atarla al volante.

Cogió el abrigo del asiento de atrás, metió la pistola en el bolsillo interior y se dispuso a salir. «¡Un momento!» Casi olvidaba llevarse la llave electrónica. La encontró en el compartimento delantero de la mochila. Así se aseguraba de que Andra no huiría ni tocaría el claxon para pedir ayuda mientras él confirmaba sus sospechas. Se trataba de una idea que había ido tomando forma en la caravana, en concreto cuando Solveig les contó que Jakob había ayudado al profesor Karsov con la mudanza.

Aunque no tardó ni cinco minutos, al volver al coche se sentía como si hubiera regresado de una expedición extenuante.

—¿Dónde has estado? —le preguntó Andra.

Luego se fijó en el papel que llevaba en la mano, de un azul grisáceo como su pelo. La tristeza que apareció en su mirada la delató. No necesitaba que le contara lo que había descubierto. Ella ya lo había averiguado.

—¿Ahora ya sabes adónde vamos? —inquirió.

Él arrugó el papel con resignación y suspiró.

—Creo que me lo puedo imaginar.

55

La casa tenía un garaje anexo que desentonaba, como si le hubieran agregado un cuerpo extraño. Lo habían añadido sin ningún cuidado en un lateral. Un cubo de hormigón con tejado de aluminio, carente de la solera y el encanto de la tradicional casita unifamiliar con tejado de cañas. El portón eléctrico estaba abierto y se cerró en cuanto entraron con el Mini.

La luz del techo era débil; excepto un juego de neumáticos de invierno envueltos en plástico y una bicicleta de mujer colgada de la pared, allí no había nada que iluminar. Salvo el hombre parado en la puerta que comunicaba con el interior de la casa.

Su cara ya acechaba entre las sombras antes de que se cerrara el portón.

El chándal oscuro le colgaba del cuerpo enjuto. Era un modelo barato de una cadena de ropa, como los que llevan millones de personas. Pero a Milan le bastó un vistazo para reconocer al hombre que los esperaba.

Aunque contaba con encontrarlo allí, sintió un terrible picor en la garganta, como si se hubiera tragado un insecto vivo.

Un escarabajo de patas afiladas llamado traición.

—¡Las manos al volante! —ordenó, y volvió a atar las muñecas de Andra, con más fuerza que antes.

—¿Sabes por qué te obedezco? —preguntó ella. Le temblaban tanto las aletas de la nariz que el piercing se movía.

—¿Porque tengo una pistola?

Ella se mordió el labio y negó con la cabeza.

—Porque me das miedo, Milan. Has cambiado.

—¿Y te extraña?

—Yo no soy tu enemiga. —Señaló con la cabeza hacia la figura que esperaba—. Él te lo explicará todo.

Milan se bajó del coche.

También el hombre se puso en movimiento. Irguió la espalda y se pasó las manos por el pelo ralo.

—Hay que darse prisa.

La voz del viejo sonaba cansada y resfriada, por lo que parecía aún mayor. Un jubilado que debería estar en la cama resolviendo crucigramas, no persiguiendo a su hijo como un espía hasta la costa báltica, recorriendo cientos de kilómetros para acecharlo luego en la oscuridad de un garaje.

—La señora Karsov ha ido al hospital a ver a su marido. No sé cuándo volverá —añadió.

—¿Qué significa todo esto, papá? ¿Qué quieres de mí?

El viejo sujetó la puerta para que pasara.

—Ya conoces la casa. Bueno, han hecho varios cambios:

este garaje, por ejemplo, es una verdadera lástima. Lo demás sigue más o menos como antes, aunque esta entrada era la despensa.

—Estuve aquí ayer. —Aquella madrugada, para ser más exacto.

Entraron juntos en la cocina. También allí quedaban cajas sin desembalar. Solo había un plato y dos tazas en el fregadero. Sus viejos muebles de mercadillo, reunidos de cualquier manera, no habían sobrevivido al incendio y los habían sustituido por módulos color crema de estilo rústico.

—Ya lo sé —contestó su padre—. Andra me lo ha contado.

El anciano pasó los dedos por la mesa en la que habían desayunado tantos días antes de que Milan saliera en bici a la escuela. Se trataba del único mueble de aquella época que se había salvado.

—Me lo ha contado todo —añadió.

Milan deseó acariciar la madera de la mesa, pero se contuvo. Su desazón aumentaba a cada instante, y no era por la nueva decoración. Se debía a la persona que había vivido en aquella casa después de ellos. Frank-Eberhardt Ende, que la había comprado a saber por qué razones. El padre del psicópata que lo acosaba. Su maligna energía, su odio, la perversidad que llevaba dentro se habían transmitido a la casa. El aura negativa resultaba asfixiante.

Kurt se acercó al fregadero, abrió el grifo y llenó una taza de agua.

—¿A qué estáis jugando conmigo?

—No es ningún juego, hijo. Te lo juro. Ni un montaje, ni una prueba ni nada de eso. Es una verdadera catástrofe. —Bebió un trago y se le aclaró un poco la voz, aunque no perdió el tono nervioso—. Nunca quise volver aquí. Había cortado para siempre con esta casa y con esta maldita isla.

—Y, sin embargo, aquí estás.

—Sí, aquí estoy. Cogí el tren de madrugada, nada más enterarme de lo sucedido.

—¿Por qué?

El zumbido de la nevera paró un momento y solo entonces Milan fue consciente de que había estado sonando.

—¿Por qué me has seguido, papá? ¿Por la mujer asesinada con un dedo en la boca? ¿O por la chica que ha perdido ese dedo?

Abstraído, Kurt parecía bucear en su interior.

—Por la culpa. No siento otra cosa desde hace catorce años.

«La culpa.»

Otra vez aquella palabra.

Contempló los movimientos nerviosos con los que se llevaba la taza a la boca y se preguntó qué había sido del hombre al que en el pasado consideraba una roca. Kurtchen, un tipo fuerte, bonachón y seguro de sí mismo, capaz de hacer un chiste hasta en medio de la peor desgracia.

Quizá su transformación resultaba ahora tan evidente porque lo veía en la casa de su infancia. Aunque habían cambiado muchas cosas, aquel era el lugar que en tiempos consideraba su hogar. En aquella mesa Kurt lo había hecho reír y lo había consolado. La lisa superficie apenas acusaba el paso del tiempo. Al contrario que su padre.

—¿Qué has hecho, papá?

—Si pudiera contártelo te habría llamado. He venido hasta aquí para enseñártelo.

Se dio la vuelta y salió al pasillo.

—¿Adónde vas?

Kurt se detuvo, con la mano en la barandilla de la escalera.

—Arriba. A tu cuarto. Adonde se desencadenó el mal.

56

Jakob

—¿Qué le has dicho?

—¿A quién?

—No te hagas la tonta. No le sonsacó esta dirección a mi padre por diversión. ¿Qué le has contado de nosotros? —Jakob descargó un puñetazo contra la pared de la caravana.

Solveig ni se inmutó. Un olor dulzón tapaba la peste acumulada a lo largo de los años, a pesar de que él le había prohibido fumar porros allí. Estaba siempre colocada y por eso la había dejado el año anterior. A Jakob le fastidiaba no poder permitirse nada mejor que aquel cuchitril con ruedas.

—¿Qué le voy a contar? —contestó ella—. Quería saber dónde estabas.

—¿Y?

—Y nada. ¡Si no tenía ni idea! Si les hubiera dicho que

ibas a volver, te habrían esperado aquí. —Hablaba muy despacio. Seguía bajo el efecto de la marihuana—. Venía con una chica.

—Ya lo sé.

—Muy guapa. Demasiado lista para ti.

Jakob golpeó de nuevo la pared y abolló el laminado.

—Adelante —dijo ella—, destroza tu casa. Espero que no hayas tratado igual a mi Mecki. O van a llover tortas, y no de las comestibles. —Alargó la mano—. Dame las llaves.

A través de la ventanilla de plástico llena de arañazos, él miró la caravana de Solveig. Los manchurrones negros y las costras de sal dejaban constancia del largo viaje desde Berlín.

—Todavía la necesito. Te la devuelvo esta noche.

—Junto con mi parte.

Jakob se separó de la ventana.

—¿Qué parte?

Ella se levantó de su asiento y se le plantó delante.

—Sigo siendo tu mujer, aunque ahora te calientes en otro sitio. Tengo derechos.

—¿Derechos?

—Sí. Sin separación de bienes, me corresponde la mitad de lo que ganes.

Él soltó una sincera carcajada.

—Pero ¿cómo puedes llegar a ser tan estúpida? ¿Qué te crees, que voy a declarar a Hacienda el dinero del rescate? ¿Qué le vas a decir al juez? ¿«Quiero la vajilla de plástico, el televisor roto y los ochenta mil euros del secuestro»?

Ella reflexionó un momento y después lo amenazó:

—Si no me lo das, iré a la policía.

«Joder, pero ¿qué se había fumado? Estaba más ida que de costumbre.»

Jakob suspiró.

—Lynn tiene razón.

—¿En qué?

—En que no puedo postergarlo más.

Solveig levantó la cabeza desafiante y puso los brazos en jarras.

—¿El qué? ¿Vas a pedir el divorcio?

—Exacto —contestó. Se llevó la mano al bolsillo trasero, sacó la navaja y se la clavó en un ojo.

57

Milan

El dormitorio estaba totalmente vacío. Allí no había siquiera cajas de mudanza.

Sin embargo, fue la primera estancia de la casa que desencadenó una oleada de recuerdos.

Allí continuaba el magnolio. El árbol del jardín vecino que de pequeño contemplaba sentado en la ventana. Su floración en primavera era espectacular, pero en aquel momento su copa desnuda se agitaba con el viento. Cuántas veces se había dejado arrastrar por sus fantasías, hundiéndose en mundos lejanos, en países remotos y en los brazos de chicas como Yvonne... siempre con la mirada perdida en el magnolio. Sus ramas habían quedado impresas en su recuerdo como una marca de agua.

—¿Es aquí donde pasó? —le preguntó su padre, que se había quedado en la puerta mientras él entraba en la habitación, cuadrada y abuhardillada.

—¿El qué?

—Dímelo tú.

Milan meneó la cabeza.

—Papá, ¿qué está pasando? ¿Qué pintas tú en toda esta locura que me persigue desde hace veinticuatro horas?

—Desde hace catorce años —corrigió Kurt.

—¿Perdona?

—Como mínimo. Puede que sean más. Esta locura, como tú la llamas, comenzó el día que murió tu madre. Aquí, en esta habitación.

Milan aguzó la vista. Aunque era mediodía, había tan poca luz como en el atardecer de un día de verano. Al casquillo del techo le faltaba la bombilla, cosa que seguramente convenía a su padre. Una luz demasiado potente y agresiva quizá eclipsaría los recuerdos que, en la penumbra, empezaban a aflorar en su mente.

—No estabas solo —afirmó Kurt.

—No. Yvonne se encontraba aquí. Pero...

—Por favor, cuéntame qué hicisteis.

—Éramos dos adolescentes, ¿tú qué crees que hicimos?

—¿Os acostasteis...?

Milan negó con la cabeza. A pesar de los años transcurridos, aún lo avergonzaba hablar de eso.

—No, no llegamos a hacerlo. Eso ya lo sabes.

—¿Y entonces por qué salió corriendo de casa, desnuda de cintura para arriba?

Milan contempló el magnolio. En el momento de su recuerdo, la floración morada estaba en todo su esplendor.

LO SIENTO.

—No estoy seguro. Desde la caída, tengo muchas lagunas.

—Pero os peleasteis.

Su padre avanzó un paso.

—Sí, eso creo. Se burló de mí, yo me sentí dolido. Una mala palabra llevó a la siguiente. Ella salió corriendo y se quitó la parte de arriba mientras bajaba la escalera.

—¿Por qué?

NO ERA MI INTENCIÓN.

Al cerrar los ojos, las imágenes cobraron nitidez. De pronto, hasta le parecía percibir el olor del chicle de la chica. Y sentir en los labios las llaguitas causadas por horas de besos inexpertos.

—La sudadera que llevaba era mía. No la quería.

—¿Y después?

—Salí corriendo detrás. Y...

—¿Y...?

Abrió los ojos, pero el olor permaneció. No el del chicle, sino el del humo. En su recuerdo, había cambiado uno por otro.

LO ARREGLARÉ.

—No puedo acordarme.

—¿No puedes o no quieres?

Milan se enfureció.

—¿Vas a empezar tú también como Solveig?

Sorprendido, a Kurt le temblaron las comisuras de los labios.

—¿La madre de Yvonne? ¿Qué te ha dicho?

«Que violé a su hija y la dejé preñada.»

Su padre se le acercó otro paso.

—No te atreves a contármelo porque temes que sea cierto.

—No te lo digo porque es todo mentira. Sé lo que he hecho y lo que no.

—¿Ah, sí? Has repetido varias veces que no lo recuerdas todo. ¿Cómo acabaste en el sótano?

Milan se apartó de él y se volvió hacia la ventana. Miró el lugar que antes ocupaba un cobertizo para bicicletas. Lo habían sustituido por un parterre.

—No lo sé. Supongo que volví arriba, me quedé dormido y el humo me despertó. Luego, al intentar escapar, me equivoqué de puerta y me caí por la escalera.

—El humo no despierta a nadie —replicó su padre, a sus espaldas—. Mucha gente cree que sí, pero es un mito. Si fuera verdad, no morirían tantas personas quemadas mientras duermen.

«Como mamá.»

—Papá, ¿es que no me crees?

Una bandada de pájaros negros provenientes del mar sobrevoló la casa, oscureciendo aún más el cielo por un momento.

Se volvió hacia su padre, tratando de escrutar su rostro. Este contestó:

—Lo que creo da igual. Lo que importa es lo que hice.

«La culpa.

»¿Qué demonios pretendía confesarle?»

—Te lo contaré enseguida. Pero antes dime qué pasó de verdad con Tinka.

—¿Con la gata? ¿Lo preguntas en serio?

—Por favor. Hazlo por mí.

Milan soltó un gemido.

—Joder, la atropelló una segadora y la hizo papilla.

Los carroñeros se habían dado un festín. ¿Qué tenía que ver aquello con todo lo demás?

«¿Algo de lo que está pasando tiene algún sentido?»

—Eso mismo me contaste entonces. Pero no me dijiste nada hasta que tu profesora la encontró en la taquilla de Yvonne.

—¿Sigues creyendo que yo la metí ahí?

«¿Después de tanto tiempo?»

—Yvonne la encontró en la cuneta y la recogió —explicó—. Sabía cuánto nos importaba. Solo quería que pudiéramos enterrarla, que no se la llevaran los basureros.

—¿Quién se lleva al instituto una gata despanzurrada comida por los cuervos?

—¿Y que lo hiciera yo no te extraña? ¡Vamos, papá! Te lo he dicho mil veces: ya sabes cómo era Yvonne. Rara. Diferente. Si los otros chavales no le hubieran tenido tanto miedo la habrían martirizado en el recreo. Muchos creían que era retrasada, pero solo estaba en su mundo. Un mundo en el que era normal meter a la gata en una bolsa de plástico y dejarla en la taquilla para no llegar tarde al examen de matemáticas.

—Eso no explica por qué la profesora te vio a ti metiéndola en la taquilla.

—No la metía, la sacaba. Yvonne acababa de contármelo. Y en ese momento me pillaron. Ella misma te lo confirmó todo entonces.

—¿Y recuerdas todo eso así de bien? Pero si tu madre te leía o si eras capaz de descifrar tú solo las cartas de amor, ¡eso, en cambio, se te ha olvidado! ¿No te parece raro?

—Estamos como al principio: no me crees.

Solo deseaba marcharse de allí. Romper aquella burbuja de recuerdos podridos. Pero su padre lo agarró del brazo con una fuerza sorprendente. El primer contacto desde su reencuentro.

—Te creí durante mucho tiempo. Y tu madre también. Pero éramos los únicos. El consejo escolar consideró tu expulsión del instituto. Por lo que pasó con la gata te prohibieron asistir al viaje a Walsrode, ¿te acuerdas? ¡Por segunda vez!

—¿Vas a sacarme ahora todas las vergüenzas de la infancia? Al primer viaje no fui porque no quise.

—Porque no controlabas la vejiga. Te daba vergüenza, no querías que nadie lo supiera.

—¿Adónde quieres ir a parar?

Su padre aún lo retenía, pero su presa se había aflojado. Era como si adivinara que no se zafaría, porque cada segundo de aquella conversación lo debilitaba más y más.

—La sudadera apareció en la chimenea, Milan. ¿De eso te acuerdas?

«Yvonne. La pelea. La gata. El viaje.»

—No veo la conexión —susurró.

—Los técnicos investigaron a fondo el incendio. Fue una prenda lo que hizo que las llamas se extendieran hacia el salón. —Ahora lo sujetaba con cuidado, casi con cariño—. Tu sudadera, hijo. Arrojada al fuego. Al parecer una manga se quedó colgando hacia fuera. ¿Puedes explicármelo?

«Mojar la cama.

»Maltratar animales.

»Jugar con fuego.»

De pronto comprendió adónde quería ir a parar su padre. Esa era la santísima trinidad de la psicopatía. Los signos inequívocos de una incipiente locura.

—¿Crees que soy como el abuelo Willy?

«Perverso. Depravado. Malvado.»

Retrocedió un paso.

—¿Crees que yo maté a mamá?

Kurt asintió con un gesto. Las lágrimas le arrasaron los ojos.

—¿Por eso has venido? ¿Para acusarme?

Sentía ganas de llorar pero una cuerda invisible le atenazaba la garganta.

—No. He venido para confesar lo que yo te hice a ti. Antes de que lo descubras por ese maldito secuestrador.

—¿El qué?

Su padre se dirigió a la puerta.

—Vamos al sótano. Allí te será más fácil matarme cuando te lo cuente.

58

Jakob

«Dios, cómo pesaba la vieja.»

¿Es que la muerte aumentaba la fuerza de la gravedad? ¿No se suponía que Solveig estaba delgada...?

«¡Joder!»

Era como arrastrar una piscina hinchable por una pista de atletismo. Lynn no era de ninguna ayuda, se negaba a mover un dedo. Y eso que cargarse a Solveig había sido idea suya.

—¡Pero no así! —le había reprochado nada más ver el cadáver—. ¡Cómo se puede ser tan imbécil! ¿Por qué no la liquidaste fuera? Ahora apáñatelas tú solo para sacarla de tu caravana de mierda.

Abandonarla allí no era una opción.

En dos días sería lunes y los guardas del camping pasarían a cobrar el alquiler. Además, Lynn no planeaba culpar a Milan de todo aquello. Solveig debía aparecer junto a Zoe, fuera como fuese.

—¿Y por qué no traemos a Zoe hasta aquí? —se atrevió a preguntar él.

Lynn le echó una mirada que le sentó como si le hubiera lanzado un escupitajo.

—¿Te has vuelto idiota o qué? Debemos seguir viaje. Con esta chatarra es imposible, se caerá a pedazos en cuanto eche a rodar. Hay que llevar a Solveig al otro remolque, no traer aquí a Zoe.

Cuando tenía razón, tenía razón.

Aun así, seguía cabreado porque no se le había ocurrido ninguna réplica. Le tocaba hacer el trabajo sucio por partida doble. Primero liquidar a Solveig y después echarse al hombro el cadáver.

Habían aparcado a Mecki muy pegada a la caravana de Jakob, para que nadie pudiera avistarlo desde la carretera ni desde la entrada mientras cargaba el cuerpo. El tiempo empeoraba. La lluvia se estaba convirtiendo en nieve.

—Échala en el maletero —ordenó Lynn a través de la ventanilla medio bajada, sin abandonar la protección del coche.

—Joder, ¿no decías que la metiera en el remolque?

—No. No quiero que a Zoe le dé un pasmo. Todavía la necesitamos.

—Está bien.

«Como tú quieras, baby. Pero si te crees que después de toda esta mierda vamos a ir a medias, estás muy equivocada.»

Tras cumplir el encargo se puso al volante y necesitó un momento para recuperar el aliento.

—¿Y ahora? —Se quitó los guantes y se secó el sudor de la frente—. ¿Adónde vamos?

—En dirección a Prora.

Encendió el motor. Al principio los neumáticos resbalaron al meter marcha atrás pero después encontraron agarre y el coche pudo arrastrar la traqueteante caravana.

—¿Adónde en concreto?

Lynn le indicó la dirección exacta.

—¡Pero qué dices! Si este tiempo de mierda nos pilla allí no volveremos jamás.

—Ni falta que nos hace.

—¿Eh?

—Lo entenderás cuando lleguemos —contestó ella, activando el manos libres del móvil de Jakob en el ordenador de a bordo.

59

Milan

En aquella segunda ocasión el estudio de Karsov le pareció aún más irreal. Era como si penetrara en el confuso cerebro del profesor. Peor aún, como si accediese a la zona más caótica de su mente y pudiera observarla.

Seguía sin comprender las palabras, signos y letras. Los artículos colgados de las paredes, los recortes de periódico y las notitas continuaban sin tener sentido, a pesar de que Andra le había administrado las pastillas sin que él se diera cuenta. Fuera lo que fuese lo que disolvió en el té, desde luego no curaba el analfabetismo.

—¿Sabes qué fascinaba a Karsov? —preguntó su padre.

Milan bajaba la escalera en primer lugar. El crujido de los últimos escalones fue lo único que le despertó un vago recuerdo: la imagen de un bombero que lo recogía y se lo llevaba.

De nuevo se encontraba solo en aquella estancia. Avanzó pisoteando torpemente los pósits con sus zapatos sin cordones. Por su parte, Kurt permaneció apoyado en el marco de la puerta, con la cara en la semipenumbra que daba la débil luz del techo.

«Kurt.»

Se percató de que se refería a él por su nombre. Una distancia que de pequeño le parecía rara cuando estaba con otros niños que no llamaban a sus padres «mamá» y «papá».

Lo siguiente sería tratarlo de usted. Los acontecimientos de las últimas horas habían alterado su relación. La cercanía y la confianza que los unían habían desaparecido, quizá para siempre.

—La investigación del síndrome del savant —contestó a la pregunta—. Su mujer nos lo contó.

«¿Es usted superdotado?»

—¿Y le mencionaste tu memoria fotográfica?

Él negó con la cabeza, una respuesta que sirvió a su padre para empezar una larga explicación:

—Karsov tenía una teoría. Muchas personas con habilidades aisladas adquieren sus increíbles capacidades como consecuencia de un accidente, sobre todo de traumas cerebrales. Un golpe en la cabeza o un tumor en un área concreta del cerebro, y de pronto el paciente es capaz de aprender una lengua en una hora o de dibujar una ciudad completa tras sobrevolarla en helicóptero. El problema es que la mayoría de esas personas solo saben hacer esa cosa concreta y fracasan por completo en muchos otros campos. Algunos incluso se hacen pis mientras están absortos contando las hojas de un árbol.

—Kurt, necesito que me des respuestas.

«Karsov. Andra. El secuestro. Tú. ¿Cuál es la relación?»

Pero su padre continuó como si nada:

—Al principio se pensaba que esas nuevas habilidades consumían tantos recursos que incapacitaban a los pacientes en otros campos, tanto mentales como emocionales. Sin embargo, esa incapacidad es también consecuencia de los daños cerebrales. Es el trauma lo que les impide ser miembros normales de la sociedad. El don que adquieren es una sobrecompensación, tan solo otro síntoma del daño.

—Pareces un médico —comentó Milan, que al oír la palabra «trauma» se había tocado automáticamente la cabeza.

—Me he pasado horas hablando con uno. —Señaló el collage de las paredes, la obra de una persona obsesiva—. Karsov empezó sus investigaciones en el campo de la neurocirugía forense. Su hipótesis era que la terapia no cura de verdad el profundo trastorno de la psicopatía. Solo es posible reprimirlo utilizando fármacos. Pero las futuras víctimas de asesinatos o violaciones no pueden depender de que el enfermo mental sea obediente y se tome la medicación.

Kurt carraspeó. El aire del sótano, seco y cargado de polvo, no era la causa de su repentina ronquera. Milan intuyó que su padre había enfilado la recta final hacia la verdad. Y cuanto más se acercaba a su confesión, más le costaba hablar.

—Karsov buscaba el modo de eliminar para siempre la maldad. Mediante una intervención quirúrgica.

—¿Cómo? ¿Extirpándola?

Su padre suspiró.

—Eso no es posible, porque en el cerebro no existe un área de la maldad. Él eligió otro camino. Inspirado por la investigación sobre el síndrome del savant, comenzó a ocasionar traumas cerebrales deliberadamente. Causaba daños aún más graves que los preexistentes. Lo llamaba el método ventaja-perjuicio. Utilizaba un perjuicio, los daños, para conseguir una ventaja.

Milan sintió que se le ponía el pelo de punta, como si hubiera tocado una corriente eléctrica.

—Su teoría era que el cerebro de un psicópata no tendría energía para tramar acciones violentas y llevarlas a la práctica si tenía que estar afrontando continuamente un problema de carácter vital.

—¿Qué me hizo? —La voz de Milan también había enronquecido.

—No mucho.

Kurt respiró con dificultad y se quedó callado. Milan no dijo nada. Sabía que había llegado el momento. Su padre estaba tomando carrerilla para la verdadera confesión.

—Un día vino a verme. Después del incendio te operaron y surgieron complicaciones, varias hemorragias. Era necesaria una segunda intervención. Karsov me conocía, sabía que eras hijo del jefe de mantenimiento. También había oído los rumores: que casi te expulsan del instituto por maltrato animal y que tu sudadera fue la causante del incendio. Me preguntó si mojabas la cama. Si eras inteligente, aunque tuvieras un retraso en la lectura y la escritura. Si había otros casos de enfermedad mental en la familia. Además, en ese momento la madre de Yvonne empezó a difundir la historia de la violación.

Milan se tambaleó como un boxeador noqueado. Cada frase lo iba golpeando en uno de sus puntos débiles.

La breve interrupción de su padre le pareció como el descanso entre dos asaltos de una pelea. Solo con gran dificultad logró formular una pregunta, haciendo una pausa entre cada palabra pronunciada:

—¿Qué-me-hizo?

—Me contó que, casi con total seguridad, acabarías convirtiéndote en un asesino. Y que el margen temporal era muy limitado.

—¿El margen para qué?

—Para empeorar las cosas.

—¿Qué cosas?

—Las hemorragias.

Sin tan siquiera mirar, Milan arrancó, rasgó y estrujó un montón de papeles de la pared. Necesitaba hacer algo, no podía quedarse allí como un tonto escuchando la confesión de su padre.

—¿Las hemorragias?

—Me advirtió de que no podía predecir el alcance exacto de las lesiones. Pero había muchas posibilidades de que te quedaras ciego. Si eso sucedía, dejarías de ser un peligro.

«¿Un peligro? ¿Para quién?»

—En aquel momento sufrías las hemorragias de la primera operación. Sin intervención externa, seguramente no habrían tenido consecuencias. Pero Karsov te administró un anticoagulante. El sangrado empeoró, comprimió el tejido cerebral y causó lesiones. Cuando te despertaste de la anestesia habías perdido parte de tus recuerdos. No soy un experto, creo que no lo entendí todo correctamente. En cualquier caso, no estabas ciego. Los centros del habla seguían intactos, pero se habían desconectado del área de la visión. Por eso ya no podías leer ni escribir.

—¿Karsov y tú me convertisteis en un incapaz?

Quiso gritar pero le falló la voz.

—Lo siento.

—«¿Lo sientes?» Ah, bueno, entonces no pasa nada, no hay problema. ¿Vamos a comer algo?

Su intento de esbozar una sonrisa sarcástica fracasó. La boca se le torció en una horrible mueca.

—Hijo, no pasa un día sin que me torture por lo que te hice. Por eso no acepté el dinero.

—¿Qué dinero?

No se sentía con fuerzas para oír nada más. Deseaba que llegara el final del combate, que terminaran por fin los golpes bajos. Sin embargo, intuía que su padre aún no había acabado.

—Karsov quiso pagarme setenta mil euros por consentir aquel experimento ilegal. Es lo que habría costado reparar la casa tras el incendio. Pero yo solo deseaba marcharme de Rügen. Rechacé ese dinero manchado.

—Y ahora todo nos ha explotado en la cara.

«162.366 euros con 42 céntimos.»

—Hace poco recibí la transferencia.

—¿Por qué?

—También a él lo atormenta la culpa por lo que hizo.

Milan, que había recuperado la voz, gritó:

—¿Por qué ME MENTISTE durante tantos años?

—Hijo, tú sabes mejor que nadie lo que es ahogarse en una verdad insoportable. A veces la ignorancia es el mejor regalo. ¡Ojalá algún día lo comprendas!

En tres zancadas Milan alcanzó a su padre, le echó las manos al cuello y lo levantó hasta que quedó de puntillas.

—¡Me convertisteis en un retrasado! —le gritó a la cara.

—Te curamos.

—Pero ¿qué dices? Hace un momento te estabas disculpando y ahora...

«¿Curarme?»

—He dicho que lo sentía. Y que me torturo cada día. Pero jamás he dicho que quiera disculparme.

Milan lo arrastró hacia la izquierda y lo empujó contra la pared, de la que se desprendieron varios recortes de periódico. Su padre continuó:

—Al parecer, con el paso del tiempo Karsov empezó a sospechar que te había analizado incorrectamente. Ahora cree que no eras el sujeto de estudio adecuado.

—¿Por qué?

—Eso pregúntaselo a Andra, ella lo localizó hace ya mucho tiempo. En cualquier caso, la culpa casi lo ha enloquecido, quiere arreglarlo todo. Por eso compró esta casa, para dárnosla a nosotros. Y me transfirió el resto de su patrimonio. Para que volviéramos.

Aunque no lo creía posible, Milan se enfureció aún más porque de nuevo su padre no había entendido su pregunta:

—A lo que me refiero es: ¿por qué Karsov cree más en mí que mi propio padre?

—¿En serio me lo preguntas? ¿De verdad?

Aunque su hijo le apretaba el cuello cada vez con más fuerza y empezaba a faltarle el aire, Kurt encontró aliento para soltar una carcajada histérica.

—¡Mírate, joder! Antes de conocer a Andra te ganabas la vida con robos y engaños. —Se le acumulaba saliva en la boca—. Ahora vas por ahí persiguiendo a un criminal como un justiciero, escondes cadáveres en el bosque, das palizas y torturas a la gente. Y asfixias a tu propio padre mientras tienes a tu novia atada al volante del coche.

Milan se apartó bruscamente, asustado por el efecto que le causaron esas palabras.

«Lo mato», pensó, apuntándole a la cabeza con la pistola.

Su padre asintió con un gesto como si hubiera estado esperando esto y se frotó el cuello.

—No niegues que te sientes bien. Ahora mismo, en este momento. Esto te gusta, ¿verdad?

—¡No!

—He hablado con Andra, dice que has cambiado. ¿Quieres saber desde cuándo? Desde que no luchas cada segundo del día contra los molinos de viento del analfabetismo. Tus pensamientos son libres. Y, bajo presión, tu verdadero yo sale a la luz. ¿Qué otra demostración necesitas de que la teoría de Karsov es cierta? No quiero ni pensar en qué te habrías convertido sin tu incapacidad para leer.

Milan sintió que le ardían los ojos. Eran lágrimas que, lejos de tranquilizarlo, alimentaron aún más su ira.

—En alguien normal, Kurt. Me habría convertido en una persona normal y feliz.

—Tonterías. Suma dos más dos, hijo. Mi padre, tu abuelo Willy, era un psicópata de manual. Yo tuve suerte en la lotería genética y me libré. Pero la maldad saltó una generación y tú has tomado el relevo.

«Menos por menos da más.»

—Yo no soy malo —negó Milan, reprimiendo el deseo de apretar el gatillo.

—Y lo dices mientras me apuntas con una pistola... Hijo, sé sincero contigo mismo. Deseas matarme, ¿verdad? Quizá por eso te lo oculté tanto tiempo, porque temía que me asesinaras en cuanto descubrieras la verdad. Cuando Karsov intentó visitarme ayer, supe que ya no podía mentirte más. Te pedí que fueras a verme porque quería contártelo todo, pero te presentaste con toda esa historia del secuestro. Pero, bueno, por fin ha llegado el momento. De algún modo tiene sentido que todo termine en el mismo lugar donde empezó. Venga, hijo. Saca tu verdadera cara. Dispara.

Se inclinó hacia delante y le ofreció la cabeza.

A Milan le tembló el índice, al igual que el párpado derecho. Sintió un hormigueo en la cicatriz. Y una vibración en el bolsillo.

El móvil sonaba y se sacudía con al menos diez avisos que entraban solapados.

Aunque no se había movido del sitio en los últimos minutos, al parecer el aparato había encontrado una fisura en la cúpula sin señal del sótano. Un rayito de cobertura, suficiente para que le entraran un montón de llamadas perdidas.

—Quieto ahí —ordenó a su padre, empujándolo a un lado.

Corrió escaleras arriba para averiguar qué quería ahora el asesino.

60

Jakob

—¡Por fin! ¿Dónde te habías metido, imbécil?

Avanzaban por la carretera L29. Acababan de dejar atrás la localidad de Binz y continuaban en dirección norte, hacia Prora. Aunque las hileras de casas entre el mar y la carretera frenaban algo el viento, Jakob tenía que sujetar el volante con las dos manos porque las intensas ráfagas sacudían el Volvo y el remolque.

—Estaba sin cobertura —explicó Milan.

—Tu dejadez por poco mata a la chica.

—¿Sigue viva?

—¿Tienes el dinero?

Aquella pregunta le valió una mirada aprobadora de Lynn, que escuchaba gracias al manos libres mientras se limaba las uñas.

«Nada de explicaciones. Nada de conversaciones. TÚ marcas las normas.»

—Ahora sé en qué cuenta está —repuso Milan.

—Bien.

Muy bien. Aquello era un gran avance.

—Tenemos un portátil —aclaró Jakob. Dejaron atrás un cartel indicador del museo de las Fuerzas Armadas de la RDA—. Trae la tarjeta y el código PIN, y todo irá bien.

Su aliento empañaba la parte inferior del parabrisas, aunque la calefacción estaba al máximo.

—¿Una transferencia de tanto dinero no llamará la atención?

—Tú solo preocúpate de llegar puntual. No podemos perder tiempo. Nos vemos como muy tarde a las seis en la playa del camping.

—¿Qué camping? —inquirió Milan, aunque en realidad ya lo sabía.

Lynn pulsó el botón de colgar en la pantalla del ordenador de a bordo y asintió satisfecha.

—Muy bien.

—Gracias —contestó Jakob, realmente agradecido por el inusual halago.

Tuvo que levantar el pie del acelerador porque de frente venía un autobús que estaba adelantando y tardaba demasiado en volver a su carril.

—Pero Milan tiene razón... —reflexionó.

Poco antes de llegar a Neu Mukran giraron a la derecha, ya casi se distinguía su destino.

—¿En qué? —preguntó Lynn.

El Volvo se sacudía como un bote de remos en mitad de una tormenta mientras avanzaba por el camino de rastrojos que conducía a la playa. El camping resultaba aún más desolador que aquel del que venían; en esa época del año estaba completamente desierto.

—A ver, aunque su padre no tenga límite para las transferencias, ¿de qué nos sirve el PIN? Necesitaríamos un número TAN, o un cacharro de algún tipo. Además, aquí, en el culo del mundo y en medio de este huracán, ¿tendremos datos móviles?

—Deja que yo me ocupe de eso.

—Vale, pero ¿a qué cuenta va a ir la pasta? —La miró durante más tiempo del recomendable en aquel camino de cabras—. Y no me vengas con bitcoins o cuentas en el Caribe. No me creo que seas capaz de eso.

—Hay muchas cosas de las que no me crees capaz.

Lynn se lo quedó mirando con una sonrisa. El escalofrío que lo recorrió fue más intenso que si un remolino de nieve se hubiera colado por la ventanilla del coche.

—¿A qué te refieres? —preguntó. Volvió la vista al frente y reprimió el impulso de echarse a temblar.

Acababan de pasar ante una gran barraca que albergaba aseos para los bañistas, con inodoros y duchas.

—A que el puto dinero no me importa una mierda.

—¿Entonces?

—Solo me importa la familia —afirmó, echando una mano al volante.

En la otra empuñaba la navaja que había perforado el ojo de Solveig.

—Me lo he pasado muy bien contigo, cariño —dijo entre carcajadas. Y le hundió la navaja en el vientre.

61

Andra

—¿Dónde estamos?

Se frotó las muñecas. Las bridas se le habían clavado en la carne como un anillo en un dedo hinchado. Desde que Milan la había soltado para llevarla al sótano a punta de pistola habían transcurrido solo unos minutos. La sangre empezaba a circular de nuevo y le provocaba una sensación de hormigueo.

—Esto era la lavandería —explicó Kurt, señalando unas zonas cuadradas donde el color de las baldosas era distinto; las huellas dejadas por la lavadora y la secadora.

En aquella estancia solo había un lavabo, que no tenía grifo, y un trozo de tubería que sobresalía del techo sin utilidad aparente.

—Antes era un único espacio con el cuarto de la caldera —continuó Kurt—. Pero han puesto un tabique, quién sabe por qué.

—Mierda.

Andra descargó un puñetazo contra la pared, como para comprobar su firmeza. Después preguntó si había alguna otra salida.

—¿Aparte de la que mi hijo ha cerrado a cal y canto?

Al parecer, Frank-Eberhardt Ende había dejado todas las llaves puestas por fuera antes de mudarse. Y el matrimonio Karsov no las había tocado. Eso brindó a Milan muchas opciones y al final decidió encerrarlos en la lavandería.

«Viejo», fue el primer pensamiento de Andra al ver a Kurtchen acurrucado en el suelo. Había envejecido mucho desde que lo había visto por primera vez en su habitación de la residencia. Y muchísimo desde las fotos que le había hecho Günther cuando lo vigilaba.

Ya en aquel entonces Kurt Berg era un hombre pálido y tembloroso. Ahora, el cuerpo parecía quedarle una talla demasiado grande. La piel del mal afeitado cuello le colgaba como una tela arrugada. Y sentía miedo, Andra podía olerlo. En situaciones de estrés algunas personas emiten un extraño olor agridulce, como los perros. Kurt claramente se contaba entre ellas.

—Tendremos que esperar a que vuelva la mujer de Karsov —aventuró él.

—¿Y eso cuándo será?

—Quién sabe. Si tenemos suerte, en media hora. Si no, mañana por la mañana. O puede que mucho después. Cuando llegué se estaba marchando, fue ella quien me dejó entrar. Me dijo que no podía seguir en la casa, que no sabía si aguantaría ni una noche más.

—O sea que, en el peor de los casos, nos moriremos aquí de hambre.

—En el peor de los casos, somos dos de las personas que van a morir próximamente. Y no seremos los primeros.

«Fantástico.»

Andra se llevó la mano al bolsillo, un movimiento reflejo sin sentido porque Milan le había quitado el móvil.

—¿Eso es un desagüe? —Señaló una gruesa tubería gris que sobresalía de un muro.

Kurt asintió.

—Sí. Da al exterior. Pero, como ves, ahí no se puede esconder ni un gato. Y no tenemos herramientas, aparte de mis llaves. Así que, si estabas pensando en...

Ella se quedó como paralizada.

—Un momento, ¿qué acabas de decir?

—Que tengo las llaves en el bolsillo.

—No, la otra cosa.

«¡Esconderse!»

Kurt estaba tan confuso que no contestó, aunque tampoco fue necesario.

—¿Esto era la lavandería?

—Sí.

Ella recorrió con la mirada el techo y la pared opuesta a la puerta. Debido a la suciedad de los muros no se había fijado en que una fina grieta vertical recorría el nuevo tabique divisorio. Le había parecido una de las innumerables telarañas.

—¿La lavandería que tenía un conducto para la ropa sucia? ¿Donde Milan se quedó atascado?

—¿Te lo ha contado? —Mientras hacía la pregunta, Kurt asintió con la cabeza.

«Vale, no es una opción muy buena. Pero es la única.»

Andra se arrodilló y se desató las botas.

—¿Qué estás haciendo? —inquirió, perplejo.

—¿A ti qué te parece? —replicó, sacándose el jersey. Después se soltó el cinturón—. Me quito la ropa. Siento de verdad que tengas que verme desnuda. Pero vestidos jamás saldremos de aquí.

62

Milan

—Son las dieciséis horas, cuarenta y tres minutos.

Mientras escuchaba a Siri, Milan avanzaba con grandes dificultades a través de la nevada, que empeoraba cada vez más.

«Joder.»

Debido a los nervios, había cometido la estupidez de no quitarle a Andra las llaves del coche. Se había llevado su teléfono, pero no las llaves. Cuando se dio cuenta descartó volver a buscarlas porque se había cargado la cerradura del sótano para que no pudiera abrirse. Y por eso tenía que desafiar la ventisca en bicicleta. Sentía los auriculares en las orejas como cubitos de hielo que cada vez se enfriaban más.

Nevaba con gran intensidad. Caían enormes copos, de esos que de pequeño atrapaba con la lengua. Ahora le azotaban la cara y le impedían ver.

—Hoy no tienes ninguna reunión —informó la voz electrónica.

«¿Qué sabrás tú?»

Los programadores de Apple, Google y compañía quizá se creen que sus criaturas (Siri, Alexa y las demás) conocen a sus usuarios mejor que los usuarios mismos. Pero con Milan se equivocaban por completo.

Claro que tenía una reunión. Quizá la última de su vida.

Aquella inteligencia artificial con voz de mujer tampoco sabía que, desde el mismo momento en que había descolgado la bicicleta del garaje, Milan había abandonado la hora central europea. A partir de entonces se guiaría por la hora zulú.

El llamado tiempo universal coordinado lo utilizan los ejércitos en las guerras para evitar confusiones con las horas locales. Da igual estar en Estados Unidos, Irak, Rusia o Afganistán: la hora zulú es la misma en todo el planeta. También en Rügen, donde Milan se disponía a combatir contra un adversario cuyas intenciones comprendía menos cuanto más lo trataba.

«La playa del camping.»

Aquello tampoco era una casualidad. Jakob había elegido con gran cuidado el lugar para cobrar el rescate.

Yvonne y él se habían ido conociendo precisamente allí, entre Neu Mukran y Prora. Allí se habían bañado en las frías aguas, en verano casi de un azul turquesa. Se habían besado por primera vez bajo las duchas. En el quiosco de Freddy la invitaba a Coca-Colas que regaba con un chorri-

to de ron robado del mueble-bar de Kurt. Y allí se acurru-
caban en un viejo sillón de playa, de mimbre y con capo-
ta; un trasto medio podrido que nadie reclamaba y menos
aún en primavera, cuando allí hacía tanto frío como en oto-
ño en otros lugares. Era maravilloso arrebujarse en él entre
mantas, mirando al mar, perdidos en el libro que Milan había robado de la biblioteca del instituto.

C4P13p68P20p30, le vino a la mente. El código para:
«te quiero».

¿En algún momento pudo descifrarlo solo? Tras lo que
había dicho su padre, quizá Karsov tenía razón. Realmente había habido una época en que sabía leer. Antes del incendio. Antes de la caída.

«Antes de que me convirtieran en un incapaz.»

Sin embargo, por mucho que se empeñara, no lograba
acordarse. Y eso que su cerebro trabajaba con mayor intensidad que los demás músculos de su cuerpo, que ahora se
esforzaban al máximo para lograr cubrir aquel trayecto en
menos de media hora.

En el pasado, y con buen tiempo, esa distancia nunca
había sido un problema. Entre Lohme y Neu Mukran no
había ni dieciséis kilómetros. Pero jamás había hecho el recorrido en plena ventisca, ni con un equipaje como el que
cargaba ahora: la certeza de que le habían traicionado las
personas en quienes más confiaba.

Andra.

Su padre.

Y (lo peor de todo) él mismo.

¿Se había rendido demasiado pronto? ¿No debería haber regresado mucho antes para investigar a fondo lo sucedido?

«¿Por qué me resigné a mi destino?»

Siempre había creído que solo era el culpable de su analfabetismo. Por ser demasiado tonto, demasiado vago. Demasiado distinto a los «normales» que, por hache o por be (en sentido literal) se reían de él. Apenas había comenzado a ordenar sus pensamientos cuando abandonó la carretera para tomar el camino que, en el pasado, era la recta final hacia sus mayores ilusiones.

Encontrarse con sus amigos en la playa. Pasarlo bien. Besar a una chica.

Ahora, catorce años después, aquel camino lleno de baches solo era un callejón sin salida. Y Milan avanzaba sin frenos hacia aquel punto muerto, aunque solo con la mente.

Porque en realidad estaba parado. Se había bajado de la bicicleta y la había dejado caer sin más.

«Hora zulú», pensó.

«Pero ¿qué ha pasado aquí?»

Parecía la guerra. Aquello no era un camping, sino un campo de batalla. El Volvo, volcado, yacía de costado como un tanque derribado. Se apoyaba en una duna baja, con la puerta del conductor y el maletero abiertos. Los faros delanteros alumbraban algo que debía encontrarse detrás: la caravana. Estaba en la playa, paralela al mar. Vapuleada, pero aún sobre las cuatro ruedas.

«Una emboscada», pensó, mientras su mirada distinguía un bulto que realmente convertía la playa en el escenario de una guerra: una víctima. Sobre la arena húmeda, a unos diez metros de las olas.

No parecía que se pudiera hacer nada por aquella persona. Cuanto más se acercaba al cuerpo, más inerte se mostraba. Nadie con vida adoptaría esa postura totalmente descoyuntada, con la cabeza casi en la espalda y las piernas en una posición solo posible con las caderas rotas. Nadie con vida mantendría abierto el único ojo que le quedaba, bajo el azote de la nieve y la arena.

Se agachó y confirmó sus sospechas. Conocía a aquella mujer. Había estado con ella esa misma mañana. Aunque no le inspiraba ninguna simpatía, aunque lo había despreciado e insultado, le dolió verla así. ¡Solveig!

«¿Lo ves, papá? Soy capaz de sentir algo. No soy malo.
»No por naturaleza.»

Oyó cerrarse la puerta de la caravana. El viento debía de haberla movido.

«Aunque...»

¿No estaba ya cerrada?

¿Y no había percibido una sombra al agacharse junto al cadáver? La había tomado por un remolino de nieve, de los que oscurecían aún más la penumbra de la playa.

Al parecer estaba equivocado.

—¿Jakob? —Se dio la vuelta.

«No —pensó—. No es Jakob.»

No era su sombra la que se había metido en la caravana dando un portazo.

No podía ser Jakob.

Porque lo tenía delante.

Con la ropa empapada, no de nieve ni de lluvia sino de un líquido oscuro y viscoso. Un líquido que le manchaba la frente, las mejillas y la mano que empuñaba una pistola.

Resonó un disparo.

63

Lynn

—Mamá, ayúdame. Por favor.

Zoe rogaba en susurros. Tan bajito que no se la oía, porque el rugir de las olas y la ventisca atravesaba las finas paredes de la caravana. Pero Lynn, que acababa de cerrar la puerta, le leyó los labios.

—¿Qué pasa, llorona? ¿Estás suplicándole a tu madre?

«Qué asco.»

Era imposible que fueran de la misma carne y de la misma sangre. Inconcebible.

Le repugnaba que alguien de su sangre se comportara así. Que se resistiera a su destino sollozando a moco tendido. Descendían de una familia de luchadores, no de unos cobardicas que, ante una muerte segura, se humillaban como Zoe poniéndose de rodillas y temblando de miedo. Con las manos juntas como si rezara, como si Lynn fuera su salvadora y no su ejecutora.

—¡Levántate! —le ordenó.

En ese momento resonó un disparo fuera. Zoe, que estaba tratando de incorporarse, se sobresaltó. Mucho más que ella, que casi se lo esperaba.

Jakob era resistente. Al parecer, aún no había perdido suficiente sangre. La misma que a ella le goteaba de la mano.

«No pasa nada.»

Cuando le había sacado la navaja del vientre, un chorro de sangre había salido disparado contra el parabrisas. Lynn esperaba que moriría rápidamente y levantaría el pie del acelerador. Pero, en sus espasmos, lo había pisado como un loco.

El coche, tras perder el control, había volcado. Por suerte la caravana se había soltado antes de que eso sucediera. Había seguido rodando hasta deternerse a pocos metros de la orilla.

En una película todo habría saltado por los aires. No solo los malditos airbags, que le habían dificultado mucho bajarse por la puerta del copiloto. Al pensarlo, sonrió satisfecha. Porque todo estaba saliendo a la perfección. Las magulladuras y los cortes le venían de perlas. Además, el Volvo no estaba del todo destrozado y los faros le alumbraban el camino a la caravana. «El camino a Zoe.»

Y la sangre de Jakob la empapaba de la cabeza a los pies, como si se hubiera duchado con ella.

Todo estaba saliendo según lo previsto.

—Por favor, no lo hagas —suplicó Zoe, horrorizada al verla empuñar la grapadora neumática. Y eso que aún no sabía que ocultaba una navaja en el bolsillo trasero.

—¿Jakob te grapó la mano derecha o la izquierda? Se me ha olvidado preguntárselo y ya no voy a poder, ahora que está muerto.

—¿Muerto?

—Pues sí. —Se fijó en los jirones de vendaje que le quedaban en el pulgar izquierdo y luego murmuró para sí—: En realidad, qué más da.

Apretó los dientes y se disparó una grapa bajo la uña del pulgar izquierdo, tal como Jakob había hecho con Zoe.

Sintió un súbito ardor, como si se hubiera clavado una espina en llamas. Después, pasado el primer sobresalto, una oleada de dolor le arrasó el cuerpo. No pudo soportarla sin gritar.

«Joder. No voy a aguantar otra sin desmayarme.»

—Pero ¿qué haces? —chilló Zoe, aún de rodillas.

—No quiero que parezca que Jakob te torturó solo a ti —contestó simple y llanamente. Le castañeteaban los dientes y el dolor le recorría el cuerpo como la fiebre.

«Hay que sacrificarse por la familia, ¿no?»

Se miró el dedo y se sorprendió de no encontrarlo tan grande como el dolor. Al menos como una pelota medicinal. O como una bola de bolos.

«No importa.»

Contuvo un momento la respiración, intentando luchar contra el dolor y preguntándose qué significaba eso. Después decidió que, con torturas o sin ellas, no podía esperar más. Se arrodilló junto a Zoe.

—Y ahora tú —anunció, arrojando la grapadora y sacando la navaja del bolsillo.

64

Jakob

Ahora los comprendía. A quienes antes había considerado idiotas y mentirosos.

Ahora sabía por qué algunas personas afirmaban haberse enfadado cuando las «trajeron de vuelta». Personas reanimadas al filo de la muerte, que ya habían visto la luz y saludado a amigos y familiares que les flanqueaban el camino.

Cuando el dolor del vientre se convirtió en una explosión de luz y ya no sentía más que completa paz y tranquilidad, tuvo una experiencia cercana a la muerte que lo transportó a uno de sus recuerdos juveniles más bonitos.

«Y ahora ha desaparecido.»

De nuevo debía soportar la horrible frialdad de la vida, con la cara azotada por la nieve y la mano aún entumecida por el retroceso de la pistola. Entonces se le ocurrió que, durante los que parecían los últimos segundos de su vida, quizá el viento le había hecho rememorar aquel viaje en moto. A Solveig, que se le pegaba al cuerpo y le acariciaba los muslos mientras conducía, muy cerca de la erección que le levantaba el pantalón. Viajaban juntos en dirección a Lohme. A buscar a su hija Yvonne, quien mantenía a Milan tan entretenido que este no contestaba al teléfono. Por lo que Solveig no podía avisarla de que se había dejado las llaves dentro de casa.

«¡Qué gran suerte!»

Jakob miró a un lado, al Volvo volcado con los airbags deshinchados y manchados de sangre. Seguramente el olor de la reacción química que los hacía saltar había despertado el recuerdo del humo. Y por eso la película había dado un salto adelante, hasta el momento en que se habían encontrado a Yvonne corriendo en su dirección por la carretera.

«¡Para, hija!», rogó Solveig. Cuando se aproximó, ambos quedaron sorprendidos al ver su estado.

No llevaba blusa. Solo un sujetador, cosa que a Jakob le pareció muy bien a la vista de sus pechos turgentes. Pero aquello no era normal, hacía demasiado frío. Además, estaba sollozando.

Mientras Solveig, muy preocupada, la acosaba a preguntas («¿Qué ha pasado?» «¿Te ha hecho daño?»), Jakob recorrió el camino hacia la casa que le había indicado.

«La casa de Kurt y Jutta Berg.»

Una luz extraña y temblorosa salía por la ventana del salón y la puerta estaba abierta. Cuando entró en el zaguán, notó el olor a madera quemada pero aún no había humo (al menos no en aquel recuerdo). Quien sí aparecía era Milan. Lleno de granos y con el pelo largo. Perseguía a Yvonne, descalzo y con los vaqueros a medio abrochar.

«¿Quién eres? —le preguntó a Jakob. Al no obtener respuesta, añadió—: ¡Lárgate!»

Una ofensa que Jakob no podía permitir, de modo que le arreó un puñetazo en la cara.

Y entonces venía la mejor parte: Milan se desplomaba hacia atrás. Sin tratar de agarrarse ni de protegerse, caía limpiamente a través de la puerta del sótano de aquella casucha. Los golpes, crujidos y chirridos eran maravillosos; se oía un estrépito sordo y su cuerpo acababa tirado al pie de la escalera.

Por desgracia, aquella fantástica escena no se reproducía en bucle. Dejó paso a otro recuerdo. «O quizá a la muerte.»

Pero la muerte no parecía interesada en Jakob. Se había reanimado con el viento, que le golpeaba la cara como un trapo mojado. También se reavivó el dolor, tan lacerante que no creía poder soportarlo ni un segundo. Sin embargo, sabía que aguantaría aún menos una vida entre rejas.

Lynn, «esa zorra codiciosa», pretendía quedarse con todo el dinero. «Eso tiene un pase.» Pero al menos tendría que haberse molestado en hacerlo bien. Apuñalarlo dos o tres veces. No dejarlo a medias. «Joder.»

Si se quedaba en el coche, lo encontrarían y lo curarían lo bastante para mandarlo a la cárcel.

«Ni hablar.»

Ese pensamiento le dio fuerzas para salir del vehículo con la intención de vengarse.

Pero descubrir a Milan agachado junto al cadáver de Solveig obró el verdadero milagro de la resurrección. Al menos durante un momento. Logró incorporarse, sacar la pistola de la funda del cinturón y descerrajarle un tiro en el pecho en cuanto se dio la vuelta.

El analfabeto salió disparado hacia atrás. Como si en lugar de una bala lo hubiera alcanzado una mano invisible que lo levantase y lo lanzara hacia atrás.

—¿Por qué? —susurró Milan con la cara desencajada de dolor cuando se agachó a su lado.

No entendía lo que pasaba. Jakob sintió una gran satisfacción.

—Porque no voy a consentir que Lynn me engañe. —Le apretó el cañón contra la frente—. Si yo no me llevo nada, ella tampoco.

A Jakob le pareció percibir un relámpago antes de disparar, y eso fue su perdición.

No podía ser.

Miró hacia arriba, luego hacia atrás. Se apartó a un lado y entonces comprendió que no se trataba de una descarga eléctrica.

Tuvo que reírse.

El relámpago regresó. La experiencia cercana a la muerte solo se había interrumpido por un momento. Seguía sufriendo los espantosos dolores que irradiaban del vientre. Pero de nuevo veía la luz.

No avanzó hacia ella. Porque la luz se abalanzaba sobre él.

Rápida. Despiadada. Rugiente.

Y esa vez no hubo regreso.

Porque fue definitivamente mortal.

65

Andra

Se lanzó sin piedad y él se quedó completamente inmóvil, como si llevara botas de plomo.

Y plomo en los puños. Porque ni siquiera levantó el arma para tratar de alcanzarla. O para disparar a los neumáticos. Por eso, en el último momento, justo antes del impacto que hizo añicos el parabrisas, Andra se planteó si dar un volantazo o frenar. Pero había visto cómo le ponía a Milan una pistola en la frente.

«Es él. Es el asesino. Va a matarlo.»

Desconocía las intenciones de aquel loco, pero era su única oportunidad. Una fracción de segundo antes de la tragedia.

No intentarlo sería una sentencia de muerte.

«Si no para mí, desde luego lo sería para Milan.»

Jakob incluso le hizo el favor de apartarse un poco, de modo que solo lo atropelló a él, sin rozar a Milan.

Primero se le destrozaron las rodillas, luego se dobló en

dos por las caderas como un muñeco y, finalmente, la cabeza chocó contra el parabrisas. Y mientras los objetos sueltos salían disparados por el habitáculo (el bolso, una botella vacía de agua con gas, el maldito libro para descifrar el código), Jakob cayó bajo las ruedas. El coche frenó con un fuerte chirrido de neumáticos.

—¿Milan?

Se desabrochó el cinturón, abrió la puerta y gritó sin cesar el nombre contra el viento huracanado. En su carrera tropezó con unas piernas. No podían ser de Jakob, que había quedado bajo el vehículo.

«Dios mío, ¿a cuánta gente he atropellado?»

Se fijó en el pantalón deportivo, que le resultó conocido, y entonces comprendió que se trataba de Solveig. También muerta. Pero no podía entretenerse. No en ese momento, en el que quizá...

—¿MILAN?

Se arrojó a su lado en la arena. Descalza, porque solo le había dado tiempo a ponerse lo imprescindible.

—Mierda, Milan, no me hagas esto.

Vio el tiro en el pecho... O más bien en el hombro, hacia la parte externa. Era una buena señal. Al igual que el pulso, que ya había encontrado. Y que el movimiento de los labios.

—¿Cómo has...? ¿Por qué...? —balbució él. Le temblaban los párpados.

«¿Cómo he salido del sótano? ¿Por qué sabía que te encontraría aquí?»

—Luego te lo explico.

No era el momento de contarle que había recordado su historia: que a los once años había quedado atrapado en el conducto de la ropa sucia y se había desencajado el hombro intentando salir. Resultó que el conducto continuaba allí, oculto por una fina lámina de pladur. Kurt se las arregló para dejarlo al descubierto. Ella se quitó la ropa para no quedarse atascada al trepar por el interior del tubo que unía las distintas plantas de la casa.

—¿Cómo...? —repitió Milan.

—Vi huellas de bicicleta en la nieve, delante del garaje —decidió contestar. Notó que estaba a punto de desmayarse y debía mantenerlo despierto—. No podías ir muy lejos. Sabía que Jakob te citaría en un lugar importante para ti. Todos los sitios donde hemos estado tenían algún significado.

Kurt le había indicado tres lugares que habían sido importantes durante la infancia de Milan. A uno de ellos acudía en bicicleta siempre que podía.

—¿Aquí quedabas con Yvonne? —le preguntó suavemente.

Él asintió con un gesto e intentó incorporarse.

—No. Quédate tumbado. He llamado a la policía. En cualquier momento llegará la ambulancia para...

De pronto se interrumpió.

Al igual que Milan, había oído un chillido.

Agudo y desgarrador. Rebosante de pánico a la muerte.

Un chillido que habría resonado mucho más fuerte y lastimero de no haberse producido a diez metros de distancia, en el interior de la caravana.

66

Milan

Andra lanzó un grito al ver la escena que los esperaba en el remolque.

«Joder, hemos llegado tarde», pensó Milan mientras ella regresaba al coche en estado de shock.

«Esto la sobrepasa.»

Si era sincero, también él deseaba irse. «Largarme.» De la caravana. Del infierno.

«Sangre.»

Más que en un matadero.

Veía cuerpos, armas, pelo, sangre. Demasiada sangre. Como regada con cubos sobre las inmóviles figuras entrelazadas. Unidas en la agonía.

—¿Zoe? —susurró.

Prefería que no lo oyera. Si gritaba y no obtenía respuesta, sabría que ya no quedaba esperanza: ni salvación ni explicación posibles. Aquel viaje a través de la locura habría desembocado en una pesadilla incomprensible.

Sin embargo, percibió movimiento en uno de los cuerpos. El que estaba encima. Se movía. Levantó un poco la cabeza y se apartó del otro cuerpo, claramente sin vida: tenía una navaja clavada en el pecho hasta la empuñadura.

Milan se tocó de manera automática la herida; la bala había entrado y salido. Aunque era urgente tratarla, había cosas más importantes. Una persona que se movía. Respiraba. Abría los ojos. Y lo miraba.

—¿Zoe?

Era ella, sin duda. A pesar de la sangre. A pesar de las lágrimas y de las babas, del tormento que le desfiguraba la cara.

La habría reconocido entre un millón de un solo vistazo.

Era igual que la chica de la foto que encontraron junto al teléfono de la villa abandonada.

«Zoe, verano en el lago.»

Obviamente, había crecido. Aquel día, en las últimas horas, había envejecido varios años.

«Por fuera tendrá trece años.» Pero por dentro había soportado el tormento de varias vidas.

Sin embargo, bajo aquel exterior torturado se escondía la chica rubia de ojos melancólicos cuya mirada había establecido un vínculo emocional con él.

«Un lazo común tejido de crueldades psicológicas.»

Lo había percibido desde la primera vez que la vio, el día

anterior. En el puente, en el asiento trasero del Volvo. Había leído el peligro en su rostro sin entender su mensaje de socorro. Lo que entonces no podía imaginarse era que aquel peligro sería tan grave, tan siniestro y tan brutal.

—Estoy aquí, estoy aquí —trató de calmarla.

Se arrodilló a su lado y la apretó contra su pecho. Al sentir los latidos de su corazón, le pareció que el dolor del hombro se mitigaba.

—Todo irá bien.

Odiaba usar esa frase manida pero ¿qué otra cosa podía decir? ¿Qué palabras podían aliviar tanto dolor y desesperación? Ningunas.

—Dios mío, ¿qué os ha hecho?

—Jakob... —sollozó la chica.

Él asintió con un gesto.

Aquel cerdo las había matado a todas.

«A la mujer del aseo de minusválidos. A Solveig. Y para acabar, a...»

—¿Es tu madre? —preguntó, señalando el cadáver con la mirada.

Ella asintió con la cabeza. Y sollozó. Y volvió a asentir. Y le descargó todo su dolor en el hombro.

—Yo... Yo...

—Chsss. —Intentó tranquilizarla, pero no sirvió de nada—. ¿Qué pasa? ¿Qué intentas decirme?

Trató de aflojar el abrazo para comprobar si estaba herida o la sangre era de su madre.

O de él mismo.

—Tuve que... La navaja...

Estaba al borde del ahogo. Jadeaba como después de correr un sprint. O una maratón contra un psicópata.

—¿Qué pasa con la navaja? Zoe, cuéntamelo.

Ella negó con la cabeza.

Y después pronunció la frase que lo cambió todo, aunque Milan en aquel momento no lo comprendió. No era capaz de hacerlo.

—No me llamo Zoe.

67

Milan parpadeó, perplejo. Tenía el estómago hecho un nudo y el sudor le perlaba la frente. Debía de ser por la herida, no podría ignorarla mucho más tiempo.

—Me llamo Lynn.

—Pero...

«¿Cómo puede ser?»

Por un momento se sintió enfrentado a otro enigma sin solución. Sin embargo, se le ocurrió una pista.

«¡La foto!» Habían dado por hecho que en el reverso aparecía el nombre de la niña. Pero ¿por qué anotar algo tan evidente? La escritura era muy infantil. No, se trataba del nombre de la fotógrafa: su madre, Zoe. Milan se apartó de la chica y avanzó de rodillas hasta el cadáver.

Le tomó la mano. Le apartó de la cara el pelo empapado de sangre. Al levantar el velo de la muerte, la reconoció.

«¡No!», exclamó para sí. Sobrecogido por la tristeza, fue incapaz de gritar.

Llevaba catorce años sin verla y en aquel tiempo había

cambiado. Sin embargo, y a pesar de sus ojos desorbitados (asombrados, confusos, desencajados en un grito como la boca), la reconoció: Yvonne. Su primer gran amor. La primera chica que le permitió besarla, acariciarla, tocarla. Yvonne, que abandonó su propio nombre para ponerse uno nuevo. «Zoe». Como la heroína del libro. Un libro que fue la base de su código amoroso secreto y que, años después, había utilizado para pedir auxilio.

—Es Yvonne... —murmuró, abrazando de nuevo a la chica—. Yo la conocí con ese nombre.

—Lo sé —sollozó Lynn—. Me hablaba mucho de ti.

—¡Oh, Lynn! ¡Lo siento tantísimo! —La emoción lo superaba.

Ansiaba cerrar los ojos y abandonarse al desmayo que llevaba ya mucho rato asomando a la puerta de su conciencia. Sin embargo, el odio comenzó a brotar de Lynn después de que la llamara por su nombre. Primero en balbuceos, luego tartamudeando y después con verdadera rabia, estalló:

—Jakob nos torturó. Le cortó un dedo a mi madre y a mí me grapó el pulgar. Mira. —Levantó la mano sanguinolenta—. Es malvado, perverso.

—Lo sé.

—Ha apuñalado a mi abuela Solveig. Y mi madre... —Intentó separarse de Milan, pero él no la soltó. Ella continuó, entre sollozos—: Me ordenó que me sentara con él, en el asiento del copiloto. Entonces descubrí la navaja. Se la clavé en el vientre, por eso el coche volcó. Después, cuando busqué a mi madre, me la encontré aquí tirada. ¿Está muerta?

Le clavó los codos para apartarse. Como el dolor de la herida era insoportable, Milan tuvo que ceder.

—¿Mamá está muerta? —repitió. A él se le rompió el corazón—. Dios mío, ¿he sido yo? ¿La he matado al provocar el accidente?

—No, claro que no —la tranquilizó.

Se paró a pensar. Sus próximas palabras eran de vital importancia. Debían sonar creíbles y convincentes para que el trauma que la chica sufriría no resultara insuperable.

Ella necesitaba esperanza. Saber que alguien la creía. Y que no era culpable.

—No, Lynn —repitió, mientras las sirenas se acercaban. Un ejército de coches patrulla que llegaba demasiado tarde. La batalla había terminado—. Has hecho lo correcto.

Las luces rojas y azules se colaban por las sucias ventanas de la caravana. La oscuridad se rasgó al abrirse la puerta.

—Es Jakob quien ha matado a tu madre —acertó a decir, antes de sentir que una mano se le posaba en el hombro—. Ya estaba muerta cuando la encontraste. Tú no tienes la culpa de nada —logró terminar.

Y después perdió el conocimiento.

68

Lynn, tres horas después

La agente de pelo rizado que entró en la sala de curas trajo consigo una oleada de olor a tabaco y a aire húmedo.

—Siento molestarte, Lynn —se disculpó, tras presentarse con dos nombres propios. Aunque sin duda el segundo sería más bien su apellido.

Annegret Frauke, comisaria de la Brigada de Homicidios. Todo el mundo trataba a Lynn como a una figurita de porcelana. Desde los amables sanitarios que la trasladaron de la ambulancia a la entrada de urgencias hasta la doctora con sobrepeso y voz ronca que le había curado el dedo y que luego tuvo que quitarse toda la sangre de encima. Ahora, también Annegret Ricitos se esforzaba por comenzar el interrogatorio con toda la consideración del mundo.

—No voy a tardar mucho. Y luego por fin podrás descansar.

De pronto pareció darse cuenta de que el olor del cigarrillo que acababa de fumarse se le había pegado al pelo y a la chaqueta de cuero. Abrió la parte superior de una ventana oscilobatiente por la que Lynn ni se había asomado. Fuera estaba oscuro; sus pensamientos ya la distraían lo suficiente. Pensamientos positivos que la llenaban de alegría.

—¿Puedo?

La comisaria acercó una silla pero enseguida comprobó que no era buena idea. Lynn estaba sentada en la alta camilla, con las piernas colgando y vestida con un camisón de hospital. Al ocupar la silla, Annegret le quedaría a la altura de las rodillas y no podría mirarla a los ojos. De modo que colocó la chaqueta en el respaldo y permaneció de pie. Con expresión comprensiva, empezó a hacer unas preguntas muy bien intencionadas pero del todo ridículas.

—¿Cómo te encuentras?

«A ver, déjame que piense. Oficialmente he perdido a mi madre Zoe y a mi abuela Solveig, asesinadas por el psicópata de mi abuelo Jakob. ¿Cómo crees que me siento?»

—¿Podemos llamar a alguien?

«Pues claro, este es un país libre. Llama a quien quieras.»

—¿Tienes familiares a quienes podamos avisar?

«Claro que sí. Te diré sus nombres. Y ya que estamos, te confesaré que he sido yo quien ha matado a mi madre, y no Jakob.»

Por supuesto, se guardó las respuestas. Hasta la siguiente pregunta:

—¿Sabes dónde podemos encontrar a tu padre?

Entonces susurró con tristeza:

—Me imagino que donde estéis llevando todos los cadáveres.

La comisaria abrió mucho los ojos y empezó a juguetear con uno de los rizos sin darse cuenta. «Podría ser muy mona», pensó Lynn. Si dejara de estropearse la piel y los dientes con el tabaco. El trabajo y el estrés no podían haberle apagado el cutis tan deprisa. Apostaría cualquier cosa a que, en su carrera de policía de provincias, jamás se había encontrado con un caso tan truculento como aquel.

—¿Quieres decir que...?

—Que Jakob Ende es mi padre. Sí. Mi madre...

Tuvo que callarse para que la risa no la traicionara. La comisaria interpretó sus labios temblorosos y la voz rota como señales de un ataque de llanto y le cogió cariñosamente la mano.

—Mi madre me lo contó —continuó—. Jakob la violó. Yo soy el resultado.

Se sorbió los mocos y esbozó una sonrisa. El aire frío que se colaba por la ventana la hizo tiritar. Y eso le iba de perlas a su personaje.

—La violación y el hecho de tener que vivir con él la destrozaron. Se volvió loca, eso me decía mi abuela. Sin ningún motivo, de un día para otro, se cambió el nombre de Yvonne a Zoe. Creo que a eso lo llaman «fuga de la realidad» —añadió, con un deje sabihondo.

La agente suspiró, cargando el aire de más olor a tabaco. Después se excusó y abandonó la sala. En cuanto cerró la puerta, a Lynn se le escaparon unas risitas. Tuvo que morderse el puño para no estallar en carcajadas.

Era increíble lo bien que le estaba saliendo el plan. Desde que pegó el mensaje de auxilio en la ventanilla del Volvo hasta que Milan le aseguró que ella no tenía la culpa de nada. Bueno, en una ocasión exageró un poco y casi lo echa todo a perder. Fue en el motel, cuando llamó a Milan desde el baño para hacerse la pobrecita niña secuestrada. Había sacado a Jakob de sus casillas. «Pero ¿quién le mandaba espiar?» Los celos son una emoción que persigue con ansia lo que desea la pasión. Se lo había buscado él solito. «El muy idiota.»

En general, constató Lynn muy satisfecha, había conseguido cuanto se había propuesto.

La puerta se abrió dando paso de nuevo a la comisaria Ricitos. La acompañaba la doctora Paulsen, la mujer que le había curado el dedo. Era una señora muy maternal, de grandes cartucheras y mucha papada. Las dos esbozaban esa sonrisa que ponen los médicos para convencer a los pacientes de que algo es por su bien, pero no les hará la menor gracia.

—¿Darías tu consentimiento para una prueba de paternidad? —preguntó la agente.

—¿Por qué no? —contestó ella, reprimiendo otra risotada.

Un palito con algodón en la boca. El procedimiento fue muy rápido y por completo indoloro. «Qué pena.»

También en ese sentido era muy distinta a todo el mundo.

Le agradaba masticar papel, algodón o lana. Incluso le gustaba que el médico le hiciera sacar la lengua e introdujera el depresor hasta producirle arcadas. Le habría encantado que la doctora Paulsen le hurgara la garganta con el hisopo.

—Tardaremos una semana en tener el resultado —informó esta, guardando el palo dentro de un tubito.

Lynn se encogió de hombros.

—¿Y ahora qué va a ser de mí? —soltó, porque era la pregunta que haría una huerfanita desvalida.

La agente y la doctora la miraron con lástima. Tuvo que reprimir el impulso de reírse en su cara. Pagaría por ver su reacción: la misma incomprensión profunda que asomó a los ojos de Jakob cuando le clavó la navaja.

—Ay, pobrecita. —Suspiró la médica, acariciándole el pelo—. No puedo ni imaginarme todo lo que has pasado.

«De eso puedes estar segura.»

—Y por desgracia aún no ha terminado —añadió la comisaria.

«Eso espero.»

—Lo más seguro es que los servicios sociales se hagan cargo de ti. Ya los hemos avisado.

Asintió con la cabeza. Aunque por fuera parecía destrozada, por dentro saltaba de alegría.

Todo avanzaba según el plan. Se moría de ganas de completarlo. «Y ya queda muy poco», pensó, mientras la doctora volvía a acariciarle el pelo.

«Ya no queda nada.»

Tan solo debía morir una persona más.

69

Milan, treinta y dos horas después

«¿Qué es lo que mantiene unido al universo?»

En su sueño, Milan volvía a tener catorce años y se encontraba tirado al pie de la escalera con el cráneo fracturado. Una figura se inclinaba sobre él con un libro en la mano, idéntico al que había robado de la biblioteca.

Como solía suceder en sus sueños, aquel tomo gris lo llenó de inquietud. Porque estando inconsciente podía hacer algo de lo que su cerebro era incapaz en la vida real. Sabía leer.

«El regalo —ponía en la cubierta—. Novela de aventuras.»

Recordó la frase final de la contraportada. Su padre la había citado inadvertidamente en su última conversación: «A veces la ignorancia es el mejor regalo». De eso trataba el libro. Los niños se inventaban un lenguaje cifrado para contarse sus secretos y mantener a todos los demás en la ignorancia.

La historia se cerraba con un final triste. Porque el último secreto que el protagonista revelaba a su amiga era que estaba enfermo de gravedad y no tardaría en morir. De pronto, ya no se trataba de la ignorancia de los demás. Al final, Zoe deseaba disfrutar también de ese regalo.

«¿Milan?»

La mujer (la figura era claramente una mujer) abrió el libro y se lo puso casi en la cara.

«Fausto. Primera parte de la tragedia», leyó él. Se fijó en que su voz sonaba aguda y afilada, como una esquirla que le arañaba el cerebro.

«A Zoe no le apetecía nada la clase de Literatura, ni plantearse preguntas manidas y evidentes como qué mantiene unido al universo. "Es la maldad —le habría contestado a Goethe si hubiera podido—. Lo que nos une es la maldad, y la lucha contra ella."»

«¿Yvonne?», preguntó, reconociendo los contornos de aquel rostro. Como él, también su antigua novia volvía a ser adolescente. Ella sonrió, pero negó con la cabeza.

«Me llamo Zoe», contestó cerrando el libro con un golpe sordo que desencadenó sonoros truenos. Estos aumentaron de intensidad como un alud; las vibraciones le sacudieron el cuerpo, lo agitaron y zarandearon hasta que la cabeza y la herida del hombro chillaron de dolor tan fuerte como él mismo. Lo despertaron sus propios gritos.

—¿Señor Berg?

Bañado en sudor, abrió los ojos. Distinguió sobre él una cara desconocida que al momento desapareció de su campo visual. Tuvo que cerrar los párpados porque, al apartarse la cabeza, quedó expuesto a la fuerte luz del techo.

—¿Dónde estoy?

Se percató de que yacía tapado en una cama y solo llevaba puesto un camisón. Al menor movimiento sentía como si le arrancaran el vendaje y le echaran ácido en la herida.

—En el hospital Sana-Klinik. Lo han operado. Todo ha salido bien.

—¿Es usted médico? —preguntó, incrédulo.

Aquel hombre alto de pelo blanco algo ondulado llevaba un carísimo traje de mil rayas, hecho a medida. Los gemelos, que relucían recién pulidos, seguramente eran de platino y no de vulgar plata. Olía a un aftershave amaderado y acababa de hacerse la manicura. Solo las arrugas de preocupación de la frente lo salvaban de parecer un ricachón presumido.

—Me llamo Robert Stern. Soy abogado.

—Yo no he avisado a nadie.

Además, Milan jamás podría permitirse los servicios de un hombre con ese aspecto.

—Me ha contratado su jefe, Harald Lampert.

«Hulk.»

Cerró los ojos e intentó pensar.

Pensó en sus huellas dactilares por todas las partes del cadáver abandonado en el bosque, dentro del maletero del coche. Pensó en los testigos que podrían haberlo visto con Solveig antes de su asesinato. En Andra, que seguramente no sería su mejor defensora después de haberla atado, amenazado y encerrado en un sótano con su padre. Pensó en la sangre que le empapaba la ropa. Y, por supuesto, en Jakob, que le había pegado un tiro.

—¿Estoy muy hundido en la mierda? —preguntó al abogado.

—No tanto que no pueda salir. Ya he defendido a clientes así.

«Debo esperar», se dijo. Bajó un poco la cabeza, el único movimiento que le resultaba medianamente soportable, y comprobó que no había más pacientes en la habitación. Mirar por la ventana no le sirvió de nada. Estaba negra como una televisión apagada. En aquella época del año, podía ser primera hora de la mañana, media tarde o noche cerrada.

—La verdad es que no entiendo lo que ha pasado —confesó Milan.

—Lo mejor será que me conteste a unas preguntas antes de que yo le dé mi versión.

—¿Qué quiere saber?

El abogado acercó una silla y abrió un maletín de cuero.

—Empecemos por lo más importante: ¿quién es Jakob Ende?

«¿Quién es el sádico que me ha convertido en el juguete de sus perversidades?»

—No lo había visto nunca, hasta que se me plantó delante y me pegó un tiro.

Stern sacó una carpeta marrón del maletín, la miró brevemente y luego expuso:

—Jakob Ende se mudó con su padre de Berlín a Rügen a los catorce años, tras el fallecimiento de su madre. Eso fue muy poco antes de que usted abandonara la isla en dirección contraria. El padre de Jakob, Frank-Eberhardt Ende, compró y reformó su casa tras el incendio. Esta es la primera conexión entre ustedes. El dinero para la compra y la reforma provenía del seguro de vida de su esposa.

—¿Hay más conexiones?

—Jakob se casó hace doce años con Solveig Schlüter, un matrimonio que dio mucho que hablar. Por un lado porque Solveig se divorció de su marido, que era un hombre muy apreciado en la zona. Y por otro, debido a la diferencia de edad. Jakob fue jornalero toda la vida e iba siempre muy justo de dinero. El alcohol y las drogas destrozaron la familia. Solveig renunció a su trabajo a media jornada en un supermercado para ocuparse de su hija embarazada, Zoe, a la que usted conoce bien.

—Se llama Yvonne —susurró Milan, como para sí.

—Eso pone en su partida de nacimiento, efectivamente. Pero ya nadie la llama así. Al parecer, desde que nació su hija Lynn, insistió en cambiar su nombre por el de Zoe. A los quince años la pillaron robando pañales, su primer y único arresto. En el interrogatorio declaró que solo el padre de la niña comprendería por qué se había cambiado de nombre.

«Zoe. La protagonista del libro.» En griego clásico significaba: «El hecho mismo de la vida, común a todos los seres vivientes».

Stern necesitó revisar el informe para refrescar la memoria.

—Al principio continuaron en Sassnitz pero, tras el divorcio, Solveig se vio obligada a dejar la casa. Acabaron viviendo todos juntos en un camping: Jakob, Solveig, su hija Yvonne alias Zoe y la niña de esta, Lynn. Asuntos Sociales conocía sus condiciones de vida pero, al parecer, nunca fueron tan precarias como para quitarles la custodia de las menores.

En el pasillo se oyeron chirriar las ruedas de algún aparato que alguien transportaba de una sección a otra del hospital. Quizá un respirador o un electrocardiógrafo. O simplemente el carrito de la comida.

—Por lo que parece, Jakob terminó yendo por el mal camino —continuó el abogado—. Conozco a un agente en la policía, y me ha informado bajo cuerda de lo que saben hasta el momento.

—¿Y qué es?

Otro vistazo al informe.

—Jakob Ende obligó a Zoe y a Lynn a participar en un plan para obtener de usted una elevada suma de dinero. Les demostró que iba en serio para asegurarse de que cooperaran: las torturó. A Zoe le cortó un dedo. A las dos les incrustó grapas industriales en los pulgares con una grapadora neumática.

Milan apretó los dientes. Había oído aquellas torturas por teléfono.

—Para que usted lo encontrara, dejó el dedo amputado en un área de servicio. Allí tuvo que eliminar a una testigo. Su plan para que usted viniera a Rügen funcionó. Sin embargo, el pago del rescate se frustró casi en el último momento. Cuando quiso librarse de sus víctimas, Lynn se resistió y consiguió causarle una herida considerable, aunque no mortal. Como consecuencia, el vehículo en el que viajaban perdió el control. Con sus últimas fuerzas, Lynn consiguió llegar a la caravana, donde estaba su madre, pero la encontró gravemente herida. Murió en sus brazos.

Milan cerró los puños.

—Esa chica ha pasado por un infierno —dijo, con una mezcla de rabia y tristeza.

—Así es. En fin, señor Berg, de entre las preguntas que pronto le harán en el interrogatorio, hay una que me interesa mucho.

—¿Cuál?

—¿Tiene idea de por qué Jakob Ende lo eligió precisamente a usted?

«Sí. Por desgracia.»

—Solveig aseguraba que yo soy el padre de Lynn —contestó.

Stern puso cara de póquer.

—No era la única. Mi bufete cuenta con detectives privados, señor Berg. Hemos aprovechado el tiempo que ha pasado recuperándose de la operación para investigar un poco. En el vecindario aún quedan algunas personas que recuerdan el incendio. Por ejemplo, su compañero de instituto, Martin Spokowski.

«El Babas. Estupendo —pensó con sarcasmo—. Después de lo que pasó en el hotel dudo que me firme un certificado de buena conducta.»

—Según él, ya entonces corrían rumores. Yvonne, es decir Zoe, afirmaba que usted la había violado la noche del incendio.

Milan intentó incorporarse. El dolor provocado por el movimiento contribuyó a empeorar su ánimo.

—Eso no me lo creo. ¿Hay documentos oficiales? ¿Fue a la policía?

—No, y tampoco se abrió ninguna investigación. Sin embargo, con el incendio fue distinto. Se verificaron varias insinuaciones anónimas de que lo había ocasionado usted. Y, con él, la muerte de su madre. La investigación concluyó sin ningún género de duda que las llamas se extendieron debido a una sudadera arrojada a la chimenea. Lo que no llegó a esclarecerse es quién la lanzó y si la manga que sobresalía se dejó así a propósito.

«No es de extrañar.»

—Fue un accidente —afirmó Milan—. No soy culpable de la muerte de mi madre. Y de ningún modo soy el padre de Lynn.

—Muy bien.

Stern devolvió la carpeta al maletín y se levantó.

—¿Se puede saber qué le parece «muy bien» de todo esto?

—Que sus declaraciones coinciden con las del profesor Karsov.

—¿Karsov?

Confuso, Milan vio que el abogado se disponía a salir de la habitación.

—¿Qué le ha dicho ese loco? —le gritó antes de que se fuera.

Stern llegó hasta la puerta, la abrió y le hizo un gesto a alguien que esperaba fuera.

—Pase, por favor. —Se volvió hacia Milan—: El profesor Karsov me ha pedido que le permita explicárselo él mismo.

70

El viejo entró apoyándose en Stern. En su actual estado de fragilidad, era un milagro que los médicos le hubieran permitido levantarse de la cama.

Antes de que dijera una sola palabra, Milan comprendió que su debilidad no se debía únicamente al intento de suicidio. Algo lo carcomía por dentro. La culpa era como un gusano que le devoraba las fuerzas y la voluntad.

Como era de esperar, su primera frase fue: «Lo siento». La pronunció mientras se sentaba en la silla junto a la cama. El abogado se mantuvo algo apartado de ambos, junto a la puerta del baño.

—¿Qué demonios hace aquí? —le espetó Milan al profesor.

—Cometí un error. Lo siento mucho. Muchísimo.

—Me incapacitó —lo acusó; aunque su voz sonaba más enfadada de lo que realmente estaba. Tan solo sentía un inmenso agotamiento.

—Es cierto... Me obnubilaron mis propias teorías.

Ese era el problema de muchas personas, pensó Milan. No comprendían por qué estaban en el mundo, pero se empeñaban en que su vida tuviera sentido. Y para asegurarse de que así fuera, destruían las vidas de los demás. No con maldad, pero sí mediante un plan deliberado. Porque el infierno no solo está empedrado de buenas intenciones, sino también de las acciones ciegas con que se llevan a la práctica... y que originan grandes sufrimientos con absoluta buena fe.

—Estaba convencido de que usted era un buen candidato.

«Maltratar animales.

»Jugar con fuego.

»Mojar la cama.»

—En aquel momento, sumé uno más uno y me salió tres.

Aunque Karsov suspiró profundamente, el jersey que llevaba sobre el camisón ni se movió. Le quedaba varias tallas grande. Como su propia vida, que ya no parecía suya.

—Sé que mis actos carecieron de cualquier ética. Nada los disculpará jamás. Empeorar la hemorragia fue... —Se esforzó por encontrar las palabras y continuó—: De verdad creía que lo estaba ayudando, señor Berg. Pensaba que el daño que le estaba causando impediría otro mayor. Pero, queriendo evitar un mal, hice algo aún peor.

«Menos por menos no da más.»

—¿Y por qué ahora ha cambiado de opinión sobre mí? —preguntó Milan.

«No como mi padre.»

A Stern le sonó el móvil pero lo silenció enseguida, haciendo caso omiso de la llamada.

Sin responder a la pregunta, Karsov prosiguió su relato:

—Zoe vino a mi consulta a principios de agosto. Padecía mareos y algún vértigo, nada grave. Ahora creo que solo era un pretexto.

—¿Para qué?

—Jakob pretendía utilizar la historia de la violación para conseguir dinero. Al parecer, quería obligarla a reclamar una pensión alimenticia. Y si eso no funcionaba, probaría con otra cosa. Pero Zoe deseaba contar por fin la verdad. Creo, señor Berg, que no lo ha olvidado en todos estos años.

«¿Cómo iba a olvidarme?», pensó él, con amargura. Su hija Lynn le recordaría la mentira día tras día.

—La culpa la torturaba como hoy lo hace conmigo —prosiguió el profesor—. Me confirmó una sospecha que me rondaba por la cabeza, aunque me resistía a reconocerla. Confesó que había mentido. Yvonne, su nombre real, se había inventado la violación. —Se humedeció los labios resecos y agrietados—. Al escucharla me quedé como si me hubiera caído un rayo. Cuando sucedieron los hechos, fue su testimonio el que finalmente me impulsó a actuar. En aquel momento me aseguró en persona que era cierto. Y años después descubro que todo era una mentira...

Milan tuvo que girar la cabeza de derecha a izquierda para aliviar la tensión que se le acumulaba en el cuello. El movimiento agudizó el dolor de la herida.

—Pero ¿por qué mintió? —preguntó.

Siempre creyó que había roto con él por la pelea de la

última noche. Pero ¿realmente lo que había sucedido fue tan terrible como para difamarlo por toda la isla?

Las lágrimas asomaron a los ojos del profesor.

—No solo me mintió a mí, sino que también engañó a su padre y a su madre. A todo el mundo. Su amor se convirtió en odio. Estaba fuera de sí, furiosa. Según me contó, se pelearon porque usted creyó que ella se estaba burlando, pero no era esa su intención. Se enfadó tanto consigo misma por haber arruinado la velada que salió corriendo de la casa.

—Y por el camino tiró la sudadera a la chimenea. —Una afirmación, no una pregunta.

Karsov asintió.

—Temía que se descubriera. Porque, en realidad, ella fue la causante de la muerte de su madre.

—¿Y para librarse decidió acusarme de violación?

El viejo se encogió de hombros.

—Según parece, la obligaron. Cuando tuvo una falta en el período, su madre la presionó para echarle a usted la culpa de su «vergüenza», como ella lo llamaba. No fue por voluntad de Yvonne, ella lo amaba a usted. Pero ese amor se convirtió en odio. Primero contra sí misma y luego contra usted por marcharse.

«De Rügen a Berlín.»

—Visto desde la perspectiva actual, debí haberme dado cuenta entonces —continuó—. Cuando usted se marchó, ella se abandonó a sus allegados. Siempre se sintió culpable. No solo de la pelea, sino de la muerte de su madre. Porque sin la discusión aquello no habría sucedido.

Le temblaban los labios. No luchaba por encontrar las palabras, sino por no derrumbarse.

Al igual que Milan.

—El embarazo aumentó su estado de depresión y finalmente se rindió a las coacciones de su madre. Creo que de algún modo cedió para castigarse a sí misma.

Milan parpadeó, confuso.

—No lo entiendo.

—Al difamarlo, se cerraba para siempre la puerta hacia usted. Sin embargo, al mismo tiempo, la mentira establecía una especie de vínculo.

Milan siempre consideró la muerte de su madre y la mudanza a Berlín como un punto de inflexión en su vida. Sabía que, junto con Yvonne y su infancia, había dejado atrás algo muy importante. Pero jamás imaginó que se tratara de su propia identidad.

Apretó los puños. La inseguridad que lo torturaba luchaba por aflorar. La canalizó en forma de resentimiento contra Karsov:

—¿Y qué pasa con las pastillas que me dio?

El profesor se volvió para mirar a Stern. Al parecer, daba la conversación por terminada.

—Debe tomárselas. —Su voz sonó más resuelta. Al tratar temas médicos, se sentía en terreno seguro—. De verdad. Los estudios con células madre, que al principio se centraban en el tratamiento de la paraplejia, han demostrado que determinado compuesto de proteínas es capaz de reparar el tejido cerebral lesionado. Tengo la esperanza de que, también en su caso, las áreas dañadas vuelvan a activarse.

«Si se toma esas pastillas, señor Berg, quizá pueda volver a leer.»

—Es el último clavo ardiendo al que me agarro. Además de la compensación económica para usted y para su padre, también he buscado un modo de arreglar mi terrible error médico.

«¿Proteínas?»

A Milan casi se le escapó la risa. «Arreglar.» Otro autoengaño que la gente se inventaba para no enloquecer. No existía tal cosa. De ningún modo. Las personas violadas, maltratadas o asesinadas jamás podrían recuperar su estado anterior.

—Mire, me siento algo débil. Me gustaría irme —anunció Karsov, levantándose.

Pero Milan lo obligó a sentarse de nuevo con la pregunta:

—¿Y qué pinta Andra en todo esto?

—Esa chica es una bendición —contestó el viejo, con un asomo de sonrisa.

—¿Lo dice porque consiguió endilgarme sus pastillas?

—Por lo que sé, le salvó la vida en la playa —observó. Y añadió en voz baja—: Y, en cierto modo, a mí también.

—¿A qué se refiere?

—Cuando ni su padre ni usted aceptaron mis intentos de compensarlos, ya nada tenía sentido. Dejé de tomar mis antidepresivos.

Se miró las manos con extrañeza, como si acabara de descubrir que las tenía. Con gesto tembloroso, se las pasó por el pelo; después se humedeció de nuevo los labios y continuó:

—Andra vino a visitarme al hospital. Me rogó que le asegurara que usted era inocente de verdad. Y me administró un Citalopram sin que yo me diera cuenta. Además, puso una nota para los médicos junto a la caja en la que decía que lo tomo desde hace años y que no debo dejarlo.

Hizo un gesto muy raro con la boca. Por el temblor de las comisuras, Milan comprendió que se esforzaba por contener las lágrimas.

—¿Y ella de qué lo conoce a usted? Hasta está enterada de su medicación...

Karsov hizo un gesto como para restarle importancia.

—Bueno, nos hemos entrevistado varias veces. Hablamos bastante. Sabe escuchar: el mundo se ha perdido una psicóloga extraordinaria. Le he confiado muchas cosas que en principio no se le cuentan a una desconocida. Pero me sentaba muy bien charlar con ella.

—Pero ¿cómo la conoció?

Él sonrió débilmente.

—Lo siento, eso no puedo decírselo. No debo. Se lo he prometido a ella. Y no quiero volver a traicionar jamás la confianza de nadie. En ese sentido, tengo el cupo lleno.

Se levantó. Aunque a Milan todavía le quedaban un millón de preguntas, contempló en silencio cómo abandonaba la habitación.

—¿Y bien? ¿Ahora qué? —le preguntó al abogado una vez que se cerró la puerta.

El hombre se acercó a la cama.

—Pues ahora el profesor Karsov prestará declaración y en su momento se le juzgará por un delito grave de lesiones.

—Me refería a mí.

—Dispone de otro día de calma antes de que lo interroguen. No puedo retrasarlo más tiempo, señor Berg.

Dejó en la mesilla de noche una tarjeta de visita con letras plateadas en relieve y le explicó que podía ponerse en contacto con el bufete en cualquier momento del día o de la noche.

—Una última cosa —añadió, con la mano en el pomo de la puerta—. Se ha tomado una muestra de ADN del cadáver de Jakob Ende. ¿Querría entregar a la policía una muestra de saliva? Para que aclaremos de una vez quién es el padre de Lynn.

71

Seis semanas después, 22 de diciembre

El sol de la bonita mañana de invierno que atravesaba los ventanales de aquel antiguo edificio del distrito de Moabit inundaba la consulta de altos techos con una cálida luz.

Aunque realzaba los colores de la decoración (los sillones rojos en los que se sentaban Milan y Andra, la escultura femenina de bronce junto a la puerta, los lomos de los innumerables libros especializados de las estanterías), producía el efecto contrario sobre Henriette Rosenfels. La terapeuta de parejas estaba blanca como la pared. Llevaba media hora escuchando con expresión incrédula las explicaciones de los clientes más extraordinarios que había tenido nunca. Como en la primera sesión, no consiguió mantener un semblante neutro y profesional.

—En resumen —dijo cuando Milan terminó su largo monólogo—: usted es analfabeto y se lo ocultó a su pareja durante años. Del mismo modo que usted —miró a Andra— le ocultó a él que pertenecía a una organización secreta llamada... ¿Cómo ha dicho...?

—Los Ángeles de la Culpa —contestó ella—. Intentamos compensar los errores cometidos.

Milan sonrió. Seguro que cuando Andra se lo contó se le había quedado la misma cara que ahora a la terapeuta.

De eso hacía cinco semanas y media. Habían quedado en un café de la plaza Ludwigkirch y se metieron en uno de los reservados para poder charlar tranquilos. Durante bastante rato permanecieron en silencio y luego (el café de Andra estaba ya frío y la espuma del *latte macchiato* de Milan se había bajado), ella le cogió de la mano.

—Seguro que recuerdas por qué no puedo subirme a un taxi —comenzó.

—Sí. Le birlaste uno en las narices a una mujer a punto de dar a luz. Por eso tuvo que coger su propio coche. Debido a las contracciones sufrió un accidente y se mató.

—Exacto. Y desde entonces me siento culpable de su muerte. Pero no te conté quién era su marido.

«Dios mío.»

Andra quiso apretarle la mano pero él adivinó lo que iba a decir y la retiró bruscamente en un acto reflejo.

—¿Era Hulk?

—Así es. Por eso va todos los viernes al cementerio.

De pronto, a Milan le pareció que los ruidos del café se amortiguaban.

Parecía que de repente se hallaran bajo una cúpula transparente que bloqueaba las conversaciones de los demás clientes, el resoplido de las máquinas de café y el tintineo de la vajilla.

—No paró hasta encontrarme. Pero no lo hizo para gritarme, pegarme o amenazarme con una denuncia, sino para ofrecerme la oportunidad de arreglarlo.

Entonces le explicó que Lampert ganaba una fortuna con sus inmuebles y sus restaurantes.

—Quiere utilizar sus riquezas para ayudar a aquellas personas que están en problemas. Pero no se trata de darles dinero. Deben ayudar a otras personas que son culpables de algo, aunque no en sentido legal sino moral. Por eso nos llama sus Ángeles de la Culpa.

—¿Y quiénes sois esos ángeles? —Aquella era la primera de una infinidad de preguntas que se agolpaban en la mente de Milan.

—Casi todos los empleados de sus restaurantes tenemos algo en nuestro pasado. Supuestamente nos contrata para trabajar en ellos, pero por ejemplo mi labor de camarera no es más que una tapadera fiscal. En realidad me paga por buscar candidatos. Tengo que mantener los ojos y los oídos bien abiertos para encontrar personas que merezcan que las rescaten.

—¿Personas como yo?

Los ruidos del café regresaban poco a poco y, con ellos, la certeza de que para Andra él solo significaba una misión. No una pareja, sino una víctima.

—Bueno, en principio Hulk tenía en mente casos de acoso o de maltrato. Víctimas de violencia familiar, incapaces de defenderse. En fin, gente normal con problemas, la misma que frecuenta cada día sus restaurantes. Pero que entra por la puerta a cara descubierta. No como tú, con pasamontañas.

Milan tanteó la mesa hasta encontrar el vaso, pero no bebió. Andra continuó:

—Si creemos que una persona necesita ayuda y parece seria y decente, primero nos aseguramos de que es así. Günther la investiga a fondo.

«Günther.» De modo que esa era su verdadera profesión. Un detective privado que debía indagar en el lado bueno de la gente, y no en el malo.

—Si comprobamos que esa persona no es responsable de sus problemas, la ayudamos. Pero sin que se dé cuenta.

—Entonces ¿me has utilizado para expiar tu culpa por la muerte de la esposa embarazada de Hulk?

Aunque de nuevo se sentía traicionado por ella, no podía negar que su historia lo atraía en cierto modo. Si decía la verdad, sus motivos habían sido generosos y buenos.

—No. Al menos ese no era mi objetivo al principio. Me gustaste de verdad. Realmente no entendía por qué alguien tan creativo desperdiciaba su inteligencia maquinando robos tan mezquinos. Cuando le pedí a Lampert que te diera un trabajo, se opuso. Eras un ladrón y, por lo tanto, justo lo contrario de lo que él considera un candidato adecuado.

—¿Llamáis «candidatos» a la gente como yo? ¿Como en un concurso de la tele?

—¿Preferirías la palabra «víctima»?

«No», pensó, y se preguntó desde cuándo «víctima» se

había convertido en un insulto mientras que culpables de todo tipo merecían series en Netflix.

—Lampert te sometió al escrutinio rutinario, como a cualquier posible empleado. Nos encargamos Günther y yo, y la investigación nos llevó en varias ocasiones a Rügen. Hasta el profesor Karsov y, con él, hasta tu pasado. Lo he visitado varias veces, la última fue en verano. Gracias a esa investigación descubrimos que eras una víctima de verdad. Por eso te ayudamos.

Aquellas fueron las últimas palabras que Milan soportó escuchar. Se levantó a trompicones y dejó a Andra plantada en el café. Se pasó dos horas dando vueltas por el barrio de Charlottenburg y al final se metió en una sala de cine vacía donde proyectaban una película española en versión original subtitulada. Menuda suerte. Aunque, en realidad, la película le daba exactamente igual.

Necesitó dos semanas antes de llamarla para hacerle más preguntas. Y otros diez días para darse cuenta de que la amaba demasiado para poner fin a la relación sin intentarlo una última vez. Cuando accedió a comenzar de nuevo la terapia, estaba seguro de que abrumarían a la doctora Rosenfels. Si era sincero, en parte también había aceptado porque se moría de ganas de observar sus reacciones. Hasta el momento se mantenía increíblemente entera, excepto por las rojeces del cuello y un ligero temblor en la voz.

—De modo que ayudan a sus clientes, como usted los llama, sin que ellos se enteren... —resumió la terapeuta, mirando a Andra.

—Exacto.

—En mi caso concreto, con un trabajo decente y sexo algo más indecente —intervino Milan—. Aunque del sexo sí que me enteré, claro.

—Imbécil. Pues eso casi te sacó de la lista. Lampert tiene una norma no escrita: nada de relaciones entre los ángeles y los clientes.

Le señaló el hombro, donde había recibido el balazo. La herida se había curado bien y solo le molestaba si cargaba mucho peso.

—Para que lo sepas todo: te ayudamos a ti con un trabajo y a tu padre con una plaza en la residencia.

—¿Perdona?

—No pongas esa cara de babuino cagando. ¿De verdad te creíste que esa residencia de lujo ofrecía descuentos para jubilados del hospital? Es Lampert quien lo paga todo.

Un silencio de plomo inundó la consulta.

A Milan le ardían las mejillas como si lo hubieran abofeteado.

—En fin, me da cierto miedo preguntar... —intervino la doctora. A pesar de todo, lo hizo—: ¿Desean revelar algún otro secreto?

—No —repuso Andra, levantando las dos manos en gesto negativo.

—No... —comenzó Milan. Y después carraspeó, avergonzado—. Bueno... Quizá el resultado de la prueba de paternidad, que recibí hace días.

72

23 de diciembre

EVENTO PRIVADO, rezaba el cartel en la puerta del restaurante. Y eso que era sábado y los tres hombres sentados a la mesa diecinueve jamás podrían compensar las pérdidas que le supondría a Hulk el cierre antes de horario. Y menos aún teniendo en cuenta que dos de ellos eran sus propios empleados.

Milan llegó el último. Sintió el impulso de darse la vuelta en cuanto vio a quién más había invitado Lampert.

—¡Siéntate! —le ordenó su jefe, señalándole el asiento del que acababa de levantarse—. Ponte cómodo. Os dejo solos.

Aquella catarata de palabras tan poco típica de él no dejaba lugar a réplicas, así que obedeció. Aunque aquella conversación no le apetecía nada.

Las heridas eran demasiado recientes. No tanto la del hombro como las de su alma.

—No sé qué me parece peor —comenzó cuando su padre levantó la cabeza y lo miró a los ojos—: que permitieras a Karsov hacer lo que hizo o que sigas pensando que fue lo correcto.

Kurt se frotó la cara con las manos como un niño que se lava a conciencia antes de acostarse. Se sentía aún más cansado que el propio Milan.

—Ya no lo pienso, hijo. Puedo ser un necio, pero no soy tan idiota.

—¿Tan idiota como yo?

Su padre suspiró con pesadez.

—No digas eso. No lo digas.

Miró a su alrededor pero, si quería pedir algo, no era el momento adecuado. Milan sabía que Günther estaba fuera fumando y antes bebería café directamente de la máquina que hacer de camarero.

—Me ha llamado Andra —anunció Kurt.

—Ya. Al parecer siempre habéis tenido muy buena comunicación.

Al hombre le temblaron los labios y una lágrima le rodó por la mejilla.

—Me ha contado lo de la prueba de paternidad. Lo siento.

—¿Sientes que no sea el padre de Lynn?

Ninguna coincidencia: el resultado fue negativo. No como en el caso de Jakob. Lynn era hija suya, el abogado Robert Stern se lo había adelantado a Milan. El muy cabrón había preñado a su hija adoptiva. Muy probablemente violándola.

—Siento en el alma haber dudado de ti todos estos años. De verdad creía que...

Una sacudida en el pecho, seguida de un fuerte sollozo, lo obligó a interrumpirse.

—Dilo. Creías que tu propio hijo era un violador y un pirómano. Que maltrataba animales y mojaba la cama. Un psicópata al que más valdría sacar los ojos para que no pudiera ver a sus víctimas. Como eso no está bien, pues, oye, que sea analfabeto. Tuve suerte de que la única secuela fuera no saber leer. Me podíais haber dejado parapléjico.

Aquellas palabras, que se quedaron resonando en sus oídos, fueron ganando fuerza cuanto más tiempo duraba el silencio. Normalmente en el *diner* sonaban grandes éxitos de los sesenta y los setenta, provenientes de la *jukebox*. Pero Hulk la había apagado para la ocasión.

—No he venido para que nos peleemos —dijo Kurt.

—¿Entonces?

—Te he traído un regalo. Mañana es Navidad, hijo.

El mismo lugar. Incluso la misma mesa.

De nuevo, un hombre mayor quería darle algo que él no había pedido.

—¿Es un iPad?

Su padre lo cogió del asiento y lo colocó sobre la mesa.

—También puedes quedártelo, pero en realidad es solo el envoltorio. Se trata de un vídeo que grabé hace años, con la cámara que me regaló tu madre por un cumpleaños. Mi intención era sorprenderos a Yvonne y a ti, gastaros una broma. Como una cámara oculta o algo así.

Kurtchen el bromista, siempre dispuesto a rebasar los límites del buen gusto con tal de hacer un chiste. Milan recordaba una época en la que no salía de casa sin la cámara. Siempre buscando material para sus «divertidas» veladas cinematográficas. Tomas ridículas de su madre lavándose el pelo o una escena en la que, muy temprano, sacaba a su hijo de la cama arrancándole las mantas.

Su padre dijo que tenía que ir al baño y se levantó. Milan lo siguió con la mirada y después tocó la pantalla. Una flechita apareció en el centro.

Play.

Logró contenerse. Diez segundos. Después pulsó el triangulito.

El vídeo empezaba con una sacudida y una mancha brillante atravesaba la imagen como una llama devorando una fotografía. Luego se distinguía el lugar donde se encontraba la cámara y qué captaba. Milan sintió náuseas.

Le temblaron las rodillas y las manos. Tuvo que dejar el iPad sobre la mesa.

«Así que sí.»

Las imágenes se habían tomado catorce años atrás. Yvonne vestía igual que el último día que estuvieron juntos. Llevaba una blusa de lunares, la misma que días después cambiaría por la sudadera. Milan se sentaba a su lado en el viejo sillón de mimbre de la playa, rodeándole los hombros con el brazo.

Seguramente Kurt esperaba pillarlos haciéndose arrumacos. Y se habría llevado una decepción al ver a Yvonne con un libro abierto en el regazo. La cámara no captó el sonido de abrazos ni de besuqueos, pero sí la joven voz de Milan junto al suave murmullo de las olas y el grito lejano de una gaviota.

«... y, al saberlo, ella se sintió libre y feliz.» Pronunciaba las palabras a trompicones, con torpeza y sin entonación, como las personas con problemas de lectoescritura. «Increíble.» Milan se escuchaba hacer algo que, catorce años después, le causaba escalofríos. Se le llenaron los ojos de lágrimas y gimió para sus adentros.

«¿Cómo es posible que no me acuerde de esto?»

Aquel vídeo no lo mostraba dirigiéndose a Yvonne ni expresando ninguna idea; tampoco se oían jirones de conversación. Solo aquella frase a medias que, sin ningún género de duda, estaba leyendo en voz alta del libro.

«Karsov tenía razón», pensó.

Realmente hubo un tiempo en el que sabía leer.

—¿Papá?

Levantó la vista, pero su padre aún no había vuelto. Günther se separó de la barra y se le acercó, trayendo consigo el olor del cigarrillo que acababa de fumarse. Con las manos hundidas en los bolsillos de su chándal a medida, se le acercó tanto que Milan sintió la necesidad de retroceder un poco.

—Tu padre no está en el baño.

Él asintió con un gesto. Se lo imaginaba.

«Se ha ido.»

Había estado tan concentrado en el vídeo que ni lo oyó

marcharse, ni tampoco se había dado cuenta de que Günther había entrado en el local.

—¿Quieres hablar? —le preguntó este, señalando el iPad.

Milan creyó por un momento que tenía que adivinar el verso de una canción. Pero hasta Günther comprendía que no era el momento de acertijos musicales.

Negó con la cabeza.

«No. No quiero hablar con nadie.»

—Vale, pues nada. Feliz Navidad.

Milan casi había olvidado el favor que le había pedido la semana anterior. Pero se acordó en cuanto su compañero depositó un paquete en la mesa.

—¿Es lo de Lynn? —le preguntó.

—Mañana celebráis el día juntos, ¿no?

—Ese es el plan.

—Pues muy bien. Te he conseguido el regalo, lo que me pediste.

La idea se le había ocurrido a Milan al regresar a casa y rememorar el horror de los días pasados en Rügen. Una frase de Jakob le dio la pista.

—¿Estás seguro de que le irá bien a Lynn? —preguntó Günther.

—Ni idea. —Se levantó—. Tendré que decidir en el último momento si se lo doy o no.

73

24 de diciembre, Nochebuena

Hasta tenían un árbol por primera vez. Milan había sugerido comprar uno de plástico pero Andra le espetó con sequedad: «¡Pues entonces búscate una muñeca hinchable y pasa las Navidades con ella!».

Bastantes días después de las fiestas, el dúplex continuaría oliendo a agujas de pino y a resina, a pesar de que el abeto azul que al final eligieron no era demasiado grande. Entre la estrella roja que lo coronaba y el techo de aquel piso reformado del siglo XIX cabría tranquilamente la maleta que Andra le había regalado.

«Por si un día hacemos un viaje normal», le había explicado mientras observaba a las dos adolescentes que competían por enseñarse los regalos bajo el árbol.

El centro de menores que acogía a Lynn había insistido en que sería necesario hacer una excepción, pero en realidad no costó mucho convencer a la responsable. Aunque hacía pocas semanas que la chica había llegado profundamente traumatizada, no había razón para impedir que pasara las fiestas con las personas que la habían salvado.

Más bien al contrario. El centro se encontraba al límite de su capacidad y precisamente en Navidad se producían más rupturas de pareja y crisis familiares. Como consecuencia, se retiraría la custodia de más menores y cada cama contaba.

Cualquiera que hubiera contemplado a Lynn mientras abría los regalos y durante la cena posterior habría llegado a la misma conclusión que Andra: «Se siente a gusto con nosotros. Hasta se lleva bien con Louisa».

Al principio temió que su hija viera en ella una competidora. Un cuerpo extraño en su pequeña familia, en la que al propio Milan le había costado integrarse. Pero las adolescentes se rieron juntas, hicieron el tonto, se enseñaron una a otra los regalos y compartieron el último trozo de chuletón que Milan preparó en la pequeña barbacoa.

Hizo tan buen tiempo aquel día de Navidad que decidieron encender la barbacoa portátil de carbón que tenían en el balcón. Milan aún sentía cosas cuando notaba el olor del humo, pero aquel no era día de acordarse del incendio. Al menos no directamente.

Después de ver juntos una película (*Guardianes de la galaxia*), las chicas casi se quedaron dormidas en el sofá. Enseguida fueron a acostarse al cuarto de Louisa e incluso se empeñaron en compartir cama.

También Milan subiría pronto con Andra, que ya se había retirado. Al no estar acostumbrada a beber tanto vino, le dolía un poco la cabeza.

Él deseaba quedarse un momento a solas consigo mismo y con sus pensamientos. Y con el regalo de su padre, que sacó cuando su pequeña familia ya se internaba en el reino de los sueños.

«... a veces la ignorancia es el mejor regalo», decía su propia voz, atravesando el tiempo.

Se levantó y se aproximó a la estantería, donde Andra organizaba a los autores por orden alfabético. Fue incapaz de descifrar nada, aunque catorce años atrás sí habría podido.

«Sabía leer. En aquel entonces. En otra vida.»

Por supuesto, no se había tomado las pastillas de Karsov. Solo eran una quimera que no podía tener ningún efecto. Una última esperanza desesperada a la que el profesor se había aferrado. Habría sido como tomar un preparado de algas contra el cáncer. «Y aunque funcionaran —pensó—, aunque de verdad favorecieran la irrigación sanguínea hasta el punto de reconectar las áreas cerebrales dañadas, ¿realmente yo desearía eso?»

Cogió el volumen que ocupaba el lugar de honor en la estantería, junto a una foto en la que aparecían Andra y él.

El único libro que significaba algo para él. Tanto en el pasado como ahora, constituía una llave a la verdad.

Le encantó su aroma al abrirlo. Aunque no se trataba del ejemplar robado, olía como en aquella época. A papel, cola, polvo y escuela.

Un papelito se deslizó de entre las páginas y Milan sonrió. Reconoció la letra de Andra. Había adivinado que cogería el libro a menudo y le había dejado escondida una notita.

C47P18p2P20p5C15P14p68-69C52P23p8

Por suerte la policía científica se lo había devuelto. Lo habían requisado junto con el resto de los objetos del interior del Mini tras el atropello de Jakob. En la caravana apareció el ejemplar de Zoe, pero estaba tan empapado de sangre que resultaba imposible pasar las páginas.

C47P18p2P20p5C15P14p68-69C52P23p8

Ya lo descifraría otro día.

—¿Tú tampoco puedes dormir?

Se sobresaltó de tal manera que se le cerró el libro con la nota dentro.

—¡Lynn!

—Perdona, no quería asustarte.

Llevaba un pijama de seda que le había prestado Louisa. El pelo, rubio y recién cepillado, le caía en bucles por los hombros.

—Tengo un regalo para ti. No quería ponerlo en el árbol.

Descalza, avanzó en silencio hacia él con una mano oculta tras la espalda. Milan se quedó inmóvil junto a la estantería.

—¿Qué es? —preguntó, cuando ella le tendió algo con la mano izquierda.

—Un tubito. No es el tubito auténtico, pero lo importante es lo que simboliza. —Miró a su derecha, al abeto con la tira de lucecitas aún encendida—. No quería que lo abrieras delante de todo el mundo.

—Pero ¿qué es?

Ella sonrió. Su aspecto era dulce y frágil, y se mostraba amable y educada. Pero algo no terminaba de encajar. Se le acercó un paso más y se detuvo como a metro y medio de distancia.

—En el hospital te tomaron una muestra de saliva. Para la prueba de paternidad.

—¿Y?

—A mí también. Lógicamente, porque tenían que compararlas.

—No sé qué intentas decirme.

Se sentía acorralado. Tenía a la espalda la estantería, a la izquierda el árbol y delante a Lynn, que, a pesar de su figura frágil, de pronto resultaba amenazante. Cada vez sentía más deseos de colarse por el hueco de la derecha y salir corriendo del salón. Cruzar la puerta y llegar a la escalera. «Arriba, con...»

—Me dejaron sola con las muestras. Y entonces cambié los tubitos.

Fue como un alfilerazo. Cada palabra. La última le alcanzó el nervio responsable de desencadenar el miedo.

—Mientes.

Ella se rio.

—Alégrate, papá. Tu prueba era la de Jakob. Y al revés.

Milan solo deseaba marcharse, alejarse de allí todo lo posible. Pero ella le cortaría el paso en cuanto hiciera el menor movimiento.

—Tú eres mi padre, Milan. Lo supe desde el principio. Por eso he hecho todo esto.

—¿Qué es «todo esto»? —En realidad, prefería no conocer la respuesta.

—No te hagas el tonto. Todo el plan era mío. Jakob era solo un instrumento. La idea del mensaje en la ventanilla del coche fue mía. Yo le ordenaba cuándo llamarte y qué decirte. Él se pensaba que era todo por el dinero. Pero yo solo te quería a ti.

«Seré estúpido. Tenía esperanzas. Al verla hoy tan feliz con Louisa, durante la cena y en el sofá... De verdad pensé...»

—Somos una familia. Mi madre me hablaba mucho de ti. Tenía que encontrar la manera de librarme de todos los demás.

«Todos los demás.» Jakob. Solveig. Yvonne.

Sintió un calambre en las entrañas. El golpe de la verdad resultaba insoportable.

«Dios santo. Ha matado de verdad a su propia madre.»

—Lo hice todo para que tú y yo estemos juntos. Padre e hija.

—Estás loca.

Aunque sabía que no era cierto. Alguien capaz de calcular sus actos con tal frialdad y precisión, alguien tan manipulador y convincente, distinguía a la perfección entre el bien y el mal, entre lo correcto y lo incorrecto.

—Qué va. Sencillamente, soy como tú —replicó ella—. Estamos hechos de la misma pasta. Nadie nos comprende. Nadie entiende lo que sentimos.

De pronto, el libro se volvió tan pesado que necesitó soltarlo.

—No me creo ni una palabra de lo que dices.

—Eso imaginé. Por eso vamos a hacernos una prueba. —Como él parpadeó con perplejidad, explicó—: Un test de paternidad. Aquí y ahora.

—¿Cómo? —balbució Milan, anonadado al comprender que tenía delante a la asesina de su primer gran amor.

Se preguntó con aprensión por qué la chica mantenía ahora la mano derecha escondida tras la espalda.

—Lo tengo todo preparado. Es mi regalo para ti. Por cierto, gracias otra vez por el chal. Pero mi sorpresa es mucho más personal. Hecha a medida, se podría decir. —Se acercó a la mesa—. Ven aquí.

Se planteó la posibilidad de salir corriendo, pero comprendió que Lynn había tramado un plan. No conseguiría huir sin saber dónde había ocultado sus trampas.

—¿No notas nada? —preguntó ella.

Le daba la espalda, ocultando la mano derecha, y miraba por la puerta del balcón.

—¿El qué?

—Cuando te fuiste al baño y las otras ya se habían acostado, volví a bajar y la cogí.

Él se aproximó al balcón.

«Maldita sea... ¡no!»

De repente sintió mucho calor a pesar de que, al abrir la puerta, una oleada de aire frío le golpeó la cara.

—¿Dónde está?

«¿Dónde ha metido la barbacoa?»

—En la habitación de Louisa. ¡Quieto ahí!

Milan, que se disponía a correr escaleras arriba, se quedó paralizado al ver que le apuntaba con un arma.

Ya no ocultaba la mano derecha.

—Gracias por dejar la pistola tan confiadamente en la mesilla de noche. Me has ahorrado mucho trabajo.

—¿Qué es lo que quieres? —preguntó, tan solo a dos pasos de ella.

—Hacer una prueba, ya te lo he dicho.

Le apuntaba alternativamente a la cabeza y al pecho. Milan notaba el ardor de las cicatrices de la cabeza y del hombro, según adónde apuntara.

—A ver, déjame que calcule... —respondió ella, con una sonrisa maliciosa—. Las brasas llevan unos diez minutos ardiendo en la habitación de Louisa. Le quedará una hora como mucho antes de morir intoxicada por monóxido de carbono. Como tu querida madre.

«¡Joder!»

Intentó pensar en otro modo de escapar, pero no había ninguno.

—Lynn, tú no quieres quedarte huérfana. Si soy tu padre, como dices, no vas a dispararme.

Ella asintió.

—A ti no. En eso consiste la prueba. Y funciona así. —Se puso el cañón bajo la barbilla y continuó hablando con absoluta calma—: Yo me pegaré un tiro si te acercas un solo paso. Es tu prueba. Vamos a ver de qué lado estás.

—Pero ¿qué locura de prueba es esta? —chilló él, esperando que alguien se despertara arriba y llamara a la policía.

—¿A quién prefieres, Milan? ¿A mí, que soy tu hija biológica? ¿O a Louisa, la hija de una extraña?

Ya no sonreía. Estaba muy seria. Tan seria como ninguna chica de catorce años debería estar jamás.

—Sé sincero, muy en el fondo lo sabes perfectamente. Tú y yo debemos estar juntos. No dudaste ni un momento a la hora de rescatarme. Sentiste la conexión entre nosotros, ¿verdad? Desde la primera vez que me viste, en el coche. La notaste igual que yo. Somos el uno para el otro.

—Sí —mintió él, porque no se le ocurría otra opción.

—Lo sabes, ¿verdad?

Él asintió con un gesto.

«Sí.» No estaba del todo seguro. No al cien por cien. Pero lo intuía.

Además, Jakob se había delatado.

«Porque no voy a consentir que Lynn me engañe», había dicho antes de intentar matarlo.

¡Había dicho Lynn, no Zoe!

«Si yo no me llevo nada, ella tampoco.»

—Estamos hechos de la misma pasta —admitió Milan.

Eso dibujó una sonrisa en el rostro de la chica. Sincera, abierta y aliviada.

Fue su última sonrisa.

Porque cuando lo vio abalanzarse sobre ella, apretó el gatillo.

74

Hoy, prisión de Tegel

—Pero entonces ¿sí que la mataste?

La voz de Zeus resonó por toda la lavandería.

Estaba furioso.

—Llevo todo este rato aguantando una historia que parece sacada de las putas *Mil y una pesadillas*, ¿y ahora me vienes con que de verdad eres un cabrón mataniñas?

—Fue ella quien se pegó un tiro.

—¿Y esperas que me lo crea?

Llamó a voces a su esbirro, ordenándole que no se olvidara de la plancha. Pero no hubo movimiento alguno al otro lado de la puerta.

Entonces Milan vio cómo se le aproximaba.

Qué harto estaba de todos aquellos viejos. De su padre, de Karsov y ahora de ese maldito mafioso. Si se le presentaba la ocasión, le arrancaría las gafas de la narizota a aquel prepotente con la raya al lado. Ojalá lo consiguiera antes de que le propinaran otra paliza, volvieran a violarlo o directamente intentaran matarlo.

—¿Sabes lo que creo? —preguntó Zeus. El aliento le apestaba y tenía la voz ronca, a pesar de que era Milan quien no había parado de hablar en mucho rato—. Creo que me has contado una mierda gigantesca que me ha costado una noche de mi vida. Así que ahora mismo Plancha te va a romper el culo. ¿PLANCHA, DÓNDE COJONES TE METES?

Se dio la vuelta exclamando «Por fin» cuando la puerta se abrió. Pero al instante le gruñó al barrigudo funcionario de prisiones, al que no esperaba en absoluto:

—¿Qué haces aquí? Tengo este cuarto reservado dos horas más.

El guardia se llevó la mano a la porra, un ritual de autoridad tan repetido que seguramente ni se dio cuenta.

—Está aquí su abogado —explicó, contemplando la escena.

Lo que vio (la toalla ensangrentada sobre la que estaba Milan, las heridas que le habían causado) no pareció gustarle.

—Joder con el abogado, ¿qué es lo que quiere?

—Trae el papeleo en regla. Es un tal Robert Stern. Debe de ser un pez gordo si ha conseguido la orden de excarcelación tan temprano.

Le hizo un gesto a Milan para que se levantara. Zeus se llevó el índice a la sien, indicando que estaba loco.

—¿Has dicho «excarcelación»?

—Correcto. La chica ha despertado del coma. Y ha corroborado la versión de este.

«Lynn.»

En sus sueños, que se repetían una y otra vez, Milan llegaba justo a tiempo y la bala solo le rozaba la mandíbula. Por desgracia, la realidad resultó mucho peor que aquellas pesadillas. Aunque consiguió apartarle el arma de la barbilla, el cañón se encontraba en la sien cuando se disparó la bala. Los médicos habían pronosticado que no sobreviviría. Al parecer, se equivocaron.

—Pero ¿y las huellas? —protestó Zeus—. La pistola era suya.

—¿Y yo qué sé? —replicó el barrigón. Y le gritó a Milan—: ¡Levanta!

Este se incorporó con muchas dificultades, sintiendo que le estrujaban los intestinos.

—¡Vamos, vamos, Berg! —El funcionario le lanzó un uniforme limpio—. ¿O es que prefieres quedarte? Por cierto, ¿qué haces aquí abajo? —añadió, con inmensa hipocresía.

Aunque sentía unos dolores intensísimos, Milan logró ponerse el mono. Se tambaleaba y le temblaba todo el cuerpo cuando pasó por delante de los hombres, descalzo y vacilante como si caminara sobre hielo. Entonces el guardia le siseó:

—Mi equipo te ha estado buscando toda la noche, Berg. Pero, bueno, si te olvidas de lo que ha pasado aquí no te acusaremos de intento de fuga. ¿Nos entendemos?

75

Viernes, 17.00, Cementerio Waldfriedhof

Era el único sitio donde buscar. Y el lugar más adecuado para su primera salida tras la excarcelación. Acababa de escupirle en la cara a la muerte y un cementerio es el mejor lugar para recordar, a la vez, la vida y su fragilidad.

Zeus y sus esbirros no lo habían liquidado aquel día, pero habría sido cuestión de tiempo.

En la cárcel no había piedad para los acusados de infanticidio. Fueran culpables o no.

Estaba nublado y hacía frío. Tras el día de Navidad una borrasca cayó sobre Berlín y las temperaturas volvían a corresponderse con la época del año en la que se encontraban. Milan, que había llegado en taxi, se dirigió a la entrada del cementerio con el cuello del abrigo levantado.

No tenía ni idea de dónde se encontraba la tumba de la familia Lampert, pero no le costó mucho dar con ella. Günther, siempre junto a Hulk, destacaba en la distancia como un monolito; sobresalía del grupo reunido alrededor de la parcela, en cuyo centro había una lápida. Desde lejos, aquel hombre parecía un enterrador que había mandado a sus colegas a casa porque él solo podía con el féretro sin ayuda.

A su lado, Andra y Lampert casi parecían enanos.

Milan se apostó a unos diez metros, apoyado en la rama baja de un abedul. Aun así, el instinto de Günther parecía capaz de percibir cosas que sucedían a gran distancia, incluso a sus espaldas. Se separó del grupo y avanzó hacia él. Su rostro malencarado encajaba con el cielo gris y con aquel entorno. Y no se relajó ni siquiera al llegar a su lado y murmurar:

—Quiero vivir hasta el último aliento.

«¿Por qué la gente susurra en los cementerios? ¿Es que teme despertar a los muertos?»

—Tim Bendzko. Del álbum *Ich bin doch keine Maschine*. Lo sacó Sony Music en 2016 —contestó Milan—. Te irrita porque todo el mundo vive hasta el último aliento, quiera o no quiera.

—Hummm —gruñó satisfecho. Señaló a la tumba—. Lampert no quiere que lo molesten aquí.

Milan negó con la cabeza.

—No lo busco a él, sino a ti.

—¿Y eso? —Un ligerísimo temblor de las cejas delató su sorpresa.

—Quiero agradecerte una vez más el regalo que me conseguiste.

—Creía que la pistola era para Lynn.

Milan percibió que Andra los miraba. Desde la distancia, le pareció que le susurraba algo a Lampert. Seguramente una frase de despedida, porque al momento se alejó de él.

—No estoy seguro de haberte hecho ningún favor —añadió Günther, emprendiendo el regreso hacia donde estaba su jefe.

Intercambió una mirada con Andra cuando se cruzaron en el camino de grava. Fue como el relevo de una guardia.

—Hola —saludó Andra a Milan. Le cogió la mano. La tenía más caliente que él, pese a llevar mucho más tiempo al aire libre—. Habría ido a recogerte a la cárcel pero nadie me avisó de...

—No pasa nada. ¿Tienes un momento?

—Claro.

Se internaron en el boscoso cementerio. Pasaron junto a varias tumbas, la mayoría con las plantas muy bien cuidadas. Solo de vez en cuando se veían flores heladas o siemprevivas marchitas, que no hacían honor a su nombre. A Milan le habría gustado poder leer las inscripciones de las lápidas. Tiempo atrás solía bromear con que en la suya debería poner: «Antes o después tenía que pasar». No descartaba haberlo dicho en serio.

—¿Cómo está Lynn? —preguntó Andra.

Sus palabras crearon una densa nube de vaho que le ocultó un momento la cara. Llevaba un gorro azul grisáceo, a juego con su melena. El piercing de la nariz brillaba como el hielo y seguramente estaba igual de frío.

—Stern dice que sobrevivirá. Pero es probable que se quede ciega de por vida.

Andra se detuvo y lo miró.

—Dios mío. No sé ni qué decir. Me refiero... Está claro que ha matado a su madre... —Meneó la cabeza en un gesto de incomprensión. El ruido que producía al aplastar la grava con sus botas militares era como si cascara nueces—. Pero es solo una niña...

—Es mala por naturaleza.

—No digas eso. Nadie es malo por naturaleza.

«Oh, claro que sí. Si tú supieras.»

Él se giró para tomarle la otra mano. Se quedaron frente a frente, como dos colegiales en la primera clase de baile.

—Yo lo sabía.

—¿El qué?

—Que Lynn me había mentido.

«A mí. A los médicos. A la policía.

»Y casi se sale con la suya.»

Ella guardó silencio. Le dejó espacio para que explicara por qué había arriesgado la vida de todos.

—En Rügen, cuando Jakob intentó matarme... Me había puesto ya la pistola en la frente... Si no hubieras aparecido... —Le soltó las manos y avanzó de nuevo—. En fin, fue entonces cuando dijo una frase... Que Lynn se la había jugado. Que, si él no se llevaba el dinero, ella tampoco. En ese momento no lo comprendí, no podía pensar. Pero después esas palabras no se me iban de la cabeza.

—¿Por qué no me lo contaste? —Ahora Andra estaba furiosa.

Lo retuvo agarrándolo del brazo. Con el tirón, la herida le dolió como si lo marcaran con un hierro candente.

—Joder, la metiste en casa. ¡En nuestra casa! —gritó ella.

—Lo tenía todo controlado.

—¿Cómo? —Le temblaban los labios. Ahora parecía más indecisa que furiosa.

No entendía nada porque no quería entenderlo. «Así es el amor», pensó Milan. Solo vemos lo que queremos, hasta que resulta por completo imposible seguir negando la realidad. Y entonces ya es demasiado tarde.

—Günther me consiguió una pistola de fogueo. Me las arreglé para que Lynn viera cómo la guardaba en la mesilla de noche.

—No puede ser verdad.

Él asintió en silencio.

—No estaba seguro de ella. Necesitaba tentarla.

—Por eso no murió... Las balas no eran de verdad.

A Milan se le partió el corazón al verla esforzarse por encontrar el lado bueno a sus acciones. Al comprobar hasta qué punto podía cegarla el amor.

—Me temo que sí. La pistola estaba cargada con munición real. Pude pedirle a Günther que le pusiera balas de fogueo. Pero mi intención era...

«... que se hiriera de gravedad. No tanto como para morir, pero sí lo bastante para sufrir secuelas de por vida. Lo bastante para que no pudiera volver a hacer daño a nadie nunca más. Porque ahora va a necesitar todas sus fuerzas para compensar una minusvalía más ardua y exigente que su impulso natural de hacer el mal.»

De manera que, al final, menos por menos daría más.

Por supuesto, Milan no expresó nada de eso, porque una cosa era pensar aquella verdad tan terrible y otra muy distinta, compartirla con la persona que amaba. A pesar de todo. De modo que completó la frase:

—... mi intención era que acabara como yo.

—No te entiendo —dijo Andra, con lágrimas en los ojos—. Tú eres una persona estupenda, buena, amable y cariñosa.

—No. Soy todo lo contrario.

«Mi padre tenía razón. Desde siempre.»

—Mírame bien, Andra. Me has visto engañar, dar palizas, esconder cadáveres y torturar personas. Y me gustó.

Se giró hacia la tumba de la familia Lampert, ahora solitaria. Hulk y Günther se habían marchado.

—Nadie normal se habría embarcado en semejante locura. Tuve la posibilidad de ignorar lo que vi o de avisar a la policía... Pero no, sucedió exactamente lo que Karsov quería evitar. En cuanto mi mente se sintió libre y dejé de luchar contra mí mismo, el mal reconquistó el terreno que le corresponde por derecho. Me volví colérico, deseaba pelearme, dar palizas sin motivo y...

—¡Cállate! ¡Cállate! —Andra casi chillaba. Temblaba y, entre fuertes sollozos, afirmó—: Milan, te quiero. Nada de lo que digas podrá cambiar mis sentimientos. —Se abrazó a él—. Te quiero.

Él le quitó el gorro, lo tiró al suelo y le besó una oreja.

—¿Y si te lo demuestro? —le susurró.

—¿El qué?

—Que el mal existe y es hereditario.

—¡No!

Se apartó de él y comenzó a darle puñetazos en el pecho. Uno. Dos.

—¡No!

—No puedes negarlo. Mi abuelo era un psicópata y yo llevo sus genes.

Un tercer golpe.

—¿Y qué? —replicó ella—. El ser humano tiene voluntad propia. Es capaz de luchar incluso contra las peores dificultades. Incluso contra sí mismo. Tú eres la mejor demostración. ¿O es que aceptaste tu analfabetismo sin más? No. Desarrollaste capacidades extraordinarias.

Descargó un último puñetazo y después se limpió la nariz con la manga. Ya no lloraba. Estaba exhausta. También Milan, que preguntó:

—¿Y qué pasa si fracaso? ¿Y si pierdo la batalla contra mí mismo?

—Pues qué le vamos a hacer.

Seis palabras. Aquella frase, tan simple y directa, lo desarmó por completo. Se arrojó en sus brazos y sintió que le ardían todas las heridas del cuerpo. El hombro desencajado en el conducto de la lavandería, el cráneo fracturado varias veces, el tiro del hombro y el calambre en las entrañas causado por la violación. Una sinfonía de dolores que le impedía mover la mano ni un milímetro. Apartarla de la espalda de Andra para llevársela al bolsillo del pantalón, donde guardaba una carta que deseaba darle.

Como despedida.

La había sacado del buzón hacía escasamente una hora. Fotografió el contenido con el móvil y lo pasó por una aplicación que se lo leyó en voz alta.

El texto consistía en una sucesión de frases plagadas de tecnicismos, pero en realidad solo importaba una palabra. Al final de todo, en el último párrafo.

—Te quiero —repitió ella, seguramente por décima vez. Sin saber a quién abrazaba.

Y Milan la dejó hacer, sin contarle la verdad.

No se la contó en el cementerio, ni de camino al coche ni al regresar a casa. Louisa los esperaba tirada delante de la tele, en lugar de estar haciendo los deberes.

Y después cenaron los tres juntos. Hablaron del instituto, de las vacaciones y del nuevo curso para adultos que abordaba el analfabetismo desde un enfoque totalmente novedoso. Y Milan asintió con la cabeza y sonrió y se esforzó por convencerse de que podrían conseguirlo.

Y mientras las velas que ardían sobre la mesa se consumían lentamente y la noche iba cayendo, tomó una decisión.

Se excusó un momento, se levantó del sofá y se metió en el baño. Rasgó en mil pedacitos la carta que se había propuesto darle a Andra en el cementerio y arrojó la verdad que contenía a la red berlinesa de aguas residuales.

«Positivo.»

Había enviado dos muestras. Un pelo suyo y otro de Lynn, que había cogido disimuladamente de su cepillo mientras abrían los regalos.

«Resultado del test: positivo.»

Nunca habría imaginado que aquella palabra pudiera ejercer un efecto tan negativo en su vida.

«Probabilidad de paternidad: 98,7 por ciento.»

Si se tratara de una apuesta, tenía unas posibilidades de ganar tan escasas como de dejar a una chica embarazada en su primera vez, tan solo por «entrar».

Se lavó las manos y se quedó un momento observando su rostro demacrado. Y entonces comprendió que durante su vida había tenido posibilidades mucho más bajas que aquel 1,3 por ciento. Regresó al salón, le acarició el pelo a Andra, sonrió a Louisa y se comportó como si fueran una familia normal.

Como si realmente tuvieran una posibilidad.

Agradecimientos

No llevo la cuenta, pero una de las preguntas que más me formulan es cuánto tiempo dedico a la investigación. (Después de si estoy algo trastornado y de cómo puede mi esposa dormir a mi lado. La respuesta a esto último es «como un bebé». En vista de que desde hace poco hay un bote de sangre artificial en nuestro baño, que Sandra utilizó para dar el último toque a un «modelito» para un concierto de rock, seguramente tendría que ser yo quien, al acostarse, deba esperar en máxima alerta a que la respiración se haga regular en la otra mitad de la cama... Pero ya me estoy yendo por las ramas.)

La investigación —al menos en mi caso— no sigue un plan definido. De hecho, según mi experiencia, la mayor parte de este trabajo se desarrolla mientras me encuentro inmerso en una misión totalmente distinta. Por ejemplo, mi buen amigo y preparador-torturador físico Karl-Heinz Raschke me invitó a una velada de boxeo en la que su hijo Leroy —a quien entrenaba Kalle— disputaba un título de nivel profesional. Gracias a mis contactos con el entrenador, conseguí un asiento en primera fila y me senté junto a unos jóvenes cubiertos de tatuajes muy llamativos. Como todos los escritores, soy extraordinariamente curioso, de modo que les pregunté qué los había llevado al pabellón de boxeo de Potsdam y cómo se ganaban la vida. Les hizo gracia mi pregunta y murmuraron algo del tipo: «Con tatuajes y movidas así...». Enseguida me puse en modo investigación e insistí: «He oído que no es tan fácil abrir un estudio de tatuajes y que en Berlín y Brandeburgo hay que pagar mucho dinero a las mafias a cambio de protección. ¿A vosotros os pasa?». Me miraron como si les hubiera preguntado si conocían una nueva tendencia muy *cool*, los tatuajes tribales en los riñones. Y menearon la cabeza con condescendencia.

En la pausa entre dos combates me encontré a mi colega Fruti (la versión viviente de Diesel en *Amokspiel* y *El pasajero 23*), que me dio unas palmaditas en el hombro y me dijo: «Bueno, bueno, ya veo que estás en la primera fila con los objetos de estudio perfectos». Le pregunté a qué se refería y contestó: «¿Es que no reconoces los tatuajes? Son Ángeles del Infierno».

Y entonces pensé: «Oh, chaval, ¿acabas de preguntarles a unos Ángeles del Infierno en qué trabajan? ¿Y si se pagan a sí mismos por protegerse?».

Lo que pretendo ilustrar con esta historia es lo siguiente: pensé que asistiría a una velada para investigar sobre el mundo del boxeo y me fui a casa con un contacto con la escena rockera. Aquel escritor inocentón les hizo tanta gracia que me dieron sus tarjetas de visita por si quería información sobre «el mundillo». O un tribal en los riñones...

Algo parecido me sucedió en la Feria del Libro de Frankfurt de 2017. Daba por hecho que me reuniría con editores, con autores y, sobre todo, con vosotras y vosotros, las lectoras y lectores. Lo que no esperaba era conocer personas que no sabían leer ni escribir en el expositor de la asociación Alfa-Selbsthilfe. ¿Analfabetos en una feria del libro? Lo que al principio me pareció una contradicción supuso para mí una experiencia que me abrió los ojos en el sentido más amplio de la expresión.

Según las últimas estimaciones, en Alemania viven más de 6,2 millones de ciudadanos «escasamente alfabetizados», también llamados «analfabetos funcionales». (¡Es un grupo más grande que el de aquellos que leen libros una vez a la semana!) Se trata de adultos cuyas capacidades de lectura y escritura no son suficientes para participar en la vida social y profesional del modo al que los demás estamos acostumbrados. Por ejemplo, no pueden descifrar las indicaciones de las máquinas expendedoras de billetes, ni comprender un formulario de empadronamiento ni leer la carta de un restaurante. Por no hablar de prospectos de medicamentos, instrucciones de uso, artículos de periódicos o revistas, libros, cartas, páginas de internet o comentarios en las redes sociales. Nosotros, los lectores, no podemos ni imaginar las dificultades que el mundo escrito supone para estas personas.

Unas dificultades a las que los afectados se enfrentan con estrategias muy efectivas, puesto que, a pesar de todo, el 62,3 por ciento de los analfabetos se encuentra en situación activa de empleo.

Los métodos con los que Milan intenta desempeñar su trabajo de camarero en *El último regalo* sin que nadie note su problema están inspirados en un testimonio real.

De todos modos, me gustaría destacar que la forma extrema de analfabetismo que padece, la alexia total, representa una excepción. Tan solo unos pocos afectados son, como él, por completo incapaces de leer siquiera una frase aislada. Aun así, la inmensa mayoría se sentiría abrumada con este párrafo.

Además, al igual que Milan, conviven constantemente con la vergüenza y el miedo a que los descubran y los traten como tarados, tontos, enfermos o inútiles. El analfabetismo no es una enfermedad, no tiene una sola causa y en absoluto es un síntoma de falta de inteligencia.

Tim-Thilo Fellmer constituye el mejor ejemplo. Como tantos otros niños, se quedó atrás durante su primera etapa escolar. Educadores desbordados, aulas masificadas, falta de profesorado. Si estos problemas en la escuela primaria y en el hogar no se solucionan a tiempo, es imposible remediarlos más adelante. Once años después, Tim-Thilo obtuvo el graduado escolar pero seguía sin saber leer y escribir correctamente. Hoy en día, tras un arduo camino y con muchísimo esfuerzo, no solo lo ha logrado sino que también se ha convertido en escritor y editor. Y así fue como conocí a esta persona admirable, cuya trayectoria vital parece sacada de una película de Hollywood. En la Feria del Libro de Frankfurt participaba como antiguo afectado para dar a conocer el problema del analfabetismo en Alemania.

Enseguida tuve muy claras tres cosas. En primer lugar, que un analfabeto era el protagonista ideal de una novela. En pocas ocasiones he tratado a personas más heroicas que las que conocí en el expositor de la asociación Alfa-Selbsthilfe. Afectados y antiguos afectados, que unen su gran capacidad intelectual para afirmarse en un mundo modelado por quienes saben leer. En segundo lugar, que deseaba estimular la labor de los colaboradores honorarios. Por eso me llena de alegría que se me haya permitido ser patrocinador de una asociación que trabaja para asistir a los afectados y garantizar tanto su derecho a la educación como su acceso a la formación. Y en tercer lugar... eeehhh... Vaya, se me acaba de olvidar.

Si el tema os interesa, deseáis obtener más información o queréis apoyar la labor de la asociación, encontraréis más datos y un número de cuenta para realizar donaciones en mi página oficial: www.sebastianfitzek.de (en alemán).

Y con esto hemos llegado al momento de la vieja tradición de los agradecimientos, siguiendo la cual inclino ante todos vosotros mi cabeza bien provista de entradas. En representación de todas las lectoras y lectores debo dar las gracias una vez más a Tim-Thilo Fellmer, que revisó un primer borrador y lo mejoró de manera sustancial con indicaciones sacadas de su propia experiencia como analfabeto. Me alegro de haberte conocido, Tim, y de que las faltas de ortografía de mis correos electrónicos te hayan arrancado más de una sonrisa.

Bien, hasta aquí la tradición. *El último regalo* es un libro especial para mí porque, como escritor, me ha mostrado mi amado mundo de las letras desde un ángulo muy distinto. Quiero dar las gracias a...

Achim Behrendt, Lisa Blenninger, Antje Buh, Sibylle Dietzel, Sabine Fitzek, Clemens Fitzek, Sandra Fitzek, Carolin Graehl, Bettina Halstrick, Steffen Haselbach, Ellen Heidenreich, Helmut Henkensiefken, Barbara Herrmann, Roman Hocke, Claudia von Hornstein, Katharina Ilgen, Ela Jahn, Micha Jahn, Doris Janhsen, Mark Ryan Leonard, Markus Meier, Christian Meyer, Daniela Meyer, Markus Michalek, Monika Neudeck, Cornelia Petersen-Laux, Hanna Pfaf-fenwimmer, Sabrina Rabow, Manuela Raschke, Sally Raschke, Franz Xaver Riebel, Petra Rode, Josef Röckl, Angie Schmidt, Dietmar Schreiber, Norbert Stengelin, Stolli, www.ichhabdenquatschhiertatsaechlichentschluesselt.de, Michael Treutler, Regine Weisbrod, Regina Ziegler y Thomas Zorbach.

Bueno, pues creo que esto es todo. Y por supuesto, doy las gracias como siempre a todas las libreras y libreros y a los trabajadores y trabajadoras de bibliotecas y de todas las instituciones que, en ferias, festivales y lecturas públicas, se esfuerzan para acercar a las personas al medio de comunicación más bello del mundo.

Hasta la próxima lectura. Podéis escribirme a:

fitzek@sebastianfitzek.de
Sebastian Fitzek

Berlín, principios de mayo, cuatro grados centígrados. Menos mal que ayer cambié los neumáticos de invierno.